这是一些语言和心灵的钻石
在时光的沉淀和洗礼中
变得更加璀璨夺目
阅读吧
让它们闪耀在你的精神世界

新课标经典名著

约翰·克里斯多夫

（法）罗曼·罗兰 著

王颖 张芳 改写

南京大学出版社

主要人物简介

约翰·克里斯多夫
德国的天才音乐家

约翰·米希尔
克里斯多夫的祖父,大公爵的乐队指挥

曼希沃·克拉夫脱
克里斯多夫之父,宫廷提琴师

路易莎
克里斯多夫之母,女佣

高脱弗烈特
克里斯多夫的舅舅,行贩

哈斯莱
德国著名的音乐家,克里斯多夫的童年偶像

奥多·狄哀纳
富商之子,克里斯多夫少年时的朋友

米娜
邻居克利赫太太之女,克里斯多夫的初恋女友

于莱

祖父的朋友,克里斯多夫的房东

洛莎

于莱的外孙女,迷恋克里斯多夫的女孩子

萨皮纳

于莱家的房客,克里斯多夫精神恋爱的对象

阿达

帽子铺女店员,克里斯多夫的热恋情人

高丽纳

法国女演员,克里斯多夫的朋友

莱哈托

学校的生物教员,克里斯多夫的同事兼朋友

彼得·苏兹

大学教授兼音乐导师,克里斯多夫的崇拜者

洛金

乡村姑娘,克里斯多夫因为她流亡国外

高恩

犹太人,克里斯多夫的同乡

高兰德·史丹芬

法国贵族小姐,克里斯多夫的学生

罗孙

社会党议员

葛拉齐亚

高德兰的表妹,克里斯多夫生命后期的爱人

奥里维·耶南

克里斯多夫的挚友,作家

安多纳德·耶南

奥里维的姐姐,家庭教师

雅葛丽纳·朗依哀

奥里维的妻子,家庭主妇

哀列克·勃罗姆

医生,克里斯多夫的朋友

阿娜-玛丽亚·桑费

哀列克·勃罗姆的妻子,克里斯多夫的情妇

目录
CONTENTS

卷一　童年序曲
- 002　第一章　新生命
- 012　第二章　初尝人世
- 027　第三章　音乐神童

卷二　少年协奏曲
- 042　第一章　祖父之死
- 054　第二章　好友奥多
- 066　第三章　初　恋

卷三　青春变奏曲
- 086　第一章　于莱一家
- 093　第二章　萨皮纳
- 102　第三章　阿　达

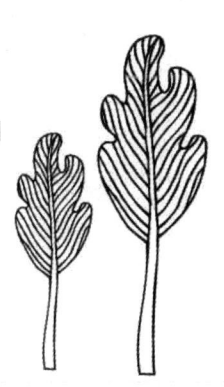

卷四 战斗进行曲

110 第一章 反 抗
123 第二章 陷 落
153 第三章 解 脱

卷五 巴黎交响乐

174 第一章 朋 友
189 第二章 在节场上

卷六 安多纳德

卷七 户 内

236 第一章
257 第二章

卷八 女朋友们

卷九　燃烧的荆棘

342　第一章
362　第二章

卷十　复　旦

396　第一章
407　第二章
422　第三章
426　第四章

卷一
童年序曲

第一章
新生命

1.

　　莱茵河畔，江声涛涛。浩渺的水雾从屋后升腾而上。雨下了一整天，雨点不停地敲打着窗棂。一层水汽沿着玻璃的裂痕缓缓滑落。天色渐渐昏黑，屋子里异常闷热。

　　婴儿在摇篮里不安地扭动。祖父进门的时候特意脱掉了木靴，但走在地板上还是发出了吱呀的声响。婴儿大声啼哭起来，母亲从床边探身去抚慰他。祖父摸索着点起一盏灯，靠近摇篮。

　　强烈的光线刺过来，婴儿吓得眼珠乱转，棕色的小脸皱成一团，涨成了暗红色，嘴巴半张着，喉咙里发不出一点儿声音，古怪的模样显得既可笑又可怜。

"天哪！真是个丑小子！从来没见过这么难看的孩子。"祖父说着把灯放到桌上。

母亲撅起嘴，好像一个做错事的小姑娘。

祖父看着她笑道："得了吧，路易莎，我又不是怪你，小娃娃都长这个样子的。"

这时候，睡得迷迷糊糊的婴儿完全醒了过来，哭了。

路易莎对老人说道："请把他抱给我吧。"

"依我看，孩子哭就该让他哭去，不能什么都迁就他。"老人虽然嘴里这么说，还是把孩子抱了过去。

路易莎接过孩子搂在怀里。她低头看着他，既惭愧又欢喜地笑着说："我的乖宝宝，你可真难看，真难看，妈妈多爱你啊！"

"别难过，好媳妇，他还会变呢。长大了丑点也没有关系，最重要的是要做个好人。"老人坐到壁炉前，郁闷的脸上泛着一丝笑意，过了一会儿，他好像想起什么来，生气地问道，"你丈夫怎么还没回来？"

"可能在剧院吧，他要参加乐队的排练。"路易莎怯生生地答道。

"哼！我刚才经过那里，剧院早就关门了。他又说谎。"

"您千万不要责怪他，也许是我听错了。他可能在学生家里上课呢。"

"即便这样,这会儿也该回来了。"老人一脸的不高兴。

他犹豫了一下,又很不好意思地低声问:"是不是他又……"

"不,没有,父亲,他没有。"路易莎躲开老人的目光,抢着回答。

"哼,连你也骗我。"

听了这话,路易莎抽抽搭搭地哭了。

老人气冲冲地嚷道:"天哪,我这辈子造的什么孽啊,生了个酒鬼儿子?我一辈子省吃俭用的,真是受够了!可是,你怎么不拦着他呢?这是你做妻子的本分啊。要是你能把他留在家里……"

路易莎哭得更厉害了:"您就别再埋怨我了,我已经尽力了。您不知道我一个人在家有多害怕!总是听到他上楼的脚步声。于是,一边等着给他开门,一边心里想:不知道他今天又醉成什么样子了——一想到这,我就难过得要死。"

老人见她哭得浑身哆嗦,摇了摇头,叹了口气:"唉,可怜的媳妇,是我难为你了。"

"只能怪我自己。他不该娶我的,现在肯定后悔了。当初您也不赞成这门婚事的。"

"别这么说了。当初我的确有些伤心。我以为我的儿子作为一个优秀的音乐家,至少会娶一位门当户对的小姐,谁知他竟娶了你这样的人,不但一无所有,而且还不懂音乐。

我们克拉夫脱家的人一百多年来还没有谁娶过一个不懂音乐的媳妇呢！可是，我并没有因此恨你。了解你的为人之后，我甚至开始喜欢你了。过去的事就别再提啦，做人只要踏踏实实尽自己的本分就好。"

路易莎没再说什么，两人都沉默下来，坐在那里黯然神伤。路易莎知道，老人对儿子的婚事很不满意，但是这一切能怪谁呢？

她以前是个女佣，能嫁给约翰·米希尔的儿子曼希沃·克拉夫脱，连她自己也没有想到。克拉夫脱家虽然没什么财产，但是在莱茵河一带很受人尊敬。他们父子俩都是声名远扬的音乐家，曼希沃在宫廷剧院当提琴师，约翰·米希尔以前是大公爵的乐队指挥。老人原本对儿子抱有极大的期待，谁知儿子竟在结婚这件事上让他大失所望。

没有人知道曼希沃当初为什么会娶路易莎这样的姑娘，就连他自己也觉得莫名其妙。路易莎长得并不美，她个子矮小，脸色苍白，身体也柔弱。曼希沃父子俩简直就是她相反的对照，他们身材高大，面色红润，说话粗声大气的。

曼希沃也并非看中路易莎的朴实，因为他是个再虚荣不过的人，自恃长得漂亮，曾经夸口要在他的女学生中挑选一个有钱人家的女儿做妻子。谁知最后他竟突然娶了一个厨娘，不仅长相平庸，而且没念过什么书，也没有狂热地迷恋他……曼希沃在神秘力量的驱使下向她求了婚，可是刚结婚,他就后悔了。

从那以后,他常常去酒店借酒浇愁,喝得醉醺醺的然后才回家。路易莎知道丈夫的这种行为和跟她结婚有很大关系,于是一直放任他。家里的钱消耗得越来越厉害,曼希沃陷入泥沼无法自拔了。他们的孩子小约翰·克里斯多夫就是在这样的情况下出生的。

天色完全黑了下来,老约翰·米希尔正对着炉火想着心事,路易莎的声音把老人的思绪从回忆中拉了回来。

"父亲,天色不早了,您还是早点回去吧,还有好长的一段路要走呢。"路易莎恳切地说。

"我还是等曼希沃回来再走吧。"老人回答道。

"不,您还是不要留在这里比较好,您待在这儿,只会让事情变得更糟糕。到时候您会生气的,我可不愿意看到这样的结果,求您了,您还是回去吧!"路易莎恳求道。

"那好吧,我走了。"老人无奈地叹了口气,然后起身捻小了灯走了。

孩子在母亲身边骚动起来,尽管母亲温柔地抚慰他,他还是断断续续地啼哭,仿佛已经预感到自己一生的痛苦。

黑夜里传来圣·马丁教堂的钟声。严肃迟缓的音调,在湿润的空气里行进,犹如落在苔藓上的脚步声。婴儿的一声嚎哭还没有完全结束,忽然之间就安静了。奇妙的音乐像一道乳汁,在他胸中缓缓流淌。黑的夜里透出光亮,空气变得柔和而温暖。婴儿的痛苦消散了,他轻轻地吁了一口气,进入甜美的梦乡。母亲在婴儿旁边也渐渐地睡熟了。

2.

时光慢慢流逝,几个星期过去了,几个月过去了,昼夜更替,好像潮汐一样周而复始。

生命的钟摆沉重地摆动着,所有生物都淹没在这种缓慢的节奏当中。小约翰·克里斯多夫在江声和钟声永恒的歌唱中一天天长大。音乐在他幼时的头脑中激起无限的幻想。在他所属的儿童的世界里,每天都有无数新鲜的事物等着他去发掘。清晨,当父母还没醒的时候,他仰卧在自己的小床上,望着天花板上跳舞的光线,一个劲儿地高声憨笑。

母亲探身问他:"你在笑什么呀,小傻子?"

他笑得更加厉害了。这时候,父亲突然怒气冲冲地嚷了一句,他立即吓得钻进被窝,连大气也不敢出一声。

过了没多久,他那小脑袋又从被窝里探了出来。屋顶上的风向标吱呀吱呀地打转,水斗滴滴答答。早祷的钟声响了起来。成群的麻雀站在墙头吵闹,一只鸽子在烟囱顶上咕咕叫。小约翰·克里斯多夫听着这种种声音汇成的奇妙的音乐出了神,他轻轻地哼唱着,不知不觉提高了嗓音,最后终于扯着嗓子叫起来。父亲气得冲他吼:"你这头驴子,总不肯安静!再叫,小心我拧你的耳朵!"

他吓坏了,但是一想到父亲将他比作驴子,又觉得很好玩。他躲在被窝里学起驴叫来,这下可真正惹恼了父亲,于是挨了打。他拼命地哭,觉得很委屈:他只不过想笑,想动而已,却要因此挨打。他怎么也想不明白:为什么大人总是睡觉呢?一直躺在那里多无聊啊!

有一次,他跟祖父去教堂。人们都一脸严肃地坐在那里,他只坐了一会儿,就坐不住了,实在闷得慌,于是想出很多办法来解闷。他不断摇摆着身子,仰头看天花板,做鬼脸,还时不时地拉一下祖父的衣角,然后又低头去研究椅子坐垫,甚至想用手指在上面戳个窟窿来。

忽然,管风琴的声音响了起来,他把下巴搁在椅背上认真倾听,一下子变得很安静。江河般壮丽的音乐在教堂里四处横溢,小约翰·克里斯多夫觉得自己好像一只悬在半空中的鸟,随着音乐展翅翱翔,那种自由、快乐的体验十分舒服,他很快就迷迷糊糊地睡着了。

祖父对他很不满,他觉得小约翰·克里斯多夫做弥撒的时候太不安分了。

有时候,他会趁母亲不注意悄悄溜出家门,很快又被抓回来,等到大些的时候,母亲便允许他一个人出去玩了。他的家在城的尽头,没走多远便是田野。

那里是他的乐园。折一根树枝,就能玩出不少花样,简直就是根神仙如意棒。要是树枝又长又直,它就是一把剑,克里斯多夫"将军"随手一挥，就能变出千军万马，他率领军队冲上山坡去袭击假想中的敌人。要是树枝很柔软，克里斯多夫"将军"就拿它当鞭子，骑着马跳过悬崖绝壁。要是树枝很短小，克里斯多夫就做起音乐指挥来，同时自己也唱起来，唱毕，他还对着"灌木丛观众"行礼，碧绿的树尖也摇晃着向他点头致意。

他还是无所不能的魔法师，在田里大踏步地走着，仰头望着天，用力挥舞着手臂。他命令天上的云彩："向右看，齐步走。"但是它们不听话，偏偏往左走。克里斯多夫又是跺脚，又是用棍子恐吓，一点儿用也没有，云还是若无其事地往左飘。于是，他改变策略，气势汹汹地命令它们向左，这一次，云果然都乖乖听话了。

他又指着花，要它们像童话故事中说的那样，变成金色的四轮马车。看到蟋蟀，他把棍子轻轻放在它背上，嘴里叽里咕噜地胡乱念着咒语。蟋蟀想逃走，他把它翻过来仰天躺着，可怜的虫子拼命挣扎。他忘了自己魔术师的身份，趴在地上看着它扭来扭去，不觉笑出声来。有时候，他还会拿一根旧绳了绑在魔术棒上，然后把绳甩进河里钓鱼，他觉得自己什么都可以做成一样……

3.

黄昏的时候，祖父常常带着克里斯多夫散步。祖父很喜欢这个孙子,走在乡间的路上,常常给他讲很多故事,有的是他自己从前经历过的,有的是古今英雄伟人的历史。他眉飞色舞地讲着那些壮烈的事迹,讲到关键处还故意卖关子,等着小孙子来央求。孩子完全被故事吸引住了,着急地追问下文时,老人心里快活得不得了,有人愿意听他说话,让他很快乐。

祖孙俩都很喜欢拿破仑的传奇故事,在老人热烈的叙述中,克里斯多夫仿佛亲眼看到了拿破仑一呼百应,率领着潮水般的军队,将敌人打得溃不成军。老人讲故事的时候,往往不忘穿插一小段道德教训,像"荣誉远比生命更重要"、"善良胜于强暴"等等。孩子虽然觉得那些说教很无趣,但还是会毕恭毕敬地听着。

有时候在路上遇到一个认识的马车夫,他们便搭乘一段路。马车飞快地向前奔跑,克里斯多夫蹲坐在两个大人膝盖中间,快乐极了。他看到马耳朵一会儿甩到左边,一会儿又甩到右边,朝四面八方不住地摆动,觉得很滑稽,自己先哈哈大笑起来,然后拧祖父的腿要他也注意。祖父和马车夫热烈地谈着话,根本不理会他。他们像是有说不完的话,渐渐两人的嗓音都高了起来,简直就像在吵架。孩子担心地看着他们,以为他们互相恨得要死,下一步就要打起来了。

车子终于停了下来。"哎,你们到了。"马车夫喊道。祖孙俩下了车,已经在莱茵河畔的路口了。夕阳沉落,暮色苍茫，河水泛着银灰色的光。

回到家，一进门就是母亲亲切的笑脸。晚上，克里斯多夫躺在自己暖和的小床上。父亲拉起小提琴，尖锐而柔和的琴声充溢整个房间。然而，最幸福的是母亲坐过来握着克里斯多夫的小手，俯在他身上，哼一支老掉牙的歌。父亲瞧不上这种音乐，可是克里斯多夫却怎么也听不厌。他听得飘飘然，都不知自己身在何处了，只觉得胸中温情洋溢。他的小手臂吊着母亲的脖子，紧紧地搂着她。

路易莎笑道："你要把我勒死吗？"

他的小手搂得更紧了。他爱她！他爱一切的人和物！世界那么美妙……他睡熟了。蟋蟀大声叫了起来。祖父讲的那些故事，英雄伟人的面目，在梦里漂浮着……像他们那样做一个英雄多好！活着多有意思啊！

这幼小的生命充满了充沛的精力、欢乐和骄傲。他像一只小壁虎日夜不停地在火焰中舞蹈，身心不知疲倦地跃动，对什么都充满热情。人生还没有束缚他，他在广阔无垠的宇宙中尽情遨游。他相信幸福，并满怀激情地准备去追寻幸福！

然而，人生很快就会让他屈服的。

第二章
初尝人世

1.

老约翰·米希尔原本是安特卫普人,他少年时脾气暴躁,经常跟人打架,有一次惹上了大麻烦,只好逃离家乡。大约五十年前,他来到这个风景秀丽的小城。他是一个杰出的音乐家,在这种音乐气息浓重的地方,他很快就得到了赏识。四十岁以后,他娶了王府乐队指挥的女儿,并且承袭了岳父的差事。

约翰·米希尔和妻子相亲相爱,他们一起生活了十五年,生了四个孩子。妻子死后,他又娶了一个年轻姑娘,八年生了七个孩子。一共十一个儿女,却只有一个活了下来。

不久，第二个妻子也死了。虽然接二连三地遭遇打击，然而老约翰·米希尔并没有被生活击垮，任何灾难都不能改变他乐观的天性，音乐更是无论如何都不会放弃的。

在他的指挥下，亲王的乐队在莱茵河一带颇有名气，但是他的脾气也是出了名的暴躁。且不说乐队排练的时候，就是音乐会中，他有时也会当着亲王的面愤怒地摔指挥棒，像疯子一样乱跳，狂叫怒吼，把出了差错的乐师骂个狗血淋头。

年纪越大，脾气越坏，被他骂过的人不免心中怀恨，最后他的地位也很难维持了。有一次他大发雷霆之后，乐队全体罢工，他提出辞呈，没有任何人挽留他，于是他伤心地走了。

从此以后，他就不知道怎么打发时间了。虽然七十多岁的人了，身体依然很健壮。他照旧工作着，从早到晚不是教课，就是和人家聊天，高谈阔论的，什么事情都要过问。他心思巧妙，又想出很多办法来消遣：修理坏掉的乐器，做乐器改良试验。他也想作曲，但是手刚拿到笔，灵感就溜走了，这让老人十分沮丧。

于是，约翰·希米尔把希望都寄托在儿子曼希沃身上。曼希沃从小就富有音乐天分，小提琴的演奏技巧很娴熟，钢琴弹得也不赖，再加上一张能言善辩的嘴和气宇轩昂的外貌，在音乐会中很受人追捧，约翰·希米尔对此很得意。

实际上,曼希沃的演奏过于空洞、浮华,他只知道一个劲地炫弄技巧,从来不考虑怎么用音乐去表现内容和情感,因为他根本就没有思想。他那略显疯癫的古怪表现,最初还被人们视为天才的明证,然而没过多久,大家便知道他的癫狂是源于酗酒了。

曼希沃自从娶了厨娘路易莎之后,喝酒越来越没有节制,他不再勤奋练习,深信自己已经高人一等,结果很快就被别的演奏家取代了地位,最终也没能承继父亲乐队指挥的职位。靠着老克拉夫脱的声望,他勉强保住了提琴师的饭碗,但是教课的差事几乎全丢掉了。这不仅伤害了他的自尊心,更重要的是严重地影响了家庭的收入。

小约翰·克里斯多夫开始懂事的时候,正是家里最困难的时期。

那时他刚满六岁,下面还有两个弟弟,一个三岁,一个四岁。路易莎要出门的时候,就把两个小的交给他照看。下午他再也不能自由自在地到外面去玩了,可是父母拿他当大人对待,这让他很自豪,于是一本正经地学着大人的样照料着两个弟弟。两个小的非常顽皮,总是欺负他。即使受了很多委屈,克里斯多夫也从不向母亲抱怨。

由于家境窘迫,路易莎从不放过挣钱的机会,遇到人家结婚或者小孩子受洗,她经常出去帮厨。

一天,克里斯多夫穿上最干净的衣服——那是一件人家施舍的旧衣服,被路易莎巧妙地改过了——然后依照母亲的吩咐去她工作的地方接她。

一到厨房,他就被仆人们围住了,他们吵吵嚷嚷地跟他讲话。母亲站在炉灶边,对他温柔地笑着,让他跟在场的每个人问好。她继续忙碌着,在每只锅里尝味道,自信地发表意见,语气肯定地说明烹饪的诀窍,其他的人恭恭敬敬地听着。屋子里的陈设很漂亮,母亲在这种地方这么受人尊敬,克里斯多夫觉得很骄傲。

突然,厨房的门打开了,一位衣着华美的太太走进来,她看了看菜,又尝了尝味道,用威严的口气跟路易莎讲话,路易莎低着头毕恭毕敬地回答。克里斯多夫从没见过母亲这样谦卑的神气,在一旁看呆了。

太太询问起男孩的来历,路易莎过来把他拉到太太面前。太太查问了一番,拉着他的手,说要带他去见她的孩子们。

到了园子里,她便扔下他走了。只见两个孩子正在那虎着脸生气,一个男孩,一个女孩,都和克里斯多夫差不多大。他们走过来好奇地打量他,盘问他是从哪儿来的。克里斯多夫愣头愣脑地站在那,窘得几乎要哭起来,那个黄辫子的小姑娘尤其让他害臊。

他们玩了起来,正当克里斯多夫略微放松的时候,那位小少爷突然站到他面前,扯着他的袖子说:"哎哟!这是我的衣服。"

克里斯多夫觉得莫名其妙,他气愤地拼命摇头否认。

"我认得出来呢!"男孩子说,"这是我的旧上衣,上面还有块污迹呢。"说着,他伸手去指点污迹的位置。然后又仔细地打量起克里斯多夫来,并且问他脚上的鞋是用什么补的补丁。克里斯多夫满脸通红。

小姑娘撅着嘴对她兄弟说:"看来,他是个穷小子。"

他们想法捉弄他。小姑娘看出克里斯多夫的衣服紧窄,不方便跑动,便用几个小凳子堆起来当作栅栏,叫克里斯多夫从上面跳过去。克里斯多夫铆足劲往前一冲,马上跌倒了。他们在旁边哈哈大笑,还要他再跳一次。他眼里噙着泪,拼命一跳,居然跳过去了。可是他们仍不满意,特意把"栅栏"加高成"小山"再让他跳。倘若他稍有反抗,他们便取笑他是胆小鬼。克里斯多夫受不了嘲笑,明知自己会跌倒,还是跳了。结果撞翻了"小山",所有东西都跟他一起呼啦啦地倒在地上。他受伤了,手擦破了皮,差点儿被东西砸到脑袋,最难堪的是:衣服都撕裂了。

两个孩子高兴得手舞足蹈。克里斯多夫想爬起来,男孩子一把将他推倒,小姑娘用脚踢他。他挣扎着想起来,两个孩子一个扑在他身上,一个坐在他背上,把他的脸往土里按。

克里斯多夫火冒三丈,羞愧、愤怒,很多情绪糅合在一起，变成一股疯狂的怒气在他的体内奔腾。他用力撑起身子，把两个敌人摔了下去，等他们再次扑上来时，他低头猛撞过去，给了小姑娘一记耳光，又一拳把小男孩打翻在花坛里。

两个孩子尖叫着逃进屋去，太太马上怒气冲冲地奔了过来，她对着克里斯多夫狂叫怒吼，仆人们也都赶了过来，七嘴八舌地议论着。路易莎不仅没有保护儿子，反而不由分说地扇了他几个耳光，并且要他向主人家赔礼道歉。克里斯多夫愤怒地拒绝了。母亲用力推他，要他跪下认错。他跺着脚大叫，咬痛母亲的手，在仆人的哄笑声中逃跑了。

到了家，他扑倒在床上，眼泪像洪水决堤似的往下流。父亲回来后听说这件事，又把他狠狠地揍了一顿。结果父母吵了起来，两个人都把火气撒在克里斯多夫身上。他们打过他之后，把他推到一间小黑屋里，不给他饭吃。

他从来没想过母亲会这样对他，心里万分委屈。一天的苦难像巨石一样压上心头：两个富孩子的霸道，太太的凶悍，父母的蛮横，尤其是他引以为傲的母亲，居然卑躬屈膝地向坏人低头。他心中的一切都动摇了，整个人精神崩溃。对父母的敬仰，对人生的信心与希望，盲目的道德信仰，一齐给推翻了。他被压垮了，手脚并用朝墙上乱打乱撞，发疯一样地怒吼，拼命撞着家具，最后全身抽搐着倒在地上。

等他醒过来的时候，天亮了，世界已经不是昨天的那个样子了,克里斯多夫第一次尝到了人间的不公。

家里的日子越来越艰难,有时候一家人都填不饱肚子。感受最深的还是克里斯多夫,他总是从自己那份少得可怜的食物中省下一半给弟弟。而父亲对家里的窘迫毫无知觉似的,他照旧第一个吃饭,并且尽力地多吃,全然不顾挨饿的妻子和孩子。

克里斯多夫有时候饿得头晕眼花,胸口仿佛有把大锥子在钻,窟窿变得越来越大。他忍着挨饿的痛苦不说,有时候他感觉母亲在注意他,便装作若无其事的样子说:"我不饿,妈妈,我饱了。"

路易莎很揪心,她完全懂得儿子的心思,自己不吃是为了让家人多吃一些,这点她深有体会,她小时候就是饿惯了的。现在儿子挨饿,这比她自己挨饿还难受。她把一切都看在眼里,却什么也没说。

有一次,趁另外两个孩子到街上去,她把克里斯多夫留在身边帮她干活。她绕线,让大儿子拿着线团。绕着绕着,她突然鼻子一酸,扔下活计,一把将克里斯多夫拉到怀里紧紧搂着。他像小时候一样,紧紧抱着她的脖子,两个人拥抱在一起,无可奈何地哭着。

"我可怜的孩子……"路易莎流着眼泪,喃喃说道。

"妈妈,亲爱的妈妈……"克里斯多夫原谅了她之前对自己的凶恶。

他们一句话也没有多说，可是彼此心里却什么都明白了。

2.

过了好久，克里斯多夫才发现自己的父亲是个酒鬼。

曼希沃虽然酗酒，起初并不超过一定限度，耍酒疯的时候一点儿也不吓人。他说着傻话，扯着嗓子唱歌，生拉硬拽地要妻子和孩子们跟他跳舞。每当父亲这样兴高采烈地回家，克里斯多夫内心就觉得很快乐。

对他来说，这简直就像过节一样，父亲滑稽的样子，刚好可以让家里的气氛变得轻松愉悦。他把对父亲的一切怨恨都抛在脑后，仍旧崇拜起他来，羡慕他魁梧的身材、谈吐和风度。听到人家赞美父亲，克里斯多夫眉飞色舞，比自己被夸赞还高兴。他把父亲视为天才，在他心目中，父亲就像祖父讲的那些英雄一样伟大。

一天晚上七点钟左右，只有克里斯多夫一人在家。曼希沃闯了进来，他走路东倒西歪，衣衫不整，满脸通红，嘴里还不时地发出像蝈蝈一样古怪的叫声。起初克里斯多夫以为父亲像以前一样只是在开玩笑，当他看到父亲软绵绵地瘫倒在椅子里，一动也不动时，他害怕了，不停地摇着父亲的臂膀，喊着："爸爸！好爸爸！你答应我一声啊！"

曼希沃脑袋僵硬地伸过来，直愣愣地瞪着他，呼哧呼哧地喘着气傻笑，嘴里根本说不出话来。克里斯多夫看到他异样的眼神，惊恐万分，马上逃到卧室里，把头埋在被窝底下，浑身直打哆嗦。他感觉天昏地暗，痛苦得仿佛失去了一位心爱而敬重的人。

他想逃出家，小心翼翼地爬到门口，惊慌之下手一松，开好的门啪的一声又合上了。曼希沃听到动静，想转身看，结果扑通一下跌倒在地上。克里斯多夫吓哭了。

曼希沃清醒了些。他一边咒骂，一边挣扎着站起来，拉过克里斯多夫，将他抱在腿上，拧着他的耳朵，磕磕巴巴地教训他。他一会儿哈哈大笑，一会儿又痛哭流涕，不住地亲孩子的脸，最后索性高声唱了起来。

克里斯多夫吓傻了，在父亲怀里憋闷得喘不过气来，却一动也不敢动。酒气熏得他头昏，脸上糊满了眼泪和口水，他感到既恶心又害怕，嗓子里却叫不出声音来。

仿佛过了一个世纪那么久，后来门终于被推开了，路易莎挽着一篮衣服走了进来。她一看到屋里的情形，立即大叫一声，扔下篮子，发疯一样奔了过来，恶狠狠地从丈夫怀里抢走了儿子。

"该死的酒鬼！"她眼里冒着火，冲丈夫嚷道。

曼希沃被妻子气势汹汹的态度吓住了，愣了一下，马上放声大哭起来。他在地上乱滚，用头拼命撞家具，嘴里说着任性的疯话。

孩子在母亲怀里瑟瑟发抖，路易莎温柔地安抚他，终于让他平静下来。母子俩跪在地上，祷告上帝，求他治好父亲的恶习，让他仍像过去一样和和气气的。经受这场惊吓，克里斯多夫发烧了，路易莎坐在他的床头守了一整夜，酒鬼丈夫一直躺在地上打着鼾。

第二天，克里斯多夫上学了。他在学校里总是不安分，上课东张西望，用拳头捶打同桌，将人家推倒在地上。他在椅子上坐不住，一直闹个不停，根本就不能好好读书。

有一天，在学校挨了老师极重的责罚，他铁青着脸回到家，第二天说什么也不愿上学了。母亲对他软硬兼施，可是一点儿用也没有，他坐在角落里，死赖着不走。不论父亲怎么打他，他就是倔强地不松口："不去！就是不去！"要他说出个理由来，他打死也不说。曼希沃硬抓着他押送到学校去。可是一坐到座位上，他就有预谋地破坏手边所有的东西——文具以及课本，还故意让人看见，而且用挑衅的眼神看着老师，结果被关进了黑屋子。过了一会儿，老师发现他把手帕绑在脖子上，拼命朝两边拉：他要把自己勒死呢。没办法，学校只好放他回去了。

3.

大概是遗传了父亲良好的体质，克里斯多夫很能吃苦。生活已经把他磨炼得很结实了，他不怕挨打，在外面打架就像家常便饭一样，他经常鼻青脸肿地回家。

然而他也有害怕的东西，那是很多孩子童年时代的噩梦：藏在黑暗里的神秘怪兽，吃人的妖魔，还有阁楼上的那扇门，正对着楼梯，总是半开着，克里斯多夫觉得门后面一定藏着什么吓人的鬼怪。他还怕屋外无边无际的黑夜，祖父那间孤寂的老屋，旧书里可怕的插图。他也怕睡觉，好多年来一直饱受噩梦的折磨，发展到后来神经极度的紧张，一点小小的刺激都会让他异常痛苦。

但是真正的恐怖却是摧毁一切的永恒的死亡。

有一天，他在衣橱里翻出一件小孩子的衣衫，拿给母亲看。母亲很不高兴地让他放回原处。他觉得很纳闷，一个劲地追问原因。母亲只好告诉他，那是在他出生之前死去的小哥哥的衣服，名字也叫克里斯多夫，但是比他乖。

这些话极大地刺激了他，原来有一个孩子，跟他拥有一样的名字，同是母亲的儿子，几乎和他没什么分别，却已经死了！而且被彻底地忘记了！要是他死了，也同样会被忘记吧？一家人在饭桌上有说有笑，大家照样过着快乐的日子呢！

他还不太明白死究竟是怎么回事。过了几周，有个经常和他在一起玩的孩子很久没有来玩了，听说他病了。一天晚上，克里斯多夫无意间听到邻居太太和父母的对话，他们提到那个孩子，说他死了。克里斯多夫听到后，全身的血液霎时间凝固了。他怕自己也会像那个孩子一样突然死去,睡觉的时候,他躺在床上,头疼欲裂,胸口也闷得慌,他以为自己就要死了,却不敢惊动家人,就这样痛苦地忍受着煎熬。

从此以后,死亡的阴影一直笼罩在他的心头,脆弱的神经让他在整个童年时代饱受折磨,一直到后来他开始厌恶人生的时候,才彻底摆脱掉这种感觉。

在那些令人窒息的夜里,在一片沉闷的黑暗中,音乐像启明星一样,闪烁出照耀他一生的光明。

不久,祖父送给孩子们一件礼物——一架旧钢琴,那是他的一个主顾准备扔掉,而他花了很多心血修好的。克里斯多夫对这份礼物非常满意,他认为这是一只神仙匣子,里面装满了奇妙的故事。当父亲为了试音,弹奏出一组轻快的琶音的时候,克里斯多夫仿佛感觉到轻柔的微风从湿润的枝条上吹下一阵细雨。他欣喜地拍着手叫道:"再来一次!"

可是父亲满脸不屑地合上琴盖,评论说:"这琴完全不中用了。"

克里斯多夫却对它着了迷。他常常趁家里只有他一个人的时候,爬上椅子,去按琴键。手指刚按到琴键上,他的心就开始跳了。那些声音,有的沉着,有的尖锐,有的当当响,有的低声吼,犹如田野里的钟声,飘飘荡荡,随风远去……又像有很多小精灵藏在箱子里一样,它们喃喃自语着,轻轻拍打着翅膀。克里斯多夫喜欢它们,他尽情地徜徉在迷人的音乐森林中。

有一次他偷偷地弹琴,被父亲发现了。父亲粗声大气的嗓音吓了他一大跳。克里斯多夫用手护住耳朵,准备迎接猛烈的耳光。可是这次父亲出人意料并没有骂他,反而很高兴地笑着说:"你喜欢这个吗,孩子?"他亲热地拍拍儿子的脑袋问,"我教你弹怎么样?"

克里斯多夫高兴坏了,嘟囔着回答:"好的,爸爸。"

两人一起坐到钢琴前,克里斯多夫用心地上他的第一节音乐启蒙课。曼希沃把同样的功课教了他一遍又一遍,丝毫没有厌倦。父亲的耐心让克里斯多夫觉得奇怪。他不明白父亲为什么突然对他这样上心,也许是喜欢他吧,克里斯多夫感激地想。

要是他知道"老师"的居心,他就不会这么高兴了。

曼希沃踮着脚尖进来的时候,发现儿子坐在高大的钢琴前玩着琴键,他眼前突然一亮:"神童啊!我早先怎么没想到呢?真是家庭的幸运啊!"他原本以为这个孩子将来会跟他母亲一样,只不过是个乡下人。"试一下又没什么,说不定是个机会!将来成名成家了,还能带我周游全国,或许还能到国外去呢。那不是既愉快又高尚的生活吗?"

有了信心之后,一吃过晚饭,他就要儿子坐在钢琴前,复习白天教过的功课,一直练到他困得睁不开眼为止。从此以后,每天三次练习,天天如此。克里斯多夫很快就对这种枯燥乏味的练习厌倦了，他试着反抗，听课的时候心不在焉，结果招来了父亲的责骂和冷拳。于是，他用更消极的态度来反抗。

一天晚上，听到父亲在隔壁房间说出他的计划，克里斯多夫更气愤了。原来父亲是为了把他变成训练有素的动物带到人前去卖弄，他的自尊受到了极大的伤害。为了让父亲打消这个念头，他故意弹得很坏。

一阵怒吼之后，戒尺雨点般地打在他手上。克里斯多夫的手指疼得完全失去了知觉，他可怜巴巴地抽噎着，鼓起勇气说道："爸爸，我不想再弹琴了。"

"什么？你说什么！"曼希沃气得差点背过气去，他抓着孩子的手臂拼命地摇晃。

克里斯多夫哆嗦起来，他抬起臂膀护着头，继续说道："我不想再弹琴了。首先，因为我不愿意挨打。而且……"

话还没说完，一个耳光重重地抽在脸上。曼希沃叫嚷道："怎么？你不愿意挨打？不愿意挨打？嗯？"拳头像冰雹一样砸下来。

克里斯多夫大哭着叫道："而且……我不喜欢音乐！不喜欢音乐……"

他从琴凳上滑了下来。曼希沃恶狠狠地又把他抱了上去，叫嚷道："你非弹不可！"

"我偏不！"克里斯多夫倔强地反抗。

曼希沃没有办法,只好把他推到门外,威胁道:"不好好练琴,就别想吃饭。"还往他屁股上踹了一脚,关上了门。

　　克里斯多夫坐在肮脏的楼梯上,心里既愤怒又激动。他觉得自己孤独无助,一边哭,一边用脏手抹眼泪,不一会儿,小脸就变花了。哭累了之后,克里斯多夫趴在楼梯的窗台边上睡熟了。

第三章

音乐神童

1.

克里斯多夫不得不在戒尺面前让步了。他每天都得坐在钢琴前苦练,早晚各三个小时。弹错一个音,戒尺就落下米,接着是"老师"一阵狂风骤雨式的咆哮。克里斯多夫自以为对音乐恨透了,眼泪顺着鼻子和腮帮淌下来,一边哭着一边拼命用功。

祖父看到孙子哭,就郑重其事地跟他说:"孩子,为了人类最美最高尚的艺术,为了安慰人们的心灵,吃点苦是值得的。"

克里斯多夫因为祖父拿他当大人待,十分感激,他天生热爱音乐,预备把自己的一生都献给这个让他受尽磨难却又无比迷恋的艺术。

城里有座剧院,演出歌剧、轻歌剧、话剧、喜剧、歌舞、杂耍等各种可以上演的形式,每周表演三次。老祖父每次必到,他对所有节目都感兴趣。

有一次,他带着克里斯多夫一起去。克里斯多夫既紧张又兴奋,他虽然全然不懂剧情,却看得津津有味。音乐给所有的东西都罩上了一层神秘的面纱,让一切都显得高尚、美丽、动人。

戏散场以后,一老一小沉默地走在路上,回味着刚才的故事。过了一会儿,祖父说道:"做个音乐家多了不起啊!造出那样奇妙的场面,简直就像上帝的杰作一样。难道这不是最大的荣耀吗?"

孩子十分惊讶,心想:原来是人造出来的,我还以为是自然而然产生的呢。要是将来我也能像音乐家一样造出这样的作品来多好!真希望自己也能有那么一天!即便是死也甘愿了。他问祖父:"爷爷,今天的戏是谁作的曲呢?"

祖父说:"法朗梭阿·玛丽·哈斯莱,柏林的一个年轻音乐家,我认识他。"

克里斯多夫认真听着,突然问道:"爷爷,您也作过曲吗?"

老人打了一个寒噤,不高兴地回答:"当然。"

孙子的问话触到了他的隐痛。他一直想写戏剧音乐，可是欠缺灵感，也曾创作过一二幕乐谱，但是从来不敢拿给别人看。

晚上，克里斯多夫躺在床上，迷迷糊糊地想："将来我也要写曲子！"

从那以后，他十分热衷于看戏。家里人把看戏当作他勤奋练习的奖赏，于是他对功课更上心了。

过了些日子，音乐界的一件大事让克里斯多夫兴奋不已。第一次使他激动的那出歌剧的作者——年轻的音乐家法朗梭阿·玛丽·哈斯莱要来了，他将亲自指挥乐队演奏自己的作品。全城轰动起来，这件事一时之间成为大家热议的话题。克里斯多夫热心地听着大人们的谈论，一想到大人物要来了，和他住在同一个城市，呼吸着同样的空气，走着同样的街道，他就无比激动，一直盼望着能尽快见到他。

举行音乐会的那一天终于来了。剧院布置得异常隆重。城中有些本领的音乐家们，都以能参加乐队为荣。曼希沃坐在他提琴师的老位置上，约翰·米希尔则担任合唱队的指挥。

哈斯莱一出场，人们就用热烈的掌声向他致意。克里斯多夫目不转睛地盯着他看。哈斯莱样貌年轻俊秀，但是有些虚肿，脸色疲惫，蜷曲的黄头发中间还有点儿秃顶。他的指挥灵活又带点任性，整个身子在那波动着，手势一会儿柔美,一会儿激烈。乐队受到了感染,演奏得很精彩。克里斯多夫和着音乐手舞足蹈。全场的听众都很兴奋,掌声雷动。演奏结束后,人们像潮水一样涌向舞台。每个人都想和大音乐家握一下手。克里斯多夫也想走近哈斯莱,但是他个子太小,根本挤不过去。

祖父在大门口找到了他,要带他去参加晚上献给哈斯莱的夜乐会,这样克里斯多夫就有机会见到哈斯莱了。

乐队成员们一起来到公爵府,在哈斯莱的窗下开始演奏他作品中最著名的几段。哈斯莱和公爵在窗口出现了,人群一阵欢呼,他们也向人们行礼致意。演奏完毕,公爵就派人请乐师们到府里去了。

公爵府的大厅金碧辉煌,桌上堆满了精美的食物,克里斯多夫什么也没有看见,心里只想着哈斯莱。哈斯莱走了过来,向乐师们道谢,他特意把四五位艺术家请到一边,恭维了一番,其中就包括克里斯多夫的祖父约翰·米希尔。

祖父不胜惶恐地向大音乐家道谢,说了一大堆让人脸红的奉承话,后来实在说不下去了,便把孙子拉过来见哈斯莱。

哈斯莱笑着摸了摸他的头,知道孩子很喜欢他的音乐,每天都盼着见到他,甚至已经好几天没睡好觉了,他便亲热地抱起孩子问长问短。克里斯多夫既快乐又紧张,面红耳赤,话也不会说,头也不敢抬了。哈斯莱托起他的下巴,笑

眯眯地看着他。

克里斯多夫偷偷看了他一眼，觉得他很和善，于是放下心，腼腆地笑了。他觉得在心爱的大人物的怀抱中，是那样的幸福、快乐，以至于眼泪扑簌簌地掉下来。

哈斯莱被孩子天真的爱感动了，更亲热地对待他，他把克里斯多夫拥在怀里，温柔地和他说话，呵他的痒痒，努力逗他发笑。克里斯多夫很快就破涕为笑了。才一会儿的工夫，他们俩就很熟了。克里斯多夫毫不拘束地回答哈斯莱的话，还把自己的小秘密都告诉他。他趴在哈斯莱耳边悄悄地说："我长大了也要做一个音乐家，像您那样，写出好多好多美妙的作品。"

哈斯莱笑着说："好啊，等你长大了，成为一个音乐家的时候，上柏林来找我，我可以帮你的忙。"

克里斯多夫快乐得说不出话来。

哈斯莱故意逗他："怎么，你不愿意吗？"

克里斯多夫拼命摇头，摇了四五回。

"那么，一言为定啊！"

克里斯多夫用力点了点头，紧紧地搂着哈斯莱的脖子。他快乐得有些飘飘然，世界上的一切仿佛都不复存在了。

2.

从此，哈斯莱成为他童年时代的偶像。六岁的孩子决心学着偶像的样子开始写音乐了。其实好久之前,他就不知不觉地在那作曲了,只是他自己不知道而已。

对于一个天生的音乐家而言,生活中音乐无处不在。无论是刮风下雨、电闪雷鸣,鸟语、虫声、潺潺的流水、闪烁的星辰,还是或可爱或可厌的人声,吱呀作响的门,奔流的血液……世界上的一切都是音乐,只要用心去听就可以捕捉到。这些音乐在克里斯多夫心中不断激起回响。他的所见所感,都化成了音乐。

像所有孩子一样,克里斯多夫整天哼个不停。不论什么时候,做着什么事情,他的小嘴总是在那咿咿呀呀。有时候,他还编点儿音乐,自己扯着嗓子唱。

有一天,他在祖父家里玩儿,一边打转转,一边哼着曲子。老人当时正在剃胡须,听到后马上停了下来,问他:"你在唱什么呢,孩子?"

克里斯多夫自己也不知道。

祖父让他再唱一次,他却怎么也找不到原来的调子了。约翰·米希尔不做声了,似乎根本没把这件事放在心上。可是,孩子在隔壁房间玩的时候,他特意把门半开着。

过了一周,祖父神秘地告诉孩子,有东西要给他看。他拿出一本手写的乐谱,要孩子照着弹。

过了一会儿,祖父问他知不知道是什么音乐,克里斯多夫茫然地摇摇头。他只顾着弹琴,什么也没注意到。

"仔细想想吧，难道你不认得了吗？"

没错，音乐明明很熟悉，却怎么也想不起来在哪儿听过了。

难道是……可是他不敢指认！于是红着脸说："爷爷，我不知道。"

"傻小子，你自己的调子也不认得了吗？"

老人拿着乐谱，喜气洋洋地向他解释："瞧！这是咏叹调，你周二躺在地上唱的；这是进行曲，那次我要你唱，你唱不出来的；这是小步舞曲，你在我安乐椅前按着拍子跳舞的……你自己看看吧。"

封面上是祖父用漂亮的花体字写下的题目：

欢乐童年：咏叹调、小步舞曲、圆舞曲、进行曲。

约翰·克里斯多夫·克拉夫脱作品第一号。

看到自己的名字，大本的乐谱，属于他的作品，克里斯多夫愣住了，他扑到老人怀里，快乐得脸都红了，磕磕巴巴地说："爷爷！爷爷！"

老人内心很感动，却装作若无其事的样子说："当然，我按调性替你加上了伴奏跟和声，还在小步舞曲后面加了一段三重奏。因为习惯如此，我想这不会有什么害处的。"

"那么，爷爷，也得写上您的名字啊。"

"不用了，除了你没必要让别人知道。将来我不在了，希望这点纪念能让你想起我。"祖父声音发颤地说，他亲了亲孩子的头发,继续说道,"将来你成了一个音乐家,一个大艺术家,为家、为国、为艺术争光的时候,你会记得是你的爷爷第一个赏识你的吧?"

克里斯多夫非常感动。从那天起,这个连字都不怎么会写的孩子开始作曲了。他在纸片上涂着蝌蚪一样的音符,然后得意地拿给祖父看。祖父高兴得直流眼泪,连声赞叹:"妙极了!妙极了!"

这很可能会把孩子宠坏。幸而克里斯多夫天性淳厚,再加上舅舅高脱弗烈特的影响,这些及时挽救了他。

高脱弗烈特和妹妹路易莎一样瘦弱矮小,背有点儿驼。他是个走街串巷的小贩,背后的包裹简直像个万宝囊:糖、盐、纸张、零食、日用品、药品一应俱全。

由于行贩身份低微,再加上他长相丑陋,克里斯多夫的祖父跟父亲都瞧不起他,一直对他冷言冷语,随意拿他开玩笑。但高脱弗烈特仿佛毫不在意,依旧敬重他们。

克里斯多夫受祖父和父亲的影响,也瞧不起小贩。他拿舅舅解闷儿,跟他捣乱,舅舅总是泰然忍受。但从心底来说,他还是爱舅舅的。每次舅舅来,孩子们都非常欢喜,不管有多穷,他总会想法给每人送一个小礼物。

一天晚上,克里斯多夫和舅舅坐在河边的草地上。天渐渐黑了,四周万籁俱寂,星星都亮了。河边微波拍岸,一只蟋蟀在他们身边叫个不停。黑暗里,高脱弗烈特轻声唱起歌来，歌声里有一种动人的真切。克里斯多夫从来没听过这样的歌声，简单、天真、从容不迫，恬静的外表下，仿佛蕴含着无限的哀伤。他屏着呼吸，凝神谛听。

歌声停止的时候，他爬到舅舅膝盖上问："舅舅，您唱的什么啊？"

"是一支老歌。"

"是您编的吗？"

"不，不是我编的。在我出生之前，在我父亲，我父亲的父亲，父亲的父亲的父亲之前就有了。"

孩子想了一会儿，问："舅舅，您也编歌吗？"

"我不会编歌，那是编不起来的。为什么要编呢？各种各样的歌都有了。有的是给你伤心时唱的，有的是给你快乐时唱的，有的是为你想念家乡唱的……无论你心里想唱什么，都有歌给你唱。干吗还要我编啊？"

"因为要做个大人物啊。"孩子天真地说。

舅舅温柔地笑了："我只是个平常人。"他摸着孩子的脑袋，问，"这么说，你要做个大人物了？干吗要做大人物呢？"

"为了编好听的歌啊！"

舅舅笑起来："你想编歌，是为了做个大人物；你做个大人物，是为了要编歌。这可真像一只小狗追着自己的尾巴绕圈圈。再说，即使你做了大人物，也不一定能作出好曲子。"

克里斯多夫听了,不服气地说:"要是我想作呢?"

"你越想作越不能作。实在要作的话,得跟它们一样。你听……"

一轮明月从田野后面冉冉升起,银色的雾在水面上缓缓浮动。青蛙们在说话,蛤蟆像笛子一样唱出悠扬的声音。微风轻拂,山上传来夜莺婉转的歌声。

舅舅深深地叹了口气,说道:"还用得着你编吗?它们唱的不是比你作的更好、更美吗?"

这些声音,克里斯多夫听过很多次,可从来没有这样奇妙的感觉。他的小心眼儿里充满了柔情和哀伤,对舅舅爱到了极点,悔恨从前自己把他看错了,舅舅是最好、最美、最聪明的人。

从那以后,他们俩晚上常常一起出去散步。舅舅和他谈论星辰、云彩,教他辨别泥土、空气和水的气息,辨别自然界中万物的各种声响。有时候,他还会哼唱一支古老的歌。孩子和舅舅越来越亲密了。

一天晚上,克里斯多夫从自己费了很多心血的得意之作中,挑了一首唱给舅舅听。

舅舅静静地听完后说:"可怜的克里斯多夫,为什么你非要作这个呢?多难听啊!"

孩子气得满脸通红:"可是爷爷说我的音乐挺好的呢。"

"是吗?"舅舅不慌不忙地说,"他很博学,对音乐很在行。我一点儿也不懂,可我仍然觉得很难听。你还有别的曲子吗?也许我会更喜欢些。"

于是,克里斯多夫将他作的曲子统统唱了一遍。舅舅摇了摇头,口气肯定地说:"这些比先前的更难听了。"

孩子几乎要哭出来了,带着哭腔嚷道:"为什么?"

舅舅神色泰然地看着他,回答道:"它无聊,没什么意思,所以难听。你心里没什么可说的,那你干吗还要写呢?"

"我就是想写一首好听的歌。"孩子可怜巴巴地说。

"你是为了写作而写作,为了成为一个大音乐家,为了让人敬佩才写作的。音乐要谦虚、真诚,骄傲、扯谎,免不了会受到惩罚。美丽的歌,都是说真话和老实话的。"

克里斯多夫虽然不高兴,可是心里明白舅舅是对的。从此写音乐的时候,只要一想到作品中有不大真诚的曲调,便小心地藏起来或者撕掉。他最在乎舅舅的评论。

3.

不知道为什么,曼希沃忽然改变了想法。他不仅赞成父亲把孩子的灵感记录下来,还花了几晚的时间,亲自把乐稿抄写了两三份。他经常和约翰·米希尔在一起秘密地商量着什么。

一天晚上,曼希沃得意地宣布:要把克里斯多夫的《欢乐童年》献给大公爵,并且刊印作品,组织音乐会演奏孩子的作品。他们把克里斯多夫叫到桌前,让他照他们念的给大公爵写信。

大公爵看完上呈的信和乐谱后,给予了很高的评价。他批准了音乐会,还传令将音乐研究院的大厅交由曼希沃支配,并且答应举行音乐会那天召见儿童艺术家。

那一天终于到来了。克里斯多夫穿着燕尾服,戴着白领结,头发被烫卷了,衣襟上还别着一朵大花——那是曼希沃摘来别在他身上的。路易莎看了他古怪的样子,难受地说:"可怜的孩子,看起来真像个猴子。"克里斯多夫觉得窘极了。

音乐会快开场时,大公爵还没有到。据可靠消息,大公爵正在府里开会,不会来了。祖父和父亲听了都很沮丧。听众已经不耐烦了,只好先开场。乐队奏起贝多芬的《科里奥朗序曲》。刚演奏一会儿,音乐突然停止了,随即又奏起军乐来,原来是亲王驾到,所以乐队奏国歌向他致敬。

序曲重新开始,然后就轮到克里斯多夫上台表演了。曼希沃安排得很巧妙,第一个节目是父子俩合奏莫扎特的奏鸣曲。克里斯多夫怯生生地走向舞台,到了钢琴边,他就镇定多了,与父亲的合奏赢得了热烈的掌声。

接着,他又被抱上钢琴,独奏他的《欢乐童年》,全场都轰动了。

演奏完毕,人们一齐向他欢呼,克里斯多夫害起羞来。

曼希沃出来抱着他,要他向台下飞吻,他无可奈何地做了个手势,挣脱下地,立即奔向后台。

一个副官到后台传达了大公爵的意思,要两位艺术家立刻到他的包厢去。

在包厢里,矮胖的大公爵亲切地称他为"再世的莫扎特"。克里斯多夫被轮流抱着。先是公爵夫人,然后是她美丽的女儿,以及其他的随从。

克里斯多夫坐在年轻的公主的膝上,一动也不敢动。她不停地逗他,克里斯多夫并不讨厌公主。他瞥见祖父站在走廊里包厢的入口处,远远地看着他,于是凑在新朋友的耳边说:"我告诉您一个秘密。我的小步舞曲里那段好听的三重奏,是爷爷作的。别的曲子都是我的,但是最美的那支是爷爷的。他不希望别人知道。您不会告诉别人吧?瞧,我爷爷就在那边,他对我可好了。"

年轻的公主哈哈大笑:"你真是个好宝贝!"她不住地亲他,可是,一转身马上把孩子的秘密当众讲了出来。克里斯多夫和祖父同时大吃一惊。

大家一起笑起来,大公爵向老人道贺,约翰·米希尔慌作一团,想解释却说不明白。克里斯多夫对公主的背信十分生气,他沉着脸再也不跟她讲话,他瞧不起她,说话根本不算话。大公爵笑着称赞他是"宫廷钢琴家"、"宫廷音乐师",他忙着生闷气,一点儿都没听到。

到了家,门一关上,曼希沃就骂他"小混蛋",因为克里斯多夫说三重奏不是他作的。克里斯多夫觉得自己做的是对的,不应该被责骂,忍不住顶了几句嘴。公爵派人送来的礼物都被他弄坏了。他挨了一顿打,被关进自己的房间。

晚上,听到父母和朋友们吃着丰盛的晚餐,大声笑着,互相碰杯,他躺在床上差点儿气死。晚宴快结束的时候,祖父悄悄溜进他的房间,塞给他几块糖果。

克里斯多夫一夜都没睡好,耳边轰响着白天听到的贝多芬的序曲。在狂乱的梦里,他是一个顶天立地的男子汉,像一座山,在风雨雷电中痛苦前行。他是个坚强无畏的勇士!

寂静的夜里,孩子笑出声来。

卷二
少年协奏曲

第一章
祖父之死

1.

三年后,克里斯多夫快满十一岁了。他一直跟着祖父的朋友——圣马丁教堂的管风琴师佛罗里昂·霍才学习和声,同时也学点别的乐器,他的小提琴已经拉得很好了。

父亲替他在乐队里谋了个职位。他在那实习了几个月,已经完全胜任了,于是被正式任命为宫廷音乐联合会的第二小提琴手。他就这样开始挣钱了,然而也正是这个时候,家里的状况越来越糟糕了。曼希沃酗酒更厉害,祖父也更老了。

克里斯多夫常常被召进府里为贵宾和爵爷们弹琴。让他难受的是每次他都得去亲吻那些贵族的手,这让他的自尊心很受伤害。演奏完以后,大家随便夸奖一阵。他觉得自己被人当作大公爵养的宠物一样,所有赞美的话几乎都是对主人而不是对他说的。他觉得受到了羞辱,又不敢表现出来,结果反而更加痛苦。

一天晚上,他手里拿着大公爵的赏钱,走在回家的路上,心里难过到极点,于是把钱扔在地窖的风洞里。可是过了一会儿,他又不得不压着傲气重新捡回来,因为家里已经欠了肉店好几个月的账了。

家里人怎么也想不到孩子因为自尊所受的痛苦,他们都觉得能受到亲王的宠爱是很荣耀的事情。尤其是祖父,凡是克里斯多夫进爵府的晚上,他就借故待在儿子家,一直等到孙子回来,然后向他问长问短。

克里斯多夫板着脸,心情恶劣,只是冷冷地问了一声好,就坐到一旁生闷气去了。人家逼问他,他的眉头拧得越来越紧,有时候甚至顶起嘴来,最后闹得不欢而散。

家里经常会有各种各样的来客,所有客人中,克里斯多夫最讨厌丹奥陶伯父。他跟人家合伙做生意,是亲戚中很有钱的一位,因此别人都奉承他。然而他为人自私、刻薄,轻视艺术和艺术家,甚至当面羞辱当乐师的亲戚。

克里斯多夫经常被他嘲笑,却只能忍气吞声。有一次,在饭桌上,丹奥陶又拿克里斯多夫开起过火的玩笑,克里斯多夫怒从心起,突然朝他脸上唾了一口。全家人都惊呆了。父亲对他又打又骂,非要拉着他给伯父跪下来请罪不可。他拼命挣扎,逃出家门,在田野里睡了一夜。天亮的时候,他跑去找祖父。老人因为他的失踪担心了一夜。他把孙子送回家。家人看到孩子精神紧张的样子,便绝口不提那件事了。

克里斯多夫没有同伴,他和别的孩子格格不入,就连街上的野孩子也不愿意跟他玩,因为他对游戏太较真了,下手也不知轻重。没人跟他玩,于是他假装对他们的游戏不感兴趣,满不在乎地走开了。

只有舅舅来的时候和他一起出去闲逛,他才能得到一些安慰。他们常常在黄昏时到田野去散步,或者是夜里趁家里人都睡着了溜出门。有时候,他们会去找渔夫希莱米,他是舅舅的朋友,他们坐着他的小船,在月光下慢慢飘荡。

克里斯多夫很喜欢跟当小贩的舅舅以及他的朋友来往,家里人气恼极了,他们指责他有了接触上层社会的机会,却不顾身份,屈尊降纡地结交市井小民,简直是自毁前途。

2.

曼希沃的纵酒与懒惰使得家里的经济越来越紧张,约翰·米希尔在世的时候,生活还算过得去。因为曼希沃在父亲的管束下稍有收敛,还不至于太放肆,而且老人也一直贴补着儿子的家用。约翰·米希尔一想到将来,就觉得寒心。

他跟路易莎说:"可怜的孩子们,要是我死了,你们可怎么办啊?"

他拍了拍克里斯多夫的肩膀:"还好,我还能一直撑到这孩子能养活你们的时候!"

可是谁也没想到,老人很快就走到了生命的终点。约翰·米希尔虽然八十多岁了,身体一向很好,人家都觉得他可以活到一百岁,只是脾气越来越差了,稍微不如意,就会暴跳如雷。

一个大热天,他喝了很多酒,又跟别人争论了一番,回到家顶着大太阳整理园子。他的怒气还没有消退,愤愤地掘着地,然后弯腰拔草。克里斯多夫看见他突然站起身,手臂乱挥一阵,像石块一样沉重地栽倒在地上。他跑过去叫他,使劲摇他,可是祖父毫无知觉。孩子吓坏了,大声哭喊起来。附近的人都赶过来,人们把祖父抬进屋。祖父的样子很可怕,克里斯多夫惊叫着跑回家,心里充满了恐惧。

傍晚,路易莎急急忙忙赶回来,带着三个孩子去祖父家。克里斯多夫看到祖父躺在床上,呼吸急促,父亲在一旁大声哭着,心里明白祖父快要死了,他浑身哆嗦起来。

神父做临终祷告的时候,祖父忽然清醒了一小会儿,他大口呼着气,磕磕巴巴地说:"那么……我……我是要死了吗?"

沉痛的声音深深地刺痛了克里斯多夫的心。老人的目光和孩子吓呆了的眼睛触碰到一起,突然亮了一下。他挣扎着像有什么话要说。路易莎把克里斯多夫拉到床边,老人张了张嘴,想伸手摸孩子的头。可是他立刻又昏迷了,这次再也没有醒过来。

屋子里一阵纷乱,号啕声、祈祷声一片,克里斯多夫脸色突然变得铁青,嘴巴抽筋,眼睛睁得大大的,手抓着门钮,抽起风来。母亲瞥见了,赶紧奔过去,把他抱在怀里。

当晚他发烧了,醒过来发现身边没人,便吓得大叫,然后发病又昏过去,几次三番地折腾,一直到第二天晚上才睡着。昏睡到第三天下午,他睁开眼睛时,发现舅舅在身旁陪着,他哭了。

舅舅拥抱着他,轻声说:"哭吧,哭出来就好了,孩子。"

克里斯多夫觉得心里轻快了些,他揉着泪眼,问舅舅:"他现在在哪儿?"

"和上帝在一起。"

"您没明白我的意思。我是说,他的身体现在在哪儿?在屋子里吗?"克里斯多夫颤声问。

"今天早上已经下葬了。"

克里斯多夫松了口气,他很怕看到尸体,但是一想到从此以后再也见不到亲爱的祖父了,他不禁又伤心地哭起来,心里充满了对主宰人们命运的造化之神的怨恨。

多少天过去了，祖父临终的景象总是在他的头脑里盘旋。他知道死亡可以毁灭一切，任何人都对它无可奈何。但是，他绝不会听天由命，即使撞得头破血流，也要和残酷的命运奋力抗争。

正当他被死的念头不断纠缠时，生活的压力很快迫使他转移了自己思考的对象。自从祖父去世以后，家里最大的支撑垮掉了，贫穷和苦难相继进入家门。

这时候，曼希沃不仅不努力工作，反而因为没有了管束，更加肆无忌惮地酗酒。他每晚都喝得烂醉如泥，挣的钱也从不带回家。教课的差事几乎完全丢掉了。有一次，他醉醺醺地到一个女学生家里教课，被人家辞退了，从此再也没有人家愿意请他了。乐队的工作，人家是看在他已故的父亲的面上，才勉强让他保留的。但路易莎担心他随时会失掉饭碗。人家已经警告过他好几次了。他喝醉了酒什么事都做得出来，不断地闹笑话。

克里斯多夫在旁边看了简直无地自容。那时候，他已经是第一提琴手了。他总是设法监督父亲，在他耍酒疯的时候及时阻止他，免得他成为全城的笑柄。

孩子辛苦地维持着家计，可是曼希沃把所有的钱都拿去买酒喝，他甚至从妻子和儿子手里抢走他们辛苦赚来的钱。后来，他开始变卖父亲传下来的东西：书籍、床、家具、音乐家的肖像一样样地被卖，最后连房子也卖了。当他打起家里那台旧钢琴的主意时,遭到了克里斯多夫的强烈反对。尽管他已经有了亲王送的新琴,但是那台旧钢琴启示他走上学音乐的道路,是他童年时期最好的朋友,也是祖父留下来的珍贵纪念。曼希沃没再坚持,第二天却偷偷卖掉了它。

克里斯多夫回来后发现旧钢琴不见了,愤怒地冲到父亲面前,质问:"我的琴呢?"

曼希沃张大嘴,夸张地装出吃惊的样子,引得其他两个孩子哈哈大笑,他也跟着笑起来。

克里斯多夫气得再也不能忍受,发疯一样扑向他:"你这个贼!"

曼希沃始料不及,被孩子掐住了喉咙,他回过神来,奋力一挣,把死命抓着他的克里斯多夫摔在地上。

孩子的头撞到了壁炉的铁架,他爬起来跪着,扬着脸气愤地喊道:"你这个贼!偷盗我们、偷盗妈妈、偷盗我的贼……出卖爷爷的贼!"

曼希沃对着他抡起拳头,可是看到孩子在那气得浑身发抖,目光里充满了毫不掩饰的憎恨和鄙夷,他突然失去了力气,坐到地上,双手捂着脸哭了起来,他骂自己:"对,我是一个贼!我把家里人都搜刮完了。孩子们瞧不起我,我还不如死了的好!"

克里斯多夫靠着墙,咬牙切齿地看着他,喝问道:"我的琴在哪儿?"

"在华姆瑟那里。"他说完,头也不敢抬。

克里斯多夫上前一步,说:"把钱拿出来!"

失魂落魄的曼希沃从口袋里掏出钱交给儿子。克里斯多夫快要走出门口时,曼希沃羞愧地叫住了他,颤声说道:"我的小克里斯多夫……别瞧不起我!"

克里斯多夫动情地扑上去搂住了他的脖子,哭着喊道:"爸爸!亲爱的爸爸!我没有瞧不起您!唉,我心里多痛苦啊!"

他们俩抱头痛哭。曼希沃怨叹道:"这不是我的错。我不是坏人,是不是啊,克里斯多夫?我保证再也不喝酒了。"

克里斯多夫摇了摇头不相信他的话。曼希沃为自己辩解:"我只是手里有了钱就管不住自己。"

克里斯多夫想了一会儿,建议道:"爸爸,我们应该……"他说不下去了,"我实在不好意思说……"

曼希沃向他做了个鬼脸:"没关系,你尽管说吧。"

克里斯多夫提议:"家里的钱,包括您的工资,应该全部交给另外一个人掌管,然后再由他把零用钱按日或者按周交给您。"

曼希沃这时还有点醉意,加上激动的心情,于是一口答应下来,甚至要当场写一个呈文给大公爵,申请自己的工资由儿子克里斯多夫代领。

克里斯多夫觉得太丢脸了,不同意这么办。可是,曼希沃为了表明自己的悔改之心,硬是把呈文写好了。

　　路易莎回家知道这件事,说她宁可要饭,也不愿丈夫丢脸,她说相信他这次一定能痛改前非。于是,曼希沃的信被扔进抽屉藏了起来。

　　过了几天,曼希沃老毛病又犯了,路易莎非常难过。就这样继续忍受了几个月,直到有一天她看见曼希沃又在打克里斯多夫,抢孩子的钱,她再也忍不了了,等到只有她和孩子在家的时候,她把信交给他,说:"你送去吧。"

　　经过激烈的思想斗争,克里斯多夫还是鼓起勇气去爵府送信了。有好几次快到爵府门口了,他又折返回来,不停地在城里绕圈。一想到母亲和兄弟们以后的生活,他就强忍着傲气和自尊,硬着头皮往爵府里走。

　　递交的呈文很快被批准了,克里斯多夫怅然若失地走出爵府。

　　几天以后,曼希沃知道了这件事,大发雷霆,竟跑到爵府里闹了一场,后来又垂头丧气地回来了。原来人家很不客气地告诉他,要不是看在他儿子的份上,早就辞掉他了,如果他还敢再闹事,就马上让他走人。于是,他灰溜溜地回家了。

　　不久,他开始设法骗克里斯多夫的钱,说尽了甜言蜜语,花样百出,克里斯多夫觉得又好气又好笑,但是他坚决不让步。曼希沃也不敢再坚持，面对孩子严厉的眼神，他觉得胆怯心虚。然而他很快又想出了新的办法来报复，去酒店畅饮后，一个子儿也不付，推说他儿子会来还的。克里斯多夫怕家丑外扬，只得和母亲千辛万苦地去偿还父亲的酒债。

曼希沃自己领不到工资后，对乐队的工作更不上心了，缺席的次数越来越多，终于被开除了。从此，一家人的生活重担全部落到了十四岁的克里斯多夫身上。

3.

他发誓要靠自己的力量去解决困难，不愿意母亲到处央求别人，接受那些难堪的帮助。可是总得想办法把日子过下去。乐队里的工资已经不够家用了，于是他开始教课。凭着他演奏的才能和人品，尤其是亲王的器重，在有钱人家找到了不少教课的差事。

他每天忙个不停。早上九点，教女学生弹琴。上完课，连午饭都来不及吃，立即赶到剧院参加排练。接着又去教课，一直忙到傍晚剧院开演的时候。演出完毕，爵府往往又召他去弹一两个小时的钢琴。

克里斯多夫半夜从爵府出来，已经累得要死，手心滚烫，头脑昏沉，胃里空荡荡的。要是外面下着雪或是雾，他还得浑身冒汗地穿越大半个城市才能到家。他得一路走，一路留意着脚下的水洼，以免弄脏他唯一的礼服。

回到家以后,踏进空气浑浊的卧室,苦难的枷锁可以暂时松懈一下的时候,他又感到格外孤独。生活看起来毫无希望,他连脱衣服的勇气也没有了。幸好头一挨着床,便立即睡熟了,只有这时候他才能完全摆脱痛苦的知觉。

天亮之前,他就得起床。他要做些自己的功课,只有五点到八点之间是自由的,可是往往还要抽出一部分时间,为宫廷里的喜事创作应时的乐曲。他想写出很好的、伟大的作品。然而,让他难堪的是,那些应时的曲子,他认为是作品中最坏的部分,却偏偏被人珍藏起来。一想到自己恶俗不堪的成绩将流传后世,他就羞愤地哭。

克里斯多夫过的是怎样的生活呢?辛苦的工作,没有游戏,没有朋友。当别的孩子在玩耍的时候,他正拧着眉,全神贯注地坐在剧院的钢琴前工作。晚上,别的孩子睡熟了的时候,他还在剧院里,筋疲力尽地瘫在自己的椅子上。

他和两个兄弟的感情很淡薄。最小的弟弟恩斯德,十二岁了,是个下流无耻的小坏蛋,整天跟着一帮小无赖在外面鬼混。另一个弟弟洛陶夫,是丹奥陶伯父最喜欢的孩子,将来准备学做生意,他表面规矩、安分,实际上为人比较阴险,自认为比克里斯多夫高明得多,不承认他兄长的权利,却心安理得地吃着他挣来的面包。

两个弟弟都不喜欢音乐。他们利用克里斯多夫的轻信,故意骗他的钱,对他随口扯谎,又在背后嘲笑他。克里斯多

夫永远会上当，他极需要别人的爱，听到一个亲热的字眼就打消了怒气，得到一点感情就被感动得一塌糊涂。因此两个弟弟常常利用他的感情欺骗他。

曼希沃以前对孩子的荣耀很是得意，现在却莫名地妒忌起来。克里斯多夫从别人那听说父亲一直在外面讲他的坏话，简直伤透了心。

晚上一家人在一起吃饭的时候，饭桌上没有一点儿温馨的气氛，只有滔滔不绝的废话和令人厌恶的咀嚼声。克里斯多夫觉得他们既可恨又可怜，可还是不自觉地爱着他们！他只跟妈妈还有些息息相通的感情。但路易莎和他一样整天辛苦地忙碌着，晚上已经没有精神说话，而且她对丈夫和孩子们一视同仁地爱着，并不加以区别。所以克里斯多夫不能把她当作知己，虽然他极需要一个。

他把一切深藏心底，咬紧牙关做着单调而辛苦的工作，这种生活方式已经损害到他的健康。他小时候就有神经不健全的迹象，容易头晕、抽风、呕吐。长大一些后，只要有什么心事，那些病态的现象就会复发。他总以为自己马上就要死了，死亡的阴影始终缠绕着他，然而胜利的执念仍在他胸中燃烧着。当他疲惫不堪、不胜厌恶地在人生的臭水沟中挣扎时，就是那股信念在支撑着他！什么都不能让他动摇！将来他一定会显出自己的！

第二章
好友奥多

1.

一个星期天,乐队指挥多皮阿·帕弗邀请克里斯多夫到他城外的乡间别墅去吃饭。

克里斯多夫上了船,坐在一个年纪相仿的少年旁边。起初,他并没有留意少年。后来,他感觉少年总是打量自己,便看了他一眼。

只见少年金黄的头发光溜溜地梳在一边,圆胖脸,嘴唇上隐约有些胡髭;穿着非常讲究:法兰绒套装、白皮鞋、浅色手套、淡蓝色领带,还拿着一根细细的手杖,俨然一副小绅士的模样,但仍摆脱不了大孩子的神气。少年发现克里斯

多夫看自己,他面红耳赤地掏出一张报纸来,装作专心读报。

克里斯多夫好久没有出城了,他尽情地欣赏着莱茵河两岸不断变换的风景,不时地自言自语。邻座的少年怯生生地插了几句有关景致的传奇典故。克里斯多夫很感兴趣,便与他攀谈起来。少年称呼他"宫廷提琴师先生"。克里斯多夫觉得非常诧异:"怎么,你认识我?"

"是的,我在音乐会中看见过你。"少年的口气中充满了钦佩。

克里斯多夫听了非常得意。很快,他就知道这位新朋友名字叫"奥多·狄艾纳",是城里一个富商的儿子。船到了克里斯多夫的目的地时,两人正聊得火热。奥多恰好也要在这儿下船。

克里斯多夫提议午饭前随便转转,于是两人往田野里走去。克里斯多夫对少年颇有好感,他亲热地挽着奥多的手臂,边走边把自己的计划都告诉他,好像从小就认识他一样。

时间不经意间就过去了,克里斯多夫一点儿也没有察觉。奥多犹豫了很久,最后不得不小心提醒他:"你的午饭怎么办呢?"

克里斯多夫仰在草地上,手枕着头,满不在乎地说:"管他呢!让他们等去吧!这儿太舒服了,我不去了!"接着又提议,"你没什么事吧?我看这样吧:咱们一起吃饭去。

我认识一家乡村饭店。"

奥多本想反对,可是克里斯多夫的口气不容置疑,他只好听从他的安排了。

到了饭店,为了谁做东的问题,两人争执不下,都抢着要请客。奥多以主人的姿态点菜,克里斯多夫便点些更精致的菜来表明主人的身份,还故意让自己显得态度自然。

一开始两人都有点拘束,吃了不少酒饭之后,他们的话慢慢多了起来。克里斯多夫讲他生活的艰难,奥多说他过得也并不如意。他身体较弱、胆子又小,常常受同伴的欺负。家里一心想让他做个商人,将来继承父亲的产业,而他自己的梦想却是当一个诗人,但是根本得不到父母的理解。

这种苦闷克里斯多夫深有体会。于是两个同病相怜的人惺惺相惜。他们互相说出了将来的计划:一个要写剧本、一个要作曲。两人彼此钦佩。克里斯多夫的名气、魄力与胆识令奥多深为折服,而奥多的温文尔雅、博学多识也使克里斯多夫大为敬佩,那是他完全没有却极渴望得到的。

他们轮流讲着,几个小时过去,已经是傍晚了。奥多做了最后一次努力,想抢着去付账单,克里斯多夫狠狠地瞪了他一眼,他也就不敢再坚持了。这顿饭花了克里斯多夫近一个月的工资。

两人一言不发地走着,心里都觉得很快乐。四下寂静无声,克里斯多夫突然抓起奥多的手,颤声问:"你愿意做我的朋友吗?"

奥多回答说:"我愿意。"

他们手挽着手,一起上了船,在明亮的夜色下说些无关紧要的话,浑身懒洋洋的快乐极了。

快到岸的时候,他们约好了下周日再相会。克里斯多夫把奥多一直送到他家大门口。在煤气灯暗淡的光线下,两人羞怯地微笑着,对彼此说"再见"。

克里斯多夫一个人摸黑回去,心里总是有一个声音在唱:"我有一个朋友了!我有一个朋友了!"半夜里醒来的时候,他还嘟囔了一句:"我有一个朋友了!"然后又沉沉睡去。

第二天早上,他觉得昨天的一切好像是一场梦,他竭力回忆着所有的细节。不论是教课还是在乐队,这一整天他都显得心不在焉。

晚上一回到家,他就看到有封信在等他。淡蓝色的信纸上工整地写着:

亲爱的克里斯多夫先生:

我可以称你为我最尊敬的朋友吗?

昨天的相遇一直让我无法忘怀,谢谢你的盛情。只是让你太破费了,我真的觉得很抱歉。昨天过得多快乐啊!我们的相遇难道不是天意吗?我想那一定是命中注定的。一想到下周又能见面了,我无比欣慰!但愿你不会因为上次的爽约跟宫廷乐长先生有什么不快,否则我真的太过意不去了!

亲爱的克里斯多夫先生,我永远是你最忠实的朋友!

奥多·狄艾纳

附:下周日请不要来我家,最好到公园见面。

克里斯多夫含着泪读完信,迫不及待地坐到桌前开始回信。笔尖戳破了信纸,墨水弄污了手指,因为不知道怎么表达满腔的热情,他急得直跳脚。一连换了五六张稿纸,最后终于用歪歪扭扭的字把信写好了:

我的灵魂!你为什么要说那些感激的话呢?我不是告诉过你,在认识你之前我是怎样的忧郁和孤独了吗?你的友谊对我而言就是世界上最宝贵的东西。昨天,我有生以来第一次感受到莫大的幸福。读着你的信时,我快乐地哭了。是命运让我们结成朋友,要我们做一番大事业的。你不会离开我吧?你会对我永远忠实吧?我们一起长大,一起工作,共同合作,多好啊!你那么高尚、富有学识,有时候我都觉得自己没有资格做你的朋友。真希望早些看到你。你不让我去你家,那么我不去好了,虽然我不明白你为什么这么谨慎,但是你那么聪明,一定不会错的。

　　另外,永远不要再跟我提钱。虽然我没有很多钱,但是款待朋友的能力还是有的。我很乐意为朋友倾我所有。相信你也是这样。好了,周日见吧。我不在乎我的指挥是否会埋怨我,我只在乎你,我的灵魂!

克里斯多夫

　　那个星期,克里斯多夫等得心烦意乱。到了星期四的时候,他忍不住又给奥多写了一封更热烈的信,奥多的回信也充满了多愁善感的气息。

　　星期天,奥多准时来了。克里斯多夫在公园的走道上已经等了他一个小时。再次见面,他们都没有想象中的那么激动,两个人的话很少。克里斯多夫不免有些失望。

　　他们在乡间溜达了一天,始终摆脱不了那种尴尬的感觉。搜肠刮肚地找出话来说,却让彼此更加受罪。直到搭车回去前的一个小时,他们的精神才放松下来。

　　树林里传来狗叫声,狗好像正在追逐什么猎物。克里斯多夫提议躲起来看看。他们趴在一条铺满枯叶的小径旁,耐心地等待着。忽然,一只野兔从密林中直窜过来,他们惊喜地叫出了声音。野兔受了惊吓突然改变方向,一个筋斗栽到小树林里去了。

他们觉得很好玩,笑得直不起腰来。克里斯多夫滑稽地学着野兔的样子,奥多装作狗,两人一个跑,一个追地玩了起来。他们在树林中、草原上往来驰骋,穿过篱笆,跳过土沟,窜进了麦田,一个乡下人朝他们大声嚷嚷,可他们照样奔着。最后,两人从斜坡上滚下来,一路发疯似的大喊大叫。这时候,他们可开心了,再也不用扮演什么生死之交,痛痛快快地流露出了孩子的天性。

截然不同的性格让他们互相吸引,成为亲密的朋友。克里斯多夫喜欢奥多纤巧的手、美丽的头发、整洁的服装、羞怯的谈吐以及彬彬有礼的举止。奥多则佩服克里斯多夫充沛的精力和独立不羁的性格。克里斯多夫对奥多照顾有加,他很渴望能有机会向对方证明他的友谊,哪怕为此牺牲自己的一切。

他们每周要通两三次信,互相在信里热烈地抒发情感。信封上的地址有特别的写法,邮票也有特别的粘法,斜贴在右下角表示与写给普通人的信不同。这些孩子气的举动对他们来说有着特殊的魅力。

2.

一天,克里斯多夫教课回来,偶然在街上看到奥多跟一个年纪相仿的少年在一起亲热地谈笑。他脸色发白，一直盯着他们看，直到他们拐了弯再也看不见为止。回到家，他感觉天旋地转，眼前昏黑一片。

下周日再见面的时候，克里斯多夫沉默了很久，终于忍不住说道："星期三我在街上看到你了。"

"哦。"奥多轻轻地回答，脸却红了。

克里斯多夫装作若无其事，问："那天你和谁在一起的？"

"我的表兄弟法朗兹。"

过了一会儿，克里斯多夫又说："你从来没和我提过他。"

"他住在莱纳巴哈，有时候到这儿来，有时候我去他那儿。"奥多想换个话题，于是把树上的鸟指给克里斯多夫看，他们便谈论起别的事了。过了十分钟，克里斯多夫忽然又问："你们俩很要好吗？"

"你说的是谁啊？"奥多明知故问。

"你和你的表兄弟。"

奥多不太喜欢这位表兄弟，因为常常被他耍弄。可是由于淘气的心理作怪，他说了一句："他挺可爱的。"

"谁？"克里斯多夫带着妒意，故意问。

"法朗兹喽。他很好玩，一肚子故事。"看到克里斯多夫心不在焉的样子，奥多继续说道，"他很聪明……长得又那

么漂亮!"

克里斯多夫耸耸肩,好像满不在乎地说:"这跟我有什么关系呢?"

奥多还想说下去,克里斯多夫很不客气地打断了他,把话题岔开了。他提议一起朝远处的一个目标奔过去。

整个下午,他们都不再提这件事,彼此显得过分礼貌而冷淡。克里斯多夫终于忍不住了,他回转身,用力抓住奥多的手,激动地喊道:"听着,奥多!我不想你和法朗兹要好,因为……因为你是我的朋友。我不想你喜欢他胜过喜欢我!你知道吗?你是我唯一的朋友,是我的一切……"

奥多看到他痛苦的模样,既感动又有些害怕,他发誓自己永远是克里斯多夫忠实的朋友,如果克里斯多夫真的这么介意,那么他再也不跟表兄弟见面了。

他们握着手,彼此交谈起来,很快又恢复了愉快的心情,甚至比以前更亲密了。

然而,这样的争吵并非仅此一次。奥多虽然作出了承诺,却照旧和法朗兹或者其他什么同伴手拉着手,一起走在街上嘻嘻哈哈地笑。克里斯多夫生他的气,奥多答应以后不再那样了,可第二天依然如故。

克里斯多夫曾写过严厉的信要与他绝交,但只要奥多说一句恳求的话,或者像某一次那样送他一朵花,表示自己的忠诚,克里斯多夫立即就原谅了他。

慢慢地，两人互相厌倦了。克里斯多夫全心全意地投入到这段感情中，所以他要求别人也必须这样对他。他决不允许有第三者来分享他们纯粹的友谊。有时候，他勉强压制情感，很真诚地反省自己，批判自己没有独占朋友的权利，于是劝说奥多继续和别的朋友来往。可是当奥多故意听从他的劝告时，他又忍不住沉下脸来发脾气。

说到底，他能接受奥多更喜欢别的朋友，但是他绝不能忍受谎言。奥多既不是不老实，也不是假仁假义，只是天生不喜欢说真话，他说话总是模棱两可，无论什么事都喜欢半遮半掩，常常惹得克里斯多夫心头火起。要是被人揭穿了谎话，他不但不承认，还会拼命抵赖，满嘴胡扯。有一次，克里斯多夫一气之下，打了他一耳光。他以为他们的友谊从此就完结了，奥多永远不会原谅他了。但是，几个小时之后，奥多又主动来迁就他了。

他们不再像初识那会儿用互相欣赏的眼光看待对方了，两人的缺点鲜明地显露出来。

奥多觉得克里斯多夫的性格再也不像以前那么可爱了。散步的时候，克里斯多夫热了起来，总是不顾体统地敞开衣领，撸起衣袖，一边挥舞着手臂，一边扯着嗓子唱歌。贵族脾气的奥多，这时候最怕被人看到他和克里斯多夫在一起了。要是迎面有马车驶来，他就故意落在后面，假装自己一个人在散步。

在公共场合,克里斯多夫同样惹人讨厌。他一开口就大声嚷嚷,不是毫无顾忌地评论别人,就是旁若无人地谈自己的私人生活。奥多朝他使眼色,他全然不理会,仍继续讲。奥多看到别人脸上的笑意,羞红了脸,恨不得立即找个地缝钻进去。他觉得克里斯多夫简直粗俗不堪。

3.

两个人之间虽然有了裂痕,但还是彼此需要、互相感染。奥多受克里斯多夫的影响,学他的态度、举动和笔迹,克里斯多夫也不自觉地模仿奥多,学他的装扮、走路的样子以及说话的音调。他们都以为这些行为是友情激发出来的,其实那是青春期的先兆。

克里斯多夫的两个弟弟一直偷看他和奥多的通信,甚至在背后偷偷嘲笑他。克里斯多夫虽然感觉到了他们的怪异举动,却没放在心上。直到有一天,小坏蛋恩斯德偷母亲抽屉里的钱,被克里斯多夫撞见了,狠狠地骂了他一顿,这件事才败露出来。

恩斯德不服气克里斯多夫的管教,阴阳怪气地说了很多不三不四的话。起初克里斯多夫没有听懂,后来听他提到奥多和他们的友谊,他才明白过来。恩斯德为了让哥哥难堪,用一大堆下流的脏话嘲笑他和奥多的友谊。克里斯多夫铁青着脸,扑到他身上,和他滚打在一起。要不是父母听到声音及时赶过来，恩斯德很有可能就被打死了。

事情过后，几句冷嘲热讽的话都让克里斯多夫胆战心惊，他以为小城里有些居心不良的人正在注意他。父亲听到了一些风声，对他和奥多散步的事也说过好几次。克里斯多夫感到异常的苦闷。与此同时，奥多也正经历着同样的苦闷。

他们仍偷偷地见面，但是再也没有以前那种忘形的快乐了。光明磊落的友谊遭到非议和侮辱，两个孩子纯洁的感情被玷污。现在他们再在一起的时候，感觉很不自然，于是连他们自己也受不了了。

两个人虽然都没有明说，但是见面的次数却越来越少。他们勉强通着信，因为担心被别有用心的人利用，用词谨慎、字斟句酌，写出来的话淡而无味，两个人都心灰意冷了。不久，一个借口工作繁重，一个推说事忙，正式停止了通信。后来，奥多进了大学，照耀过他们一生中几个月的珍贵友谊就这样黯然结束了。

第三章
初恋

1.

参议官史丹芬·冯·克利赫的太太在丈夫去世后,带着女儿离开柏林,搬回她的家乡——这个莱茵河畔的小城里了。

她在这儿有栋祖传的老屋,屋后有一个美丽的大花园,从山坡蜿蜒而下,一直延伸到河边与克里斯多夫家相邻的地方。克里斯多夫在顶楼的卧室里,可以看到垂在围墙外的树枝和布满苔藓的红色屋顶。园子右边有一条僻静的小路,爬上路旁的界石,便可以望见墙里的景致。克里斯多夫经常爬到那个瞭望台上,把下巴搁在墙头上,望着墙里的景色出神。

一天早上，他又爬上界石，心不在焉地朝里看，忽然发现那栋屋子长年紧锁的窗户全部打开了，阳光一直晒到屋子里面。他觉得很纳闷。

吃饭的时候，父亲传播了一个新闻：克利赫太太带着女儿回来了，她们的行李多得简直数不清。克里斯多夫听到这个消息，对那栋屋子的主人做了一番遐想。随后因为忙于工作，他就把这件事忘了，傍晚回家才重新想起来。

克里斯多夫出于好奇，爬上瞭望台朝里面看。树木一动不动地站在那，仿佛在夕阳中睡熟了。过了一会儿，他已经忘记自己为什么爬上来了，只是安静地体味着那份恬静，任思绪在那儿自由飘荡……

忽然，他从幻想中醒了过来，对眼前的情景大吃一惊：花园里一条小径的拐弯处，有两个女人正望着他。一个是穿着孝服的少妇，浅灰的金发、个子高大、仪容典雅，眼神和善地看着他；另一个是十五岁的小姑娘，金黄的发辫围成一圈盘在头顶上，她双手掩着嘴、忍着笑。

克里斯多夫愣住了，脚像钉在那里一样。年轻的太太笑盈盈地向他走过来，亲热地叫了一声："孩子！"他惊醒过来，直接从界石上滚了下去，把墙皮抓去了一大块。接着传来一阵清脆悦耳的笑声。手和膝盖着地以后，他稍微愣了愣，然后飞一般地逃跑了，仿佛有什么人在背后拼命追赶他一样。他觉得难为情,从此再也不敢走那条小路了。但他却忘不了那两张可爱的脸,经常爬上阁楼,从天窗里远望克利赫家的房子和花园。

一个月以后,在每周举行的音乐会中,他演奏了一首自己的钢琴曲与乐队的协奏曲。弹到最后一段的时候,他无意中瞥见克利赫太太母女俩正坐在对面的包厢里望着他。刹那间他呆住了,差点儿错过了跟乐队呼应的段落。他心不在焉地把曲子都弹完了,赶紧溜下台。为了避免撞见她们,克里斯多夫从剧院的边门急急忙忙地逃了出去。

几天以后,他回家吃午饭,路易莎得意扬扬地告诉他,有个穿制服的仆人给他送来一封信。克里斯多夫接过来一看,是一个镶着黑边的大信封,反面还刻着克利赫家的爵徽。他拆开信来看,里面是一封请柬,上面写着:

尊敬的宫廷乐师克里斯多夫·克拉夫脱先生:
　　敬请您于今日下午五时半光临茶叙。
　　　　　　　　　　约瑟芬·冯·克利赫夫人

"我不去!"克里斯多夫看完请柬立即嚷道。

"什么?"路易莎喊道,"我已经回过人家说你一定去了,你下午不是正好有空吗?"

克里斯多夫跟母亲吵了一架,埋怨她不该替自己做决定。虽然怄气说不去，但他知道这下子逃不过了。到了邀请的时间，他还是硬着头皮去了。

克利赫太太在音乐会上一眼就认出，台上的钢琴家正是那个头发乱糟糟的，在她家花园的墙顶上探头探脑的野孩子。她向邻居们打听了一下，对这个孩子勇敢而艰苦的生活经历很感兴趣，于是想和他谈谈。

克里斯多夫胆怯地走进来，看到母女俩，他笨拙地向她们行了个礼。

克利赫太太愉快地笑着，向他伸出手来："你好，亲爱的邻居，很高兴见到你。那次在音乐会上听过你的演奏，我们都很愉快，所以冒昧地把你请过来了。"

旁边的小姐合上书本，好奇地打量着他。母亲指着她介绍道："这是我的女儿米娜，她也很想见你。"

"我们可不是第一次见面哦。"米娜笑了起来。

克利赫太太也笑着说："是啊，我们刚搬过来的那天，你来看过我们的。"

克里斯多夫一脸窘相，米娜笑得更厉害了。她们高兴的样子完全出于真诚，让人看了简直无法生气，克里斯多夫虽然觉得尴尬，也不由得跟着笑了起来。

克利赫太太关切地询问他的生活，对克里斯多夫心慌意乱，结结巴巴地都不知道自己在说些什么。为了让他放松下来，克利赫太太不停地跟他讲话，米娜也调皮地对他眨眼，可是他依然觉得浑身不自在。

克利赫太太看出了他的窘态，于是请他弹几首曲子。一坐到钢琴前，克里斯多夫马上像换了个人似的，一丝不苟地弹奏起来。他弹了一段莫扎特的柔板，克利赫太太听了特别感动，着实夸奖了他一番。顽皮的米娜也惊奇地看着这个说话蠢笨而手指却那么富于表情的少年。

克里斯多夫又弹奏了一个小曲子，他羞怯地说："这是我在你们家墙头上作的。"

那段悠闲沉静的行板仿佛给人留下这样一种印象：夕阳西下，群鸟归林，它们站在枝头上欢唱着，庄严的树木在恬静的余晖里沉沉入睡。

母女俩听得高兴极了，米娜拍着手叫道："妙极了！明天我叫人靠墙放一座梯子，让你在上面舒舒服服地工作吧。"

克利赫太太笑着说："你不要听米娜的疯话，既然喜欢这个花园，就随时来玩，不必跟我们打招呼。"

米娜学着母亲的口气，俏皮地说："你不必跟我们打招呼，可是，如果你真的不打招呼，就得小心些！"她故意威胁他。

克里斯多夫开心极了，一股脑地把自己的心里话都说了出来，根本没有注意到时间的流逝。到了吃晚饭的时间了，女主人礼貌地邀请他一同用餐。他觉得他们已经是好朋友了，于是一点儿也没推辞。可是，他在饭桌上的表现却让人大失所望，他只顾着埋头吃喝，丝毫没有顾及什么餐桌礼仪，再说他也没有接受过这方面的训练。爱整洁的米娜小姐撅着嘴看着他，一副老大不高兴的样子。

人家以为他吃过饭就会走的，谁知他跟着她们又回到客厅里坐下了。米娜好几次都忍着呵欠，朝母亲使眼色，可是克里斯多夫丝毫没有察觉。要不是克利赫太太用巧妙的方式把他打发走，他真有可能会在这儿坐一夜。

两天后，照着之前的约定，他又来到她们家，教米娜弹钢琴。从此他一周去上两次课，时间都是早上；但是他晚上还会跑过去，不是弹琴，就是和她们聊天。

克利赫太太很喜欢他。她是一个聪明仁厚的女子，丈夫去世时，她才三十五岁，还很年轻，以前在交际场上也很活跃，现在毫无遗憾地隐退了。抛弃了世俗的繁华，她只想一心一意地教养女儿。最初来到这个城市的时候，因为守丧，不与外界来往，克里斯多夫便成了她消闲解闷的对象。

她爱好音乐，克里斯多夫弹琴的时候，她坐在火炉旁，手里做着活计，迷迷糊糊地笑着，任思绪在或悲或喜的往事中飘荡。凭着自己的聪明，她能感觉到克里斯多夫身上罕有的音乐天赋。他品行的端正、动人的刻苦精神，也备受她的赏识。他笨拙、可笑的地方，她看了都觉得好玩儿。但是她并不完全把他当真。克里斯多夫暴烈的性格、古怪的脾气，让她觉得他精神不太正常，克拉夫脱家的人世代都是老实人,都是优秀的音乐家,但多少都有点儿疯癫。

克里斯多夫全然没有觉察到克利赫太太对他轻描淡写的嘲弄,他只感受到了母亲般的慈爱。虽然宫廷里的差事让他有机会每天都和上流社会接触,但是自私的贵人们除了利用他的音乐才能,绝不会在任何方面帮他。所以他始终是个野孩子,既没有知识,也缺乏教养。

克利赫太太在不伤害他自尊的情况下,温和地教导他很多礼仪,让他知道贵族应有的言行举止是什么样的。她还让他接受一点儿文学教育,挑一些美丽的诗篇叫两个孩子高声朗读。她甚至管他的衣着装扮,给他添置新衣服,为他打一条毛线围巾,送他各种小礼物。克里斯多夫对她充满了感激。

他和米娜的关系又不一样了。米娜觉得他是个又丑又穷、没有教养的男孩子,只不过琴弹得很好而已。她愿意跟他学琴,也愿意和他一起玩儿,只是因为暂时没有别的同伴。其实,她压根没把他放在心上。上课的时候,她总是迟到,冷冷地问一声好,然后不声不响地坐到钢琴前。她喜欢无穷无尽地弹着音阶,这样就可以一边懒洋洋地弹着琴,一边胡思乱想下去了。

但是,克里斯多夫非要她注意那些艰难的练习,为了报复,她故意弹得很糟糕。克里斯多夫从来不恭维她,她也和他对着干,两人经常斗嘴。为了解闷,她总是想出很多荒唐的小把戏来打断课程，让克里斯多夫难堪。

有一天，她有气无力地咳着，用手帕蒙着脸，装作要晕倒的样子。忽然，她灵机一动，故意把手帕丢在地上，让克里斯多夫替她捡起来。克里斯多夫只好照办，然后她装着贵妇的口吻说了一声"谢谢！"克里斯多夫气得只好干瞪眼。

第二天，她又故伎重演。克里斯多夫憋了一肚子气，干脆不理会她。她等了一会儿，恼怒地说："请你帮我把手帕捡起来，好吗？"

克里斯多夫忍不住爆发了："我不是你的仆人，你自己捡吧！"

米娜气得站了起来，把琴凳都踢翻了："你这是什么意思！"她重重地敲击了一下琴键，跑出去了。

第二天，他以为米娜不会来上课了。没想到她还是来了，因为她明白要做一个受过良好教育的大家闺秀，钢琴一定得学下去，而克里斯多夫在音乐方面的确可以称得上专家，所以她还像以前一样照常上课。

2.

三月的一个早晨，鹅毛般的雪花在空中飞舞，他们俩在书房上课。米娜弹错了一个音，照例推说乐谱上就是这么写的。克里斯多夫虽然知道她撒谎，但仍免不了要俯身去查看乐谱。她的一只手放在谱架上，他低下头，嘴巴离她的手很近。看着少女花瓣一样的手,他突然情不自禁地把嘴唇用力压在那只小手上。

他们俩同时吃了一惊。他往后一退,她立即把手缩了回去。两人的脸都红了,彼此低着头,一声不吭。过了一会儿,米娜重新弹起琴来,接二连三地出错。因为更慌张,他什么也没有发觉。他为自己荒唐粗俗的举动感到羞愧,自以为从此在米娜的心目中彻底完了。谁知,米娜却破天荒地第一次对他有了好感。

再见面的时候,克里斯多夫看到米娜那么殷勤,十分惊讶。她用甜蜜的音调向他问好,然后端端正正地坐在钢琴旁,乖得像个天使。她再也不调皮捣蛋了,用心地听克里斯多夫的指点,短时间内竟然大有进步:不但弹得好多了,而且也真心喜欢音乐了。连最不会恭维人的克里斯多夫,也忍不住夸奖了她几句。

从那以后,每次上课前她都费心打扮,和克里斯多夫没话找话说,装作大人的口气,甚至引用诗人的名句。克里斯多夫对她的变化感到惶惑。

有一天,他安静地坐在那儿,米娜突然烦躁起来,想也不想就把手送过去贴在他的嘴上。他吓了一跳,接着又羞又恼,但仍热烈地吻着她的手。一阵骚乱的情感在他胸中翻涌着,让他完全摸不着头脑。

他们再也不像以前那样无拘无束了,两人在静默中培植着自己的爱情。其实他们的爱情纯粹是书本式的，他们回想读过的小说中的情节，把自己并没有的情感强加在自己身上。

一天傍晚，他俩在客厅谈话，提到了生命和死亡的话题。米娜慨叹自己的孤独："每个人都只顾自己，没有人理睬你，也没有人爱你。"

克里斯多夫紧张得脸色都变了，他鼓起勇气问："那我呢？"

小姑娘兴奋地跳起来，上前抓住他的手。

这时候，门开了，两人都猛然往后一退，原来是克利赫太太进来了。克里斯多夫随手抓起一本书来看，书拿颠倒了都没发觉。米娜低头装作做针线活，却被针戳破了手指。

整个黄昏，他们再没有单独相处的机会了，他们也害怕有这种机会。

克里斯多夫开始躲着米娜，米娜很不高兴，于是做出一副冷冰冰的姿态，他们之间还从来没有这样冷淡过。

有一天，外面阴雨连绵，他们在屋子里闷得慌，等天放晴以后，他们进了花园。虽然两人走在一起，可是因为赌气，谁也不理谁。一只蜜蜂跌跌撞撞地停在紫藤上，把雨珠撞得洒了她一身。两人相视而笑，这时候谁也不生气了。

米娜拉着他的手奔进小树林。他们跑得上气不接下气。停下来的时候，米娜转过身，和他拥抱在一起。

他们互相表白了自己的感情,立下了海誓山盟,彼此都觉得幸福极了。谈到将来的生活,克里斯多夫对自己的贫困深以为恨,米娜说她根本不在乎金钱。克里斯多夫感动地向她许诺,要成为一个大艺术家。她像小说里的女主人公那样念着多愁善感的诗歌,他也用酸溜溜的语言回应她。

这一切都被克利赫太太看在眼里,她太聪明了,绝不会强行拆散他们,她知道那样做反而容易激起女儿的逆反心理。她只要了小小的手段,就把克里斯多夫在米娜心中的形象全毁了。

她在米娜面前,巧妙地用挖苦的口气提到克里斯多夫,毫不留情地讽刺他的可笑之处:难看的衣服、没刷干净的帽子、太大的鞋子、内地人的口音、笨拙的行礼、粗声大气的嗓门,每一样都批评得恰到好处,既中肯又足以损伤米娜高贵的自尊心。米娜想为克里斯多夫辩解,可是母亲已经把话题岔开了。母亲漫不经心的态度让米娜觉得很受伤。

慢慢地,米娜看克里斯多夫的目光不再那么宽容了。她埋怨他笑声太响,批评他的衣着,挑剔他的字眼,对他有很多不满。

克里斯多夫虽然觉得沮丧,却根本没能觉察到她内心的变化。

复活节到了,米娜马上要跟母亲去魏玛的亲戚家玩几天。

分别前的最后一个星期,他们又像刚开始时那样亲密。米娜送给他一个小香囊,里面藏着她的一绺头发。他们把定情的话说了一遍又一遍,约定每天通信。临走的那天,克里斯多夫去送她,车子发动了,他也跟着跑,眼睛一直盯着米娜,直到什么都看不到了才停下来。回去以后,他哭了整整一上午。

他第一次尝到离别的痛苦,这是所有恋爱中的人最受不了的折磨。心爱的人不见了,世界仿佛也成了一片虚无。他做什么都提不起劲儿来,简直快要失去生活的勇气了。

一天晚上,邮差送来一封信,是米娜寄来的。米娜在信里称他为"亲爱的克利斯德兰",说她哭了好几回,每天晚上都望着星星想念着他。她叫他别忘了他的誓言,只准想念她一个人,并且希望他好好工作,早日成名。署名的时候她自称为"永远永远是你的……"。

克里斯多夫把这封信翻来覆去地念了四遍,立即又写了回信。信寄出去之后,他整个的生活就只剩下等待回信了。想到米娜对他的期望,他决定写一部作品题赠给她。他把自己关在房间里整整八天,写了一首单簧管与弦乐器的五重奏。他把自己满腔的热情都倾注在作品中,这也是所有的艺术家能领略到的最大的愉悦。

他的信寄出去两周了,可是还没有回音。于是他又写了第二封信,用说笑的口吻埋怨米娜把他忘了,其实他并不真的相信。他写了很多恋人间心照不宣的话,而且把用到"爱情"这两个字眼的地方,都换成了"友谊"。他以为只有米娜一个人懂,他相信这次她必定会回信。

然而,三天过去了,还是没有回音。他疑心有人将他的信藏了起来,疑心米娜病了,而且快要死了,说不定已经死了,满脑子的胡思乱想,却从来没怀疑过米娜的忠实。他又悲痛地给她写了第三封信,并且连夜寄了出去。

米娜的信终于来了,只有半页纸,口气既冷淡又傲慢。她说自己身体很好,只是没有时间写信,请他以后不要再这么冲动了,并且提出停止通信。

克里斯多夫看完信非常沮丧。他依然没有怀疑米娜的真诚,只是觉得她对他的爱终究不及他的。

回来的日子早就过了。米娜临走时答应过他,会提前告诉他归期,他耐心等待着,准备随时去迎接她。可是久久没有消息。

有天晚上,祖父的朋友地毯匠费修来他家找曼希沃聊天。他说明天早上要去克利赫家装窗帘。克里斯多夫听到愣住了,诧异地问:"怎么?她们回来了吗?"

"早就回来了!前天就回来了。"费修嘟囔道。

克里斯多夫马上奔到克利赫家,母女俩都在客厅里,看到他来了一点儿也不惊讶。米娜低着头写信,心不在焉地向他问好,偶尔抬头跟母亲说两句话。信写完了以后,她又开

始兴奋地讲她旅行的见闻,母女俩默契地笑着。克里斯多夫觉得自己像个局外人,只能勉强陪着她们笑。米娜说话大多是对着母亲说的,目光偶尔投向他的时候,虽然和气,却很冷淡。

时间过去很久了,米娜打了个呵欠,又客气地道歉,说是累了。他站起身来准备告辞,心里却希望人家挽留他,可是人家只是随便地跟他握了握手,不仅没送他,也没说请他明天再过来。

回家以后,他非常惶惑,两个月前还和他山盟海誓的米娜,怎么突然间像变了个人似的?他怎么也不愿意相信这残酷的事实,决定第二天一早,无论如何都要跟她好好谈谈。

这一夜他好不容易熬了过来,天一亮,他就到克利赫家去了,可是碰见的不是米娜,而是克利赫太太。

"呦,是你啊,我正好有话要对你说呢。"克利赫太太半开玩笑地说道。

他们坐在花园的凳子上。"我要谈的事,你大概也知道了吧。"克利赫太太严肃的表情让他很窘迫,"我简直不敢相信,克里斯多夫。过去我一直以为你是个老实的孩子,所以很信任你。谁知你竟滥用我对你的信任,把我的女儿迷得神魂颠倒。我拜托你照顾她的,你本应该敬重她,敬重我,也敬重你自己。"

"可是,太太……"克里斯多夫眼泪巴巴地说道,"我发誓我不是一个坏人,我爱米娜小姐,全心全意地爱她,而且我是要娶她的。"

克利赫太太微微一笑:"不,可怜的孩子,那是不可能的,你太幼稚了。"

克里斯多夫看出了她的轻视,追问道:"为什么?为什么?"

她半真半假地回答:"你没有财产,米娜喜欢的东西,你根本没有条件满足她。"

他不服气地说:"金钱、名誉、地位,米娜想要的一切,我将来都会有的。我会努力奋斗,让她过上幸福的生活。"

克利赫太太摇了摇头,语气坚决地说:"不,克里斯多夫,这是不可能的。不仅仅是钱的问题,还有其他……比如说门第……"

这句话像针一样扎进他心里。这时候,他终于清醒过来了。原来慈爱的笑容背后是冷淡和讥讽。他懂得了他们之间的距离是不可逾越的。克利赫太太还在亲切地说着什么,他什么也听不见,一言不发地走了。

回到家里,他躺在床上,浑身抽搐。因为怕家人听见他的喊叫,他用牙齿咬着枕头,浑身像筛糠一样抖个不停。他羞愤交加,爬起来写了一封荒谬又激烈的信:

> 太太,你觉得错看了我,其实是我错看了你,我以为你们是我的朋友,我爱你们胜过爱自己的生

命。谁知道,你竟利用我,把我当消遣。我不是你的仆人!我也绝不会做任何人的仆人!你告诉我,我没有权利爱你的女儿。可是我的心要爱上什么人,这世界上任何力量都无法阻止。我虽然出身低微,可我的心和你一样高贵。所有自命高贵而没有一颗高贵心灵的人,我统统瞧不起他。你看错了我,欺骗了我,我瞧不起你!

我想我有权利爱任何人,不管怎么样,我对米娜小姐至死不渝!

信刚投入邮筒的瞬间,他就后悔了。他知道那封信除了将他和米娜的关系完全断绝,不会有其他任何好结果。而那将是他最可怕的灾难。忐忑不安地等了五天,终于收到了克利赫太太的回信:

亲爱的先生,既然你觉得我们的关系让你痛苦,那么我绝不敢再勉强。在这种情况下,大家还是不要来往了吧。希望你将来能有新的知心朋友,相信你前途无量,我会远远地、关切地注视着你的音乐生涯。

约瑟芬·冯·克利赫

最严酷的刑罚莫过于此了。克里斯多夫觉得自己彻底完了,想到从今以后再也见不到米娜了,他心如刀绞。跟爱情相比,所有的傲气又算得了什么。他忘记自己的尊严,变得毫无骨气,又写了几封信去请求原谅。没有得到任何回音。一切都结束了。

3.

他想到了自杀,也恨不得杀人放火。极端的爱与恨在侵蚀孩子的心。这是克里斯多夫童年时代经历的最凶险的难关。过了这一关,他的意志得到了磨炼,但是整个人差点儿被毁掉。

死亡的念头总在他脑海里打转。路易莎看出儿子很痛苦,虽然猜不透他在想什么,但凭着母亲的本能已经预感到危险。她努力接近他,试图安抚他,却无从下手。可怜的女人和儿子之间早就不会说什么心里话了。

曼希沃这时候已经毫无节制地酗酒,烂醉之后就在外面胡闹,有时候跟人家打架被揍得半死,可第二天爬起来照样嘻嘻哈哈过日子。

一天晚上,家里人都睡着了,克里斯多夫坐在房间里胡思乱想。不知过了多久,外面突然响起一阵急促的敲门声。他以为父亲又像以前一样醉倒在街头,被人送了回来。

路易莎急急忙忙出去开门了,克里斯多夫预先捂起耳朵，不想听父亲的醉话。

突然有一种说不出的悲怆揪住了他的心。母亲一声惨叫，他马上冲到门外……

摇曳的灯光下围着一群人，像当年的祖父一样，担架上躺着父亲湿淋淋的、一动不动的身体。路易莎趴在父亲身上号啕大哭。有人在磨坊旁的小沟里发现了曼希沃的尸体。

克里斯多夫痛苦得叫出声来。世界上其他的痛苦一扫而空，他扑到父亲身上，和母亲一起绝望地痛哭起来。

坐在床头为父亲守灵的时候，他感觉在死亡面前，不管是米娜、他骄傲的自尊，还是昙花一现的爱情，一切都显得无足轻重。望着父亲肃穆的面孔，他的心生起无限哀怜，记起了父亲平日种种的好。他不是一个坏人，也有很多好的品性。他爱家人，为人老实、正直勇敢，非常乐于助人。

克里斯多夫懊悔起来，觉得自己在父亲生前没有好好爱他。他知道父亲是被人生打败的，向生活低头，最后无可挽回地虚度了自己的一生。他仿佛听到父亲那令人心碎的哀求："我的小克里斯多夫！别瞧不起我！"

他悔恨交加地扑倒在床上，一边哭一边亲吻着死者的脸，像从前那样喊道："亲爱的爸爸，我没有瞧不起您！我爱您！原谅我吧。"

突然间，他好像看到自己躺在死者的位置，而虚度了一生的痛苦，就压在自己的心上。

"即使饱尝艰辛和痛苦,也绝不能走到这个地步!"他惊骇地想,"以死来逃避痛苦、鄙薄自己,那才是最大的罪过。人生是一场无情的、永久的战斗,每个人都得不停地斗争。"

他好像听到了上帝的声音:"往前吧,往前!永远不能停下来。"

"可是,我要去哪儿呢?不论我做什么,不论我去哪儿,结局不都一样吗?"

"死是永恒的,人不是只为了快乐或者痛苦而生。人的使命就是好好做一个人,经历悲欢离合,品味酸甜苦辣,体验独属于你自己的人生。所以,好好活着吧!"

卷三

青春变奏曲

第一章
于莱一家

1.

父亲死后,家里变得冷冷清清。两个弟弟看到家中遭了变故,害怕待在家里,纷纷出外谋生了。洛陶夫进了丹奥陶伯父的铺子,并住在那里。恩斯德做过两三种行业的学徒,最后上了船,当了水手,只有到用钱的时候,他才会回家一次。

家里只剩下克里斯多夫和母亲两个人了,屋子因此显得太大,经济上的困难和父亲留下的债务,使他们不得不换一个更简陋、更便宜的住所。

在菜市街上,他们找到了一个三层楼房,租了其中的两三间。因为地处城中心，周围的环境非常嘈杂。但此时，克里斯多夫不得不听从理智，让自己受些委屈。屋主人是祖父的朋友，法院的老书记官于莱，跟他们一家都认识，这一点足以让路易莎打消顾虑，因为她一个人守着空荡荡的老屋实在太孤独了。

他们准备搬家了。在老屋的最后几天，克里斯多夫和路易莎深深地体会到了凄凉的味道。现在，可怜的路易莎只能靠回忆过日子了，她患了神经衰弱症，每天都对着往事的遗迹发呆。

有一天，克里斯多夫从外面回来，撞见母亲手里正拿着几块破布出神，她的膝盖上、脚下、面前的地板上堆着各种各样的旧物。

她看到克里斯多夫回来了，吓了一跳，勉强起身想收拾东西，但又跌坐回去，抽抽搭搭地小声哭了起来。

克里斯多夫握着她的手，低声呼唤她："妈妈！妈妈！"

路易莎把他紧紧地搂在怀里，眼泪不停地流："你不会离开我吧？孩子！他们全把我丢下了，你不会也要离开我吧？要是你也走了，我该怎么办啊？"

克里斯多夫看到母亲这副模样，他的心都快碎了："好妈妈，我答应您，永远不离开您。我们永远住在一起。"

克里斯多夫从小看惯了母亲的坚强、隐忍，这一次她的精神崩溃让他非常担心、害怕。从那天起，他尽量花更多的时间陪母亲。工作完毕,他不再把自己关在房间,而是出来和母亲聊天,听她絮絮叨叨地讲从前的事。小时候,母亲的怀抱就是他的避难所,而现在,他就是母亲唯一的依靠了。

搬家的日子到了,那天下着倾盆大雨,母子俩在老朋友的帮助下搬到了新居,在潮湿的房间里安顿了下来。

房东乌斯多斯·于莱是个矮小的驼背老头,心地很好,为人正直,从前跟克里斯多夫的祖父很谈得来。他的女婿伏尔奇是爵府秘书处的职员,做事勤勉、为人谨慎,只是有些神经过敏。女儿阿玛利亚强壮、活泼,嗓门粗大,每天从早到晚都忙着家务,楼上楼下地干活,永远过着惴惴不安的日子。她有两个孩子,男孩莱沃纳和女孩洛莎。莱沃纳脸长得漂亮而呆板,行为举止有些拘束,而洛莎,一头金发,一双蓝眼睛温和而亲切,要不是那个太大的鼻子显得面相蠢笨的话,她还是挺讨人喜欢的。

房东一家平日里吵吵闹闹,忙成一团,这让克里斯多夫多少有些头疼。在这个家里,只有男孩子莱沃纳永远安安静静,他说话很得体,也很有分寸。克里斯多夫得知他要加入教会去当一名教士,对他特别好奇。

有一天晚饭后,克里斯多夫和莱沃纳一同散步。他问莱沃纳:"你是不是真的要去做教士?这对你来说是一种乐趣吗?"

莱沃纳愣了愣,回答说:"是啊,要不然为了什么呢?"

"你真幸福!"克里斯多夫叹了一口气,又问,"可是,完全放弃人生,你不觉得很可惜吗?"

莱沃纳心平气和地回答:"有什么好可惜的?人生不是既悲惨又丑陋吗?"

"可也有些美妙的地方啊。"克里斯多夫望着远处的夕阳说。

"是有些美妙的地方,但是极少。"

"极少的那些,对我来说还是有很多呢。那么,你真的不会被片刻的欢娱诱惑吗?难道你从来没动过心吗?"

"欢娱只是片刻的,而以后的时间却是永恒的,知道了这些,一个人还会犯傻去沉迷享乐吗?"

"你真的认为人死后的时间是永恒的?"克里斯多夫困惑地问。

"当然。"莱沃纳语气肯定地回答。

克里斯多夫便把自己心中的困惑都说了出来,他希望莱沃纳能拿出理性的证据,说服他信仰上帝,将他从人类的一切痛苦中解救出来。

然而莱沃纳只会照本宣科,将自己从学校中得来的知识,不加分析地一股脑地倒出来。克里斯多夫不赞同他的说法,可是他也不想再辩论了,温和地说:"一个人要决意不肯睁开眼睛,那么任何推理都不能给他指明道路。我们要祈祷,求上帝的恩宠,心里必须要有信仰。"

克里斯多夫苦闷到了极点,他心里非常疑惑:"为什么我没有信仰了呢?为什么我不能再有信仰了呢?我的心里有些什么事情了呢?"从此,他失掉了过去生活中的平衡。

2.

在于莱家里,克里斯多夫完全没有注意到的只有女孩儿洛莎。自从他来到这里,洛莎就开始有意接近他。可惜洛莎长得根本不好看,虽然克里斯多夫自己也绝对谈不上俊美,但是他对别人美貌的苛求,让他本能地对洛莎表现出冷漠的态度。

洛莎是个好姑娘,老老实实的,不虚荣,不卖弄风情。克里斯多夫的到来对她来说是一件大事,她精心装扮着自己家的屋子,尽可能地让克里斯多夫喜欢它们。至于她自己,倒从没想过要装扮装扮,因为在克里斯多夫搬来之前,她从没在意过自己的容貌。

可是就在克里斯多夫搬来的第二天,她破天荒的第一次仔细地照了镜子。突然之间发现自己长得丑,这简直就像晴天霹雳,但没过多久,她又自我安慰了一番,觉得自己的长相也许并没她想的那么糟糕。她的脑子里从来没动过爱情的念头,她所希望的也只不过是很少的一点儿友谊。

然而没过多久,家里人几句莽撞的话又让她白白做了场美梦。

全家人都对克里斯多夫抱有好感,这个十六岁的孩子对责任的看重让他们心生敬意。洛莎发现自己和克里斯多夫说话的时候,父母常常在旁边挤眉弄眼、交头接耳。起初她并没在意,直到后来有一天,她偶然听到外祖父和父亲的对话:"他们将来倒是出色的一对。"洛莎一下子全明白了,心里充满了幸福的感觉。

可是,很快她就察觉到克里斯多夫对她的冷漠。但她并没有灰心,内心的梦想催促她开始采取行动。于是,她有意接近路易莎,帮她做很多细小的事情,听她讲克里斯多夫小时候的故事。

路易莎原本非常孤独,洛莎的陪伴让她倍觉温暖,她猜到了女孩的心事,自己也很喜欢这个善良的姑娘,于是常常在克里斯多夫面前夸赞洛莎。

克里斯多夫发现母亲变得开朗了,他也被洛莎的热心所打动,慢慢地,他还从洛莎身上发现了更多意想不到的优点,于是对她产生了好感。洛莎觉察到了他态度的转变,以为自己大有希望,更加振奋、更加努力地去争取自己的爱情了。然而她并不知道,其实克里斯多夫对她只有敬重之心,在爱情的天平上,她是一点儿地位都没有的。

克里斯多夫正被许多别的事困扰着,他感到极度的困倦、烦躁,整个人恍恍惚惚的,做什么事都不能集中精神。他不知道这便是诗人笔下所描写的青春的困惑,还以为是过度疲劳与季节更替造成的。就在他感觉困惑不解的这段日子里,他那童年时代的灵魂开始衰败憔悴,取而代之的是一颗新的、更年轻、更强壮的灵魂。一个崭新的他诞生了!

第二章
萨皮纳

1.

院子对面——屋子的陪房部分，底层住着一个二十岁的年轻寡妇和一个小女孩。寡妇叫萨皮纳·弗洛埃列克，也是于莱先生的房客。她租了临街的铺子，和靠着院子的两间屋子，旁边还带着一个小花园，跟于莱家只隔着一道铁丝网。

有时候，克里斯多夫透过自家的玻璃窗，可以看到萨皮纳光着脚，拖着长长的睡衣在房间里走来走去，或者一连几个小时坐在镜子前面发呆；她对什么都满不在乎，连窗帘都忘了放下来，即便发现了，也懒得走过去动一动手指头。

萨皮纳长得很像佛罗伦萨的少女，眉毛向上扬着，浓密的睫毛下面，灰色的眼睛懒洋洋地半眯着，嘴角带着一丝笑意，十分好看。平日里她并不讲究装扮，但是她身上却洋溢着的青春的风韵、温和的气息和天真的娇媚，自有惹人怜爱的魔力。

在于莱和伏奇尔看来，她却是一个引起反感的对象，她的一切都让他们感到愤慨，无论是她的没精打采，还是她杂乱的屋子，抑或是她永远的微笑、懒散的脾性。而最糟糕的是这样的一个人居然会那么讨人喜欢，这是伏奇尔太太所不能原谅的。

克里斯多夫渐渐地被这个年轻貌美的邻居吸引，他很愿意接近她。

天气很热的时候，吃过晚饭，大家都喜欢到院子外乘凉。克里斯多夫一有空闲就会陪着母亲出来说说话。他们往往会在院门口坐到很晚，享受新鲜的空气和清凉的微风。

偶然一次，他们照例在门口闲坐着，萨皮纳也走出了院门，坐在他们不远处。快十点的时候，路易莎回去睡觉了，只留下克里斯多夫和萨皮纳坐在街边，他们就这样静静地坐着，没有说话，各自陷入到自己的幻想当中。直到教堂大钟敲出十一点，他们才惊醒过来，临别的时候，也只是互相点头致意了一下。

路易莎因为感冒，整整一个星期，不得不待在屋子里，外边只剩下克里斯多夫和萨皮纳两个人。这一次，他们都有些害怕，空气里流淌着尴尬的气息。还好萨皮纳的女儿在场，总算给他们俩解了围。他们一边瞧着孩子一边交流几句无聊的话，当克里斯多夫想把谈话继续下去时，却又找不出多少话来。萨皮纳也是如此。克里斯多夫对萨皮纳说："今天晚上天气很舒服。"

"是的，真舒服。"

"院子里热得简直透不过气来。"

"是的，闷得很。"

对话进行不下去了，到了孩子该睡觉的时候，萨皮纳进了屋，不再出来了。

原本克里斯多夫担心萨皮纳会躲着他，不再跟他单独在一起，没想到，第二天她又跟他搭讪了，只是这一次，他们没有交谈多久，就很有默契地沉默了。沉默是甜美的，当黑夜恢复了它的宁静，心灵就沉浸到梦幻中去了。大钟敲到十一点的时候，两个人笑了笑，分了手。

又一个晚上，他们坐在一起，守着他们心爱的静默，隔了半天才会说上一言半语。原来他们都想着同样的事：勉强自己没话找话说，简直就是活受罪。

他们同时想到了伏奇尔太太。

"可怜的女人！"萨皮纳说，"真叫人头疼！"

"她自己可从来不头疼！"克里斯多夫装作痛心的样子。

萨皮纳看着他脸上的神情，听着他说的话，笑出了声音。

他们就这样安静地交谈着。对克里斯多夫来说,这是种美妙的感觉,跟萨皮纳谈话,让他心里很平静,很安定,一点儿都不慌乱。

这些夜里,他比平时睡得好很多。

洛莎不久就发觉了周围的情形,因为还不知道什么叫嫉妒,她并不胡乱猜疑。这些天来,她一直伤心地忍受着克里斯多夫的冷漠,却从来没想过有一天他可能会爱上别人。

洛莎开始紧盯克里斯多夫,到了晚上,她就加入到他和萨皮纳的聚会中,这让萨皮纳和克里斯多夫都觉得很不自在。她不停地说话,尖利的嗓音在寂静的夜里尤为刺耳。克里斯多夫气得直打哆嗦,扭过脸来不理她。萨皮纳在一旁冷眼看着,稍坐一会儿就进屋了。连续三天之后,晚上的聚会就只剩下洛莎一个人了。除了克里斯多夫的憎恨,她什么都没有得到。

对于克里斯多夫来说,和萨皮纳短短的聚会是他每天最快乐的时光,就这样被洛莎给剥夺了。而萨皮纳早就猜到了洛莎的心事,她像所有漂亮女人一样,虽然不知道自己是否动了爱情,但是清楚地知道自己胜券在握,于是就冷眼看着这个微不足道的情敌笨拙地白费力气。

伏尔奇太太和老于莱一样,很快就注意到克里斯多夫和邻家少妇的谈话,他们不难猜到这到底是怎么一回事。只是，他们想把洛莎嫁给克里斯多夫的如意算盘受到了威胁；在他们看来，这简直就是克里斯多夫对他们的侮辱。于是阿玛利亚三番五次地在克里斯多夫面前表现出对萨皮纳的轻蔑，只是克里斯多夫都置若罔闻，依旧和萨皮纳亲近。

不久，有人邀请克里斯多夫到科隆与杜赛尔多夫这两个地方举行几次演奏会，他马上接受了。快要出发的时候，他打算向萨皮纳告别。

动身的前一天，萨皮纳坐在花园里晒太阳。克里斯多夫回到家中，看到了她，走过去向她问好："你好吗？"

她微微抿了抿嘴，没有回答。两个人静静地望着对方，仿佛久别重逢的恋人一样，非常快乐。

终于，克里斯多夫打破了沉默，说道："我明天要走了，去外地开演奏会，大概要两三个星期。"

萨皮纳大吃一惊："两三个星期！"她有点儿失魂落魄了。

隔了一会儿，她又说道："我们什么时候才能再见面呢？"

克里斯多夫不太明白这句话，不过是两三个星期罢了，回来就又能见面了。

"克里斯多夫！……"她突然挺直身子，叫了一声，音调很是哀伤，似乎在说，"待在家里吧！别走啊！"

克里斯多夫握着萨皮纳的手，望着她。此时，只要萨皮纳一句话，他就决意不走了，留在她身边陪着她。

萨皮纳正要说话的时候，街上的大门开了，洛莎回来了。萨皮纳挣脱了克里斯多夫的手,回到了屋子里。她回望了克里斯多夫一眼,消失不见了。

克里斯多夫预备晚上再见萨皮纳一次,可是伏奇尔一家和母亲围着他,行装也没有打点好,他竟然抽不出身溜出屋子。

第二天,他一大早就动身出发了,走到萨皮纳的门口,他忍不住想去敲她的窗子,可他又下意识地觉得这是一个短时间和她增进感情的机会。就这样,他没有再和萨皮纳道别,不声不响地离开了。

2.

在科隆与杜塞尔多夫的这段日子里,克里斯多夫从来没有想过萨皮纳,直到上了回程的车厢,他方才想起她。此时的思念竟变成了一种悲怆的苦闷,克里斯多夫在心里呼喊:"快点儿到吧,快点儿到吧,一个小时之内就可以看到她了。"

他回到家时正是早上六点半。他奔上楼,推开窗子,看到了早起的洛莎在扫地,他轻声叫她。洛莎一看是克里斯多夫回来了,马上又惊又喜,可很快又沉下脸来。克里斯多夫以为洛莎还在生他的气,便问道:"怎么啦,洛莎?还在跟我怄气吗?"

她拼命摇头,表示否认,几次欲言又止,突然之间猛地一把抓住克里斯多夫的胳膊，说："克里斯多夫……你闯了大祸呀……"

她指着对面萨皮纳的屋子哭着说："她死了。"

克里斯多夫什么都看不见了，差点儿跌倒，剧烈的痛苦向他袭来，他扑到桌上号啕大哭起来。洛莎也陪着他一起哭。

过了一会儿，克里斯多夫止住了哭声，喃喃地问："可是怎么会这样呢？怎么会这样呢？……"

洛莎明白他的意思，回答说："你走的那天晚上，她得了流行性感冒，一病不起，越来越严重……"

克里斯多夫十分悲痛，最后一晚的情景又在心头浮现：他记得他们正要说话的时候，突然被洛莎岔开了。他恨洛莎。

日子一天天过去了，洛莎时常来探望克里斯多夫，尽可能地安慰他。

萨皮纳的哥哥来了，他把萨皮纳的东西带回乡下。克里斯多夫看着萨皮纳的整个屋子都空了，扑倒在地上，一滴眼泪都没流，全身冰冷得像个死人一样。

这时，门外有人敲门，克里斯多夫躺着不动，接着有人进来了，原来是洛莎。克里斯多夫因为自己狼狈的样子被人看见了，怒气冲冲地朝她嚷道："你来干什么？"

洛莎怯生生地说："对不起……克里斯多夫……我跟萨

皮纳的哥哥要了一件纪念品，我想你可能会喜欢……"

她向克里斯多夫伸出手来，原来是一面装在手袋里的小银镜，这是萨皮纳生前常花上几个小时照着的镜子。克里斯多夫马上抓了过来，同时也抓住了洛莎的手。

他被洛莎的好心感动了，也因为自己对她的不公平感到愧疚。他向洛莎跪了下来，吻着她的手不停地说着："对不起……对不起……"

洛莎明白他的意思是说："对不起，我对你那么不公平，对不起，如果我不爱你……对不起，我也许永远都不能爱你……"她知道他亲吻的并不是她，她也哭了，两个人就这样在傍晚昏暗的房中哭泣。

过了些时候，克里斯多夫低声说："我们永远是好朋友。"

洛莎点了点头，走了，伤心得说不出话来。

他们都觉得世界没有把人们安顿好。爱人家的得不到人家的爱，被人家爱的偏又不爱人家，彼此相爱的又早晚要分离。

克里斯多夫又开始往外逃了，他没法待在家里，他不能看到萨皮纳故居那扇没有窗帘的窗和空无一人的屋子。

不久，于莱就把那间空屋子重新租了出去，那些陌生的新面孔很快就把萨皮纳最后的一点儿痕迹也抹去了。

克里斯多夫在心底里思念着萨皮纳，可萨皮纳慢慢地在他的思想中隐去，好像水在手里漏掉一样。为了纪念故去的爱人，克里斯多夫作了些曲子，题赠给萨皮纳。

青春的生命活力让克里斯多夫再次振奋起来，一切关于死的苦闷，对于强者无疑是猛烈的鞭挞，萨皮纳的死把克里斯多夫求生的意志刺激得更强烈了。

在克里斯多夫心灵深处有一个隐秘的地方，牢牢地保存着萨皮纳的影子。她不会被生命的狂流冲走，只是在克里斯多夫的心底沉沉地睡着。每个人的心底都有一座埋藏爱人的坟墓，这墓穴早晚有一天还会重新打开。

第三章

阿 达

1.

多雨的夏季之后,晴朗的秋天到来了。各种色彩的果实挂在果园的枝头上熠熠生辉。

一个周日的下午,克里斯多夫遇到了一个身材高大、头发金黄的姑娘,她的名字叫阿达,是一家帽子铺里的女店员。

阿达是一个健康、散发着青春气息的女子,虽然并不是那么漂亮,但拥有着朝气蓬勃的魅力。大大咧咧的性格和不加掩饰的奔放让她很快赢得了克里斯多夫的好感。没有太多的顾虑,克里斯多夫便陷入了与阿达的热恋之中。

可除却青春给她带来的种种美好，阿达有着很多的缺点。她不聪明却又固执己见，虚荣心甚高，又只关心吃喝玩乐。她的缺点之中，克里斯多夫最不能忍受的便是她的不真诚。虽然如此，他们毕竟相爱着，一心一意地相爱着。尽管没有精神上的共鸣作为基础，但是他们的爱并没有因此而减少丝毫的真实性。他们的爱是青春时期美妙的爱，是天真的，单纯而热烈的爱。

克里斯多夫看着阿达就觉得心醉，甚至愿意为她而死。他们的爱情引来了别人的非议，然而这却促使克里斯多夫和阿达变得更加亲密。

他们初次相遇的第二天，街坊们就全都知道了。阿达并不想隐瞒这段姻缘，相反，她要把征服男人的得意在人前炫耀。克里斯多夫原想谨慎一点，但觉得被大家盯着很不自在，他不愿意躲躲闪闪，便干脆与阿达公然出双入对了。

镇上的人们对克里斯多夫与阿达的关系议论纷纷，爵府指责他的行为有失体统，于是他丢掉了一部分上课的差事，而在其余的人家里教课的时候，各家的母亲们都用猜疑的眼神在一旁监视着，好像他要抢走她们心爱的小母鸡一样。

对他最为生气的是于莱老人和伏奇尔一家。他们对克里斯多夫的丑行深恶痛绝。克里斯多夫和洛莎姻缘的不成功让他们断定，克里斯多夫的恶劣行径不单单是为自己寻欢作乐，并且是有心伤害他们。他们就此认定克里斯多夫骨子里就不是个好人,看见他掉头就走。克里斯多夫根本不在乎他们怎么看他,他只关心洛莎的态度。

洛莎对他的批判远比她的父母来得更严厉。在洛莎心里,克里斯多夫是她的偶像,先前他与萨皮纳的关系已经让她对偶像的幻想消失了一部分,而如今,克里斯多夫这么快就忘记萨皮纳,和阿达在一起,更是让这尊偶像轰然倒塌。他的一颗心里怎么可以同时容下两个人呢?洛莎接受不了克里斯多夫对爱情的不纯洁,她永远不能原谅他的自暴自弃。

洛莎的这种态度曾经让克里斯多夫有所自责,但最严重的是他的母亲也开始烦恼了。原本路易莎是一个柔顺而颓丧的女人,但房东一家对她性格的改造,也让她染上了批判一切的习惯。路易莎并不敢埋怨克里斯多夫,可来自伏尔奇太太的压力让她心烦意乱,她甚至为此偷偷掉眼泪。克里斯多夫把这一切看在眼里,他知道母亲的这些烦恼绝不是从她心里来的,至于从哪里来的,他完全明白。

克里斯多夫心中的怨气越积越多。终于有一天,他看着母亲落泪却又不肯说出原因的样子,心里恼怒至极。他闯入伏尔奇太太家中,质问她到底对母亲说了些什么,把她弄成这副模样。结果,伏尔奇太太毫不客气地反唇相讥。大家都被他们的争吵招了过来。老于莱声色俱厉地赶克里斯多夫出去,让他以后不必再上门。克里斯多夫毫不相让,回答说他当然要走,将来也不会再踏进他家门半步。两家人的关系就这样不可避免地走向恶化，最后克里斯多夫不得不带着母亲离开老于莱家，寻找新的住处。

就在克里斯多夫捍卫他爱情的时候，阿达开始厌倦了她和克里斯多夫的这段感情。这段感情带来的乐趣已经被她的虚荣心全部榨干了。现在她只剩下一桩乐趣，那就是把爱情毁灭。于是，她不断地折磨克里斯多夫，最终让克里斯多夫对她恨得咬牙切齿。克里斯多夫决意摆脱这段感情的羁绊，他毫不犹豫地离开了阿达。

2.

克里斯多夫摆脱了阿达，却还没有摆脱他自己，这场感情带来的后遗症使他走向自我放逐，他开始堕落，和一帮不三不四的人混到一起。

这些人当中有个叫弗列特曼的，跟他一样是音乐家。这个人是管风琴师，演奏技术还可以，就是懒得不可救药。克里斯多夫觉得和弗列特曼聊天是一种排遣，可是日子久了，他也清醒地看到，如果一直这样下去，他会和弗列特曼变成同一种人，颓废、堕落、不求上进。可惜这种自省非但没能把克里斯多夫从歧路中拯救出来，还让克里斯多夫陷入了来自父亲的恶习——酗酒中去了。

母亲路易莎看着克里斯多夫这副模样，一句话也不说，只是默默地祈祷着。

一天,克里斯多夫从酒店出来,远远望见了舅舅高脱弗烈特。他兴高采烈,远远地叫住了舅舅。

高脱弗烈特瞅了他好久,才慢吞吞地说:"你好,曼希沃。"

克里斯多夫哈哈大笑,以为舅舅人老了,不以为然。

他和舅舅肩并肩一同回家,一路上他指手画脚,可舅舅只是咳了几下,并不作声。克里斯多夫问他话的时候,他仍旧管他叫曼希沃。克里斯多夫这次认真了起来:"您怎么管我叫曼希沃,我明明是克里斯多夫啊,难道您忘了?"

高脱弗烈特只管走着,抬起双眼瞧了他几下,摇摇头,冷冷地说:"不,你是曼希沃,我清清楚楚认得是你。"

克里斯多夫呆住了,舅舅依旧往前走着,他跟在后面,不声不响。他的酒醒了。在经过一家咖啡店时,克里斯多夫停了下来,走到一面镜子前,镜子里映出了一张他死去的父亲的脸,他失魂落魄地回到家里。

他整夜地反省,彻底做了检讨。现在他明白了,不错,他认出了在心中抬头的恶习与本能,觉得不胜厌烦。他回忆起自己在父亲遗骸旁守灵的情景,想到当时许的愿,又仔细地审视了自己的生活,发觉每一件事都违背了当初的誓言。他变成了他不愿意变成的样子,这便是他一年来生活的总账。

他一夜都没有睡着。早上六点,天还没亮。他听见舅舅准备动身了。

他走下楼去，高脱弗烈特看到他憔悴的脸庞，向他亲热地笑笑，问他可愿意送他一程。

天还没有破晓，他们就出发了。走过公墓的时候，高脱弗烈特问："你愿意进去一下吗？"

克里斯多夫已经一年没来这里了，他和舅舅跪在父亲墓前祈祷，愿他长眠。

走出了公墓。克里斯多夫再也忍不住了，他哭了出来："啊，舅舅！我多么痛苦啊！"

他向舅舅诉说了他的无能，他的懦怯，他违背了自己的许愿。

"舅舅，怎么办呢？我有志愿，我奋斗，可是过了一年，我甚至连守住原位都办不到！我退步了……"

他们正爬上一个俯瞰全城的山冈，高脱弗烈特非常慈悲地说："孩子，这还不是最后一次呢，志愿和生活根本就是两码事。人最重要的就是不要灰心，继续抱住志愿，继续活下去，其余的就不由我们自己做主了。"

克里斯多夫无可奈何地再三说着："我许的愿都还没做到呢！"

"你得警惕，你得祈祷，你得对新来的日子抱着虔诚的心。不要用暴力去挤压人生，对每一天都抱有虔诚的态度。一个人不要有太多的奢望，不要为做不到的事情感到悲伤，应当做他能做的事，并且要竭尽所能。"舅舅指着绚烂而又寒冷的天边出现的朝阳说道。

"噢!那不是太少了吗?"克里斯多夫皱着眉头说。

高脱弗烈特亲热地笑了:"你说太少,可是大家就没有做到这一点。你骄傲,你要做英雄,所以你只会做出一些傻事。我可不大弄得清什么叫英雄,可是依我看,英雄就是做他能做的事,而平常人可做不到这一点。"

"啊,可有些人说'愿即是能'……"

高脱弗烈特又温和地笑了起来:"真的吗?那么,孩子,他们一定是些说谎家,要不然他们根本就没有多大志愿……"

他们走到了山冈上,很亲热地互相拥抱了一下。舅舅拖着疲惫的步伐走了。克里斯多夫若有所思地看着舅舅走远,反复念叨着他说的那句话:"竭尽所能。"

他笑着想:"对,能做到竭尽所能也不错。"

他回头往城中走去,冰冻的雪在脚下格格作响。冬天凛冽的寒风,把山上赤裸的枯枝吹得瑟瑟发抖。阳光下,冰冻的土地精神抖擞,好像非常快乐。克里斯多夫的内心也一样。他想:"我也会醒过来的。"

饱含雪意的云被狂风吹着,在城上飘过。他对乌云耸了耸鼻子表示满不在乎,冰冷的风在那里呼啸……

"吹把,吹吧!随你把我怎么办!把我带走吧!我知道我要到哪儿去。"

卷四
战斗进行曲

第一章
反 抗

1.

摆脱了！摆脱了别人，也摆脱了自己！一年以来束缚克里斯多夫的枷锁突然断裂了。他那刚强的充满毅力的天性，将旧的躯壳和往昔令人窒息的灵魂撕得粉碎。

克里斯多夫畅快地呼吸着，他望着周围，想想自己：一点儿束缚也没有了。他是孤独的……孤独的！可是多快乐啊，完全做了自己的主人！

回到家，全身都是雪，克里斯多夫像条狗似的，高兴地抖落了它们。母亲在走廊下清扫积雪，他走了过去，把母亲抱了起来，像对待小娃娃那样，亲热地叫了几声。年老的路易莎在儿子的臂弯里拼命抗拒,像孩子一样天真地笑着。

克里斯多夫心里快活极了。吃晚饭的时候,他昏昏沉沉地下了楼,脸上的光彩让路易莎感到惊讶。她问他发生了什么事。克里斯多夫并不回答,只是搂着她的腰绕着桌子跳舞。

"天哪!"她很不放心地说,"我敢打赌,你一定又爱上了什么人了!"

"又爱上了什么人!"克里斯多夫放声大笑,"啊!不,不!你放心,要是再爱上什么人,那就完啦,一辈子就完啦!"

路易莎望着他,心终于安定了下来。

克里斯多夫跟母亲面对面坐着,把他将来要干的事情统统告诉她。尽管不太相信,路易莎还是亲切地听着,有这样一个儿子虽然很得意,可她并不重视他艺术方面的计划。只要他快乐就好。她心里这么想着。

克里斯多夫完全能看懂她的心思,他拥抱着她说:"我不需要人家了解我,不论是您,还是其他什么人,我都不需要。您只要爱我就行了。我现在心里什么都有!"

克里斯多夫决定全身心地投入到创作中去。他唤起了各种各样的梦境,却一个比一个荒唐。他的思想已经积攒了很久没有用过了,心里装满的宝藏膨胀得要溢出来。可是一切都是乱七八糟的:他的思想像是一个杂货店,稀世珍宝、废铜烂铁、破衣烂衫,各式各样的东西都堆在一起,等着他去发掘、去辨别,这思想里包含着无数的计划,对他来说,可能一个就够用了。

为了缓解创作的饥渴,他想求助于已经获得的源泉,把他从前的作品拿来自我安慰一番,可是那种饮料简直让他难以忍受!他喝了第一口便吐了出来,这不冷不热的东西,这种乏味的音乐,居然是他的作品?他重新看了一遍自己的曲子,心里有种说不出的懊恼:他不懂当初自己怎么会写出这种无聊的作品来。他脸红了。

最让他受不了的,莫过于那些他曾经自以为表白热情和爱情的喜悦与悲苦的乐曲。这些乐曲里充满了谎言,没有一样东西出于真实的感觉。只是一些陈词滥调,好像小学生的作文,都是些人云亦云的俗套。他下定决心,以后没有热情的驱使,决不写作!

灵感降临的时候,仿佛一阵电流在身上流过,克里斯多夫快乐得发抖。这种情形,往往是在几个小时的胡思乱想和意气消沉之后发生的,尤其是在想别的事情、谈话或者散步的时候。在外边他还不敢高声表示他的快乐,在家里他就会乐得手舞足蹈,嘴里哼着欢快的曲调。母亲路易莎听惯了这种音乐,也开始明白了它的意义。她说克里斯多夫活像一只刚刚下了蛋的母鸡。

克里斯多夫一味地体验着灵感带来的乐趣,对其余的一切都厌弃了。他努力地挤压自己的思想,吸收其中所有的神圣的浆汁。然而即使目前还没有灵感枯竭的危险，克里斯多夫也已经明白，单靠灵感是永远培养不出一部完整的作品的。思想出现的时候并不是那么的精细，他必须要费很大的劲儿才能提炼出其中的精华。

2.

自从克里斯多夫意识到自己有了崭新的精力，他就对周围的一切，对于过去人家让他崇拜的一切，对于他曾经不假思索而一味尊敬的一切，敢于正视了；并且能肆无忌惮地加以批判。透过幕布，他看到了德国人的虚伪。

一切的民族和艺术，都有它虚伪的一面。人类的食粮一大部分都是谎言，真理只是极少的一点。因为人的精神非常软弱，接受不了纯粹的真理；必须由宗教、道德、政治、诗人和艺术家，在真理之外包上一层谎言的外衣。这些谎言适应每个民族却又各不同。真理对大家都是一样的，但每个民族都有自己的谎言，而且都称之为理想；一个人从生到死都在呼吸着这些谎言，这是生存的条件之一；只有少数天生的奇才，经过英勇的斗争之后，不惧怕孤独才能摆脱它们。

现在克里斯多夫察觉到了这一点，他发现了德国艺术当中隐藏的谎言。

有一次，他在市立音乐厅的音乐会里。音乐会里的人们他大多都认识，特别是那些典型人物，穿着深色长外套的军官,高声谈笑的夫人,天真的女孩,戴着眼镜的胖男子,还有高大、驼背的指挥。现在,他用看漫画的目光去看他们,突然察觉出许多可笑之处。

音乐会的节目都是些日常的曲子,以前,克里斯多夫听着,并没觉得有什么不妥。现如今他却感觉这些曲子和演奏曲子的人,还有那些歌手,都充满了做作的味道。而听众们,也都透着虚伪劲儿。克里斯多夫以前从未感觉到这些……这究竟是怎么回事呢?克里斯多夫很慌张,他不敢分析,以为怀疑是对大师们的亵渎。他不愿意继续想下去,可还是有些不由自主。

他把德国艺术赤裸裸地看穿了,不论是伟大的还是无聊的,所有的艺术家在他看来都有些婆婆妈妈。像门德尔松、勃拉姆斯、舒曼,以及等而下之的那些浮夸伤感的歌曲的小作家,又有怎样的思想呢?完全是沙土,没有一块岩石。只是一团湿漉漉、黏糊糊的泥土……这一切太荒唐太幼稚了!克里斯多夫觉得听众们不可能感觉不到这些,可当他向四下里瞧了瞧时,却只看到一些恬然自得的脸。

克里斯多夫轮流打量了一番听众和作品,觉得作品反映听众,听众也反映作品。他忍俊不禁,不停地朝台上扮鬼脸,等到合唱班庄严地唱起一个少女羞怯的《自白》时,他竟忍不住放声大笑起来,全然不顾周围观众的嘘斥声。邻座的人骇然地望着他,克里斯多夫却笑得更起劲儿了。这下大家可恼了，都冲他喊道："滚出去！"他站起身，耸了耸肩，笑得浑身扭动，全场的人都气愤至极。从此，克里斯多夫就慢慢地站到了和城里人敌对的一面去了。

有了这次经验以后，克里斯多夫回到家，决定把几个"素来受尊重的"音乐家的作品重新浏览一遍，结果让他大为沮丧。因为发现他最敬爱的某些大师也会说谎。他以为自己看错了，可是没有。他真是大吃一惊，一个伟大民族的艺术财富中竟然有那么多的平庸之作和谎言。

从此，要去看别的心爱的作品时，他都免不了心惊肉跳，到处碰到同样的失意，他的心都碎了，仿佛自己被信任的好友欺骗了好多年。

过了好久，他都不敢再惊动他认为最好最纯粹的作家。可他有一颗追求真理的灵魂，这让他本能地要对一切寻根问底。于是他战战兢兢地打开了那些神圣的作品，最后一批精华……不料才看了几眼，就发现它们并不比别的作品更纯洁。他没有勇气继续下去了。

之后，他悲痛极了，幸好他的元气是那么充足，他对音乐的信仰才不至于被动摇。

克里斯多夫不懂得人的心理，他拿年轻人的霸道与残忍的脾气，来修正他对过去的艺术家们的意见。最高贵的灵魂也被他赤裸裸地揭开了，所有可笑之处都没有逃过他的眼睛。无论是门德尔松还是李斯特，不管是韦伯还是巴赫，都被他批驳得体无完肤。可是克里斯多夫的厌恶是没用的：一听到音乐，他依旧被作者恶魔般的意志抓住了，和别人一样激动起来，甚至更厉害。

是啊，他所痛恨的那些伟大的德国人，不就是他的血和肉，不就是他最宝贵的生命吗？他之所以对他们这么严厉，是因为他对他自己就是这么要求的。还有谁比他更爱他们呢？舒伯特的慈祥，海顿的无邪，莫扎特的温柔，贝多芬的悲壮，没有谁比他感觉得更真切了。

可他完全没有想到这些。他像一个被宠坏了的孩子，无情无义地用从母亲那里得来的武器还击母亲。将来，将来他才能发现他究竟受了她多少好处，才会发觉她有多么可贵呢……

但这个时期正是他盲目反抗幼年时代的一切偶像的时期。克里斯多夫到了一个身心健康的人厌恶一切的关头，本能逼迫他把满肚子不消化的东西一起淘汰。

3.

克里斯多夫还没有认识到静默的好处。自从明白了德国人的虚伪，他就决意要表露自己的真诚，对任何人任何作品都不留余地。又因为他做什么事都走极端，便说出了许多叫人骇人听闻的荒唐话。一旦发现某部作品里有什么荒谬的地方，他就向人诉说，不管对方是谁。开始旁人还不把他的话当真，可听久了，大家就发觉他显然不是随口说说，而是深信不疑。而且他还在音乐会里公然叫嚷，发表他刻薄的言论，甚至公开表示瞧不起某些声名显赫的大师。

小城里，什么消息都会很快散播出去。克里斯多夫的话，一句也没有被人们漏掉。他去年和阿达的招摇过市，已经引起了公愤，虽然他自己早就忘了，别人却都替他记着呢。从前是触犯礼教，而现在他又伤害了风雅。最宽容的人说他是"标新立异"，然而大多数人都觉得他"完全疯了"。

在宫廷中，克里斯多夫也捅下了娄子。当威严的亲王们表示尊重门德尔松和舒曼等人的作品时，克里斯多夫却当着他们的面，对这些作品加以诋毁。结果大公爵冷冷地回答说："先生，听了你的话，有时真让人怀疑你是不是德国人。"

这句话从那么高贵的人嘴里吐出来，一直流传到街头巷尾。凡是妒忌克里斯多夫或是跟他不和的人，说到这个话题，都会立刻补充：克里斯多夫的确是个外族，他的父辈就是外来移民，诋毁所在国的民族当然不足为奇了。

近来，克里斯多夫太需要发泄了。他一个人消化不了那么多的欢乐，快乐得像要爆炸一样。既然没有朋友，他就把乐队里的一个青年同事西格蒙·奥赫当作心腹。奥赫在乐队里当副指挥，这个人脾气很好，城府却很深。

乐队指挥多皮阿·帕弗不久就要告老退休了，克里斯多

夫虽然年轻,却大有继承的希望。奥赫虽然也承认克里斯多夫有这个资格担任,但他自命不凡,认为自己更有资格。于是他想出了一个计划。

一天,奥赫看到克里斯多夫高高兴兴地跑进剧院,就知道他一定有什么话要说。他急忙堆出笑容,走向克里斯多夫。

"哦,又有什么新的杰作吗?"他狡猾地问道。

克里斯多夫一把抓住他的手臂,回答:"啊!朋友!这件作品可是登峰造极啊……要是你听到的话……该死!要是大家都听过这个曲子,以后死了也甘心了。"

听到这种话的可不是个聋子,奥赫一本正经,既不发笑,也不讽刺克里斯多夫,他装出很感兴趣的样子,逗克里斯多夫说了更多傻话,然而一转身,他就把克里斯多夫的这些话添油加醋地传播出去了。大家先在音乐家的小圈子里挖苦了克里斯多夫一阵子,然后就急不可耐地坐等着批判克里斯多夫那些可怜的作品。可怜的作品啊,还没问世,命运就已经被判定了。

克里斯多夫的作品终于露面了。

克里斯多夫在他乱七八糟的稿子里,选了一首《序曲》,一首交响曲,还有一组歌、几首古典作品,再加上奥赫的一支《欢乐进行曲》。他明知奥赫的这首曲子很平庸,但是为了表示亲热,刻意加了进去。

几次排练还算顺利，虽然乐队对他们演奏的作品毫不了解，每个人都在心里对这种古怪的新音乐表示骇异，但他们还来不及有什么意见，尤其是在听众还没什么表示的时候，他们就俯首帖耳地接受了。

唯一的困难出在女歌唱家方面。这位女歌唱家在德国很有声望，不过不懂得自然的艺术。她加强每一个字的演唱方法，让她的每一句歌唱都带着悲剧的气息。

克里斯多夫要求她把悲剧的成分减少一些，起先她乐意听从，可天生的嗓音和长久以来的习惯让她无法控制。克里斯多夫不断和她争执，可依旧没能让她有所改变。终于有一天，克里斯多夫对她彻底失去了信心，打算把她的节目从音乐会里删去。这位女歌唱家因此做出了让步，在最后一次排练中，她完全依照了克里斯多夫的指示。可她打定主意，在第二天的音乐会中非用她自己的风格演唱不可。

音乐会的日子终于到了，克里斯多夫一点儿也不着急。他知道自己作品的某些地方可能会被人笑话，但是他不在乎。一个人怕闹笑话，是写不出伟大的作品的。他预备受一番尖刻的批评。

他碰到的第一个大钉子便是大公爵的缺席，爵府里只来了几个不相干的随从和他们的太太。克里斯多夫假装不在乎这些无聊的事，可别人都把这看在眼里。这是对克里斯多夫的第一个教训，同时也对他的前途构成了威胁。

听众席三分之一都是空的,克里斯多夫不由得心酸地想起他童年时举办音乐会的盛况。空等了一会儿,他决意开场了。

一首首的曲子演奏下去,场子里寂静无声,大家仿佛睡着了,每一句音乐都像掉在了漠不关心的深渊里。克里斯多夫照常打着拍子,非常兴奋,可是现场沉闷的气氛,让他的心都凉了。

《序曲》演奏完了,大家礼节性地、稀稀拉拉地拍了一阵手,就静了下来。克里斯多夫新作的交响曲演奏的时候,他几乎不能终曲,屡次想丢下指挥棒,掉头就走。他也被听众的麻木传染了,竟然不懂自己指挥的东西了。曲子终于结束了,掌声中传递出的听众们的厌烦,让克里斯多夫恨不得站起身向大家喊道:"你们多讨厌!给我滚吧!"

听众们稍微清醒了些,安静地等待着女歌唱家出场,那是他们听惯而捧惯了的。她就像一块稳当的陆地,不至于像克里斯多夫的那些新作品一样使他们迷失。克里斯多夫看出了大家的思想,轻蔑地笑了。女歌唱家也看出大家在等她,像个王后一般神气十足地登场了。登场之后,不消说,她还是按照自己的方式来演唱。克里斯多夫早就预料到她会这么捣乱,一旦发现她走调就严厉地指了出来。

可女歌唱家就是不听,克里斯多夫再三纠正之后,终于爆发了。他突然半中间停了下来,直着嗓子嚷嚷道:"得

了吧!"

她一口气收不住,继续唱了半节,才停住。

"得了吧!"他又粗暴地说了一遍。

全场都愣住了。过了一会儿,他又冷冷地说:"咱们再来!"

女歌唱家愕然地望着他,双手哆嗦着,真想把乐谱朝他头上扔过去。但慑于克里斯多夫的威严,她只好重新开始,把全部的歌都唱完了,连一个拍子一个小小的地方都没有改动,因为她怕再次受到克里斯多夫毫不留情的侮辱。

她唱完以后,台下掌声不绝于耳。听众并不是捧她唱的歌,而是捧她——这位有名的老资格歌唱家的。他们知道赞美她是没错的,而且他们还想补偿一下她所受的侮辱。大家都喊着"再来一次",可克里斯多夫坚决地合上了琴。

女歌唱家躲在化妆室里,又哭又叫,咒骂了克里斯多夫足足一刻钟。她的朋友们出来说,克里斯多夫对女歌唱家的态度简直像对下等人一样。消息传得很快,以至于克里斯多夫在出来演奏最后一曲的时候,场内颇有些骚乱的现象。但这曲子不是他的,是奥赫的《欢乐进行曲》。听众们借着捧奥赫的场,来表达他们的不满。直到音乐会结束,他们居然热烈鼓掌,要求奥赫露了两三次面。

音乐会之后,当地和女歌唱家有交情的几家报纸,绝口不提女歌唱家在音乐会中不愉快的经历,只一致赞扬她的歌唱艺术,顺带着评论了克里斯多夫的作品,只有寥寥几行:

"……风格非常繁琐,缺乏灵感,没有旋律,纯粹是头脑而非心灵的产物。不真诚,只想标新立异……"

克里斯多夫灰心到了极点。

其实他的失败不足为奇,他的作品还不够成熟,又太新鲜,不能叫人一下子就懂得,大家也乐得教训一下这个肆无忌惮的年轻人。

第二章

陷 落

1.

不久,城里来了个法国歌剧团,准确地说,这个歌剧团里全是些乌合之众。率团的是一个小有名气的过时的女演员。

歌剧团第一个晚上演的是《多斯加》,克里斯多夫没有去看。预告的第二出戏是法语版的《哈姆雷特》。对于莎士比亚的戏,克里斯多夫一向是不肯错过的。他到剧院附近转来转去,很想去定个座。犹豫了半天还是回去了,结果半路上遇见了杂志社的朋友曼海姆。

曼海姆抓着他的臂膀,愤愤不平地告诉他,原先他有张很好的包厢票,因为家里突然有亲戚来访,结果他的银行家父亲硬逼着他把票送给银行的股东葛罗纳朋,晚上留在家里和他一起招待客人。

正说着,曼海姆突然张大嘴盯着克里斯多夫看:"好嘞……有办法了!克里斯多夫,你去看戏吗?"

"不去!"

"你去吧,就当帮我一个忙。"

克里斯多夫有些莫名其妙:"你不是要把票送给你父亲的股东吗?"

"我就是要气死他。"曼海姆快活地笑着,把票塞到他手里。

克里斯多夫打开一看,发现是一个四人座的包厢票,他想推辞。

曼海姆却不乐意了:"你要也好,不要也好,反正不要再还给我。你就是丢到火里烧了,或者送给葛罗纳朋,我也不会管的。再见!"说完扔下他,转身就走了。

克里斯多夫拿着票回家了,他很为难。要是糟蹋了票又实在太傻,他想劝母亲一起去,母亲却宁可待在家睡觉。他想了很久,也没想清楚能再邀谁一起去。结果就一个人高高兴兴地赶到剧院去了。

进剧院的时候,克里斯多夫路过售票房,看到窗上挂着客满的牌子,有很多人失望地离开了,其中有一个姑娘还舍

不得马上就走,羡慕地看着进去的人。克里斯多夫在她面前走过,突然又转过身来,问道:"小姐,你没买到票吗?"

女孩脸一红,回答说:"没有,先生。"听口音,是个外国人。

"我有个包厢不知道怎么办,可不可以请你一起去呢?"

她的脸更红了,一边道谢,一边婉言拒绝。克里斯多夫也有些慌了,同时还继续邀请,最后他下定决心说:"你把票子拿去吧,反正我已经看过了,你一定很感兴趣,请你拿了去看吧,我完全是诚心诚意的。"

那姑娘被他的真诚所感动,最终和他一起进去了。

曼海姆的包厢在剧院的中央,突出在外面,十分醒目。克里斯多夫和姑娘一进去,所有人就注意到了他们。

克里斯多夫是一个天真的人,到剧院纯粹是为了看戏,而不是关心女演员,所以他也不曾猜想过那个率团的女演员到底扮演的是什么角色。结果,等歌剧开演了,他发现上场的哈姆雷特居然发出玩具娃娃似的机械般的音色,他惊呆了,老半天不敢相信……

等他真正确定下来,就不由得骂了一句,结果附近包厢里的人立马喝住了他。女扮男装的哈姆雷特简直荒谬绝伦,女演员的声音更让他怒不可遏。克里斯多夫气得不知如何是好,他干脆背对着舞台,怒容满面,像个面壁思过的孩子。

突然,他脸上的古怪表情变得柔和了。一种优美的富有音乐味的声音响了起来。原来是奥菲利亚登场了。这个奥菲利亚跟莎士比亚笔下的那个奥菲利亚毫不相干,她是个美丽的姑娘,高大、壮健,浑身上下充满了生气。虽然她为了角色努力地压制自己,但仍旧有股青春与欢乐的力不断涌现。

克里斯多夫被这位奥菲利亚深深地吸引,忘记了他的同伴,竟移到包厢前排,坐在她的身旁,目不转睛地盯着那个不知名的女演员。虽然在克里斯多夫的眼里,这个不知名的奥菲利亚表演得非常出色,可一般群众并不是冲着她来看演出的,直到那个哈姆雷特出场,他们才决心鼓掌。克里斯多夫看了大为生气,低声骂了一句"蠢驴!",十步以内的人都听到了这句话。

到了幕间休息,克里斯多夫才记起了那位同行的姑娘;看她始终那么羞怯,克里斯多夫一边笑一边想着,刚刚自己的行为一定吓着她了。不错,这年轻的姑娘,原本就在后悔接受了克里斯多夫的邀请,更糟的是,她一进来就成了众目睽睽的目标,而克里斯多夫在背后低声的咒骂,更让她感到害怕,她以为他是个什么都做得出来的人。

席间休息的时候,听到克里斯多夫和善地同自己说话,她又放心了。

"我是个挺不愉快的同伴吧,是不是?还请你原谅啊。我不能隐藏自己的思想……可这也太不像话了,那么一大把年纪的女人居然出来演哈姆雷特……"他厌恶地皱起了眉。

她微微一笑:"话是这么说,毕竟还是很美的。"

他注意到了她的外国口音,便问道:"你是外国人吗?"

"是的,我是法国人。"

"你居然是法国人!"

他看着她小小的脸庞,却视而不见。心里只想着那个漂亮的女演员,再三说道:

"怪了,你也是法国人,你跟那个奥菲利亚居然是一国的,真叫人不敢相信。"

说这话的时候,克里斯多夫完全没注意到,自己无形中将那个奥菲利亚和这个女伴做了个不客气的比较;她也察觉到了这一点,却丝毫不以为意。她心里也觉得那个奥菲利亚确实很美。克里斯多夫想从她这里打听到奥菲利亚的消息,她一点儿也不知道。很显然,这姑娘对演艺界的情形并不是那么熟悉。

隔壁几个包厢的人在偷听他们的谈话,姑娘注意到了便噤了口,克里斯多夫也发觉了,大为愤怒,休息的时间还没完,他便一个人离开包厢,出去透透气。他满脑子都是奥菲利亚的影子。

在后来的几幕演出中,奥菲利亚更是牢牢地抓住了他的心。等到她发疯的那一场,唱着那段爱与死的凄凉的歌,动人的声音让克里斯多夫惊心动魄,激动得快要放声哭起来了。因为不愿意让别人看见自己这副模样,克里斯多夫心慌意乱地离开了剧院。回到家里,他把那个被他丢在剧院连名字都不知道的女伴完全忘了。

2.

第二天,他到一家三等旅馆去拜访那个扮演奥菲利亚的女演员。到那以后,他被带进一间杂乱的小客厅等着,奥菲利亚就在隔壁屋子里直着嗓子唱歌。人家进去通报的时候,她的歌声停了一下,兴高采烈地问这问那,也不管隔壁的客人会不会听到。

因为找不到东西,她很恼火,最后终于气势汹汹地打开门,衣服还没有完全穿好,一副晨起还未梳洗的样子。看到克里斯多夫,她略微表示了一下歉意。原本以为克里斯多夫是个新闻记者,但听到克里斯多夫因为钦慕她,专程前来看望她,她非但没有失望,反而非常高兴。于是两个人立即像老朋友一般交谈了起来。她叫高丽纳,是个很有平民气息的南方女子,天性活泼、聪明、无拘无束。

次日,高丽纳邀请克里斯多夫到旅馆吃晚饭。席间,他向她问起巴黎和法国人的情形。高丽纳告诉了他很多事情,可并不完全准确。

据她说,在巴黎每个人都是自由的,而且巴黎人很聪明,所有大家都不会滥用自由。在那里,你爱怎么样就怎么样,绝不会有人说闲话。政治从不干涉文学艺术,文人也不互相争斗。人情风俗温厚、亲切又诚恳，大家都喜欢互相帮助，对具有真才实学的新来的客人十分赏识。而法国人豪侠大度，唯一的缺点便是他们很理想主义，因此容易上别的民族的当。

那真是一个令人向往的地方，克里斯多夫听得合不拢嘴。

高丽纳要去法兰克福参加公演。她要克里斯多夫给她写一个剧本，一部通俗的歌剧，并且和他约定在法兰克福再见，然后两个人便高高兴兴地分了手。

第三天，克里斯多夫便动身前往法兰克福去赴约了。高丽纳原本没指望克里斯多夫真能来，所以当她看到他出现在面前时，又惊又喜。

唯一让克里斯多夫感到不快的是，法兰克福有很多有钱的犹太人。他们赏识高丽纳的美丽，也预料她将来会走红，便争相前来恭维她。而高丽纳也免不了搔首弄姿地跟他们卖俏。克里斯多夫心想，女人总是脱不了女人的性格！克里斯多夫没太在意高丽纳的这个缺点，她那么正直、善良，像孩子一样纯朴。他要走的时候，她特意站起身和他走到一边去道别。他们把再见的话重复了好几遍，又拥抱了一下。

克里斯多夫搭最后一班火车回去了。在火车上，他远远地看到对面的三等车厢里，正坐着那个陪他看《哈姆雷特》的法国少女。她也看到了克里斯多夫，并且认出了他。两个人都愣了一下,不声不响行了个礼。抬头的时候,克里斯多夫突然看到那姑娘身边放着一口旧提箱,他以为她要出门几天,没想到她竟是要离开德国。克里斯多夫正打开车窗跟她说几句话,忽然听到讯号声,列车马上就要开动了。他们彼此的车厢里都没有别人,两个人就把脸贴在车窗上,远远地看着对方。车开动了,她慢慢地远去,消失不见了。

克里斯多夫等到看不见她了,他这才感觉到自己的心被她的目光挖了个洞,他也不知道为什么,只感觉自己的眼睛里深深印着她那双沉静的眼睛。

3.

回到家的第二天,他出门第一个就碰见了曼海姆。

"你可真是个大人物,"曼海姆嚷道,"我甘拜下风了!"

"我又没做什么。"克里斯多夫有些莫名其妙。

"你真了不起,抢了葛罗纳朋的包厢也就算了,居然还请了他们的法国女教师前去代替他们,真是太妙了,我都没有这个本事!老实说,我真妒忌你。"

"她是葛罗纳朋家的女教师?"

"对,我劝你就装不知道好了……爸爸简直不肯罢休,葛罗纳朋一家也要气死了,不过他们很快就有了解决方案,他们把那姑娘撵走了。"

"什么!"克里斯多夫叫道,"他们把她给辞了?"

"你不知道？她没跟你说么？"

克里斯多夫摇摇头，心里很难受。

"好家伙，别烦恼了，你该知道，要是他们发觉她是你的……"

"什么？发觉什么？"

"发觉是你的情妇喽！"

"可我根本不认识她啊，我都不知道她是谁。"

曼海姆根本就不相信，克里斯多夫想要去找葛罗纳朋，说明这其中的误会。曼海姆劝他别去，去了也没人信。

克里斯多夫心中难过到了极点，他去找过葛罗纳朋，却碰了个软钉子，他们一家也不知道这法国姑娘去了哪里，而且根本也不关心这些。他后悔不已，一心想着自己害了别人。除了悔恨，他还总回忆起那双忧郁的眼睛。不知为什么，克里斯多夫明知道和她再相遇是一件非常渺茫的事，却又非常肯定将来还会再见。

至于高丽纳，她一次也没有回复过他的信。三个月后，他不再抱什么希望了，却突然收到了一封长达四十个字的电报，高丽纳在电报中用各种亲密的话称呼他。再后来，隔了一年，又寄来一封短信，之后便彻底杳无音信了。

高丽纳的形象在克里斯多夫心中暂时还算鲜明，他打算写一阕戏剧音乐给高丽纳，其中夹上几段她能够演唱的调子——大概是一种诗歌体音乐话剧的形式。

克里斯多夫看得出来,这种艺术形式可以说是所有体裁中最难的,像他这样没有经验的人贸然去尝试,肯定要冒很大的风险。尤其是这种艺术有一个主要条件,那就是诗人、艺术家、演员三方面的努力必须调和。可是克里斯多夫并不理会这些,就冒冒失失地开始了他的尝试。

最初他想采取莎士比亚的一出神幻剧或者《浮士德》的后一幕来配制音乐,但剧院无意做这种尝试。在他们看来,克里斯多夫在音乐方面还算个内行,但是戏剧方面他居然也敢伸手,就让人觉得好笑了。

音乐和诗歌,就像是两个漠不关心而暗中相互仇视的世界,要踏入诗歌领域,必须要找一位诗人合作。偏偏这诗人是不容他选择的,他自己也不敢选择,因为他完全不敢信任自己的文学品位。

杂志社的朋友给他介绍了个颓废派诗人,史丹芬·洪·埃尔摩德,他写了一部别出心裁的《伊芙琴尼亚》。这部狂妄的作品,表现的完全是一个穿着希腊装束的没落的野蛮民族,这与克里斯多夫的精神根本不相容。可周围的人偏偏说这是部杰作。

克里斯多夫变得懦弱了,他信了别人的话。他脑子里装的全是音乐,根本就不了解作品的原意,虽然他自认为了解,其实不过是像他小时候那样,在自己脑子里又编了部脚本,和眼前诗人的这一部毫不相干。

在排演的时候，他才发现这部作品的真面目。他听着其中的一幕，觉得甚是荒谬，原本他以为是演员们篡改了诗人的意思，便当着诗人的面解释起了作品，却惹得在场的人哄堂大笑。

作者埃尔摩德冷笑着，问道："你是不是不喜欢这部作品？"

克里斯多夫鼓起勇气回答道："说老实话，我不喜欢，我也不懂。"

"那你写音乐之前，没把剧本念过一遍吗？"

"念过了，可是我误会了，把作品理解错了。"克里斯多夫天真地说。

诗人气恼之下，为了报复，也批评起他的音乐来。

要不是因为排演到了相当的程度，怕取消了会引起诉讼，克里斯多夫早就放弃这出戏了。

演出的前两天，发生了一件更糟糕的事。克里斯多夫发现他唯一的盟友——一家杂志社在不断地篡改他的文章，把他对音乐界敌人的嘲讽全换成了恭维话。他一气之下，和那家杂志社断绝了关系。这下好了，能够对他的作品形成强有力支撑的盟友也没了。新作《伊芙琴尼亚》前途凶险。

公演开始了，果不其然，这部连克里斯多夫都不认同其中诗文的作品遭遇了惨败。克里斯多夫曾经的盟友——那家杂志社只对剧本内容表示了支持，而对克里斯多夫的音乐，他们在报纸里只字未提。别的刊物趁此机会,对克里斯多夫大举进攻,《伊芙琴尼亚》只演了三场就停了,他们的挖苦却持续了好几个星期。

现在这些刊物唯一忌惮的就是克里斯多夫在爵府里的地位。爵爷屡次责备克里斯多夫,而他都置之不理,这让他们之间的关系相当冷淡。但克里斯多夫还不时地去爵爷府里走动,所以群众才以为他还有官方的支持。殊不知,这样的支持有名无实。而且没过多久,克里斯多夫连这最后的靠山也亲手毁掉了。

4.

新作品受到了批评,不仅关乎其本身,还涉及这部作品新的艺术形式。批评者压根儿就没打算去理解这部作品,歪曲并且抹黑它倒是很容易。对于这种抹黑,最好的办法便是置之不理,继续创作。可克里斯多夫连这点聪明也没有。几个月以来,他养成了到处攻击的坏习惯。他写了篇回击敌手的文章,给两家正派的报馆送了去。可人家不仅退了回来,还把他讽刺了一顿。

这下克里斯多夫就不能善罢甘休了,他一定要把文章发表出来不可。不过他已经被所有的编辑封锁了,想来想去,他只想到一家社会党的报纸,虽然不那么熟,倒还能和他们说得上话。

这份报纸，平日里专门骂人，很是激烈，大部分人都认为这样不可取。克里斯多夫从没看过它的内容，只想到它的那些大胆的思想，并没有想到它的卑鄙口吻。其他的报纸联合起来打击他，让他无从发泄自己的恨意。就算他知道了这家社会党报纸的内容，他也不见得会顾虑。他要让人们知道，他可不是好惹的。

克里斯多夫给这家报纸的编辑部送去了他的文章，结果大受欢迎。第二天报纸就登出来了，还加了一篇按语，大吹大擂他们已经约定了同情工人阶级斗争的克拉夫脱同志长期执笔。

克里斯多夫既没有看到报纸上刊登的自己的文章，也没看到编者的按语。那天是个星期天，天还没亮，克里斯多夫就跑到乡下散步去了。他把最近的一切不快都忘得干干净净，在春天的大自然里手舞足蹈。

他被太阳晒得迷迷糊糊地回了家。到了家，母亲就给他递了一封信。信里用公事的口吻通知他当天上午去府里一趟。上午的时间已经过去了，克里斯多夫并不着急，打算第二天再去，可母亲觉得不妥，觉得亲王找他，说不定有什么要紧的事。一番劝说之后，克里斯多夫才动身出发了。

他心情极好，不慌不忙地东看西瞧，一路晃进了爵爷府。他把帽子往衣帽间里一扔，跟老门房嘻嘻哈哈地打了个招呼，可他没注意到这次老门房居然神情傲慢，一改从前的随和。在穿堂里,他又遇到了一位平素跟他很亲热的小职员,奇怪的是,这次他居然低着头,匆匆走过,生怕克里斯多夫和他搭讪的样子。克里斯多夫没在意这些小节,径直往前走,请求通报。

进了大厅,亲王还在和客人聊天,四周的人们都很兴奋,克里斯多夫甚至听到了亲王粗犷的笑声。可当亲王一转头看到他的时候,脸色就变了,他向克里斯多夫直扑了过来:"嘿,你来啦!你终于肯赏光上我这儿来啦!先生,你还想继续耍弄我吗?你这个坏东西!"

克里斯多夫被这当头一棒打昏了,好久都说不出话来。他想着即便是他迟到了,也不至于受到这样的羞辱啊,于是结结巴巴地问:"亲王,请问这是怎么回事?"

亲王不理他,只顾发脾气:"给我住嘴!我决不会让一个坏蛋侮辱我。"

克里斯多夫受不了了,他朝亲王嚷嚷道:"亲王,您既然不告诉我是怎么一回事,您就没资格侮辱我。"

大公爵转身就从他秘书手里抽出一份报纸,直跳到克里斯多夫面前,杵在他的鼻子底下,怒不可遏地嚷道:"瞧你的脏东西!"

克里斯多夫认出了那是张社会党的报纸:"我不觉得这有什么不妥。"他说。

"这份混账报纸!那班流氓天天都侮辱我,用最下流的

话骂我！……"

"爵爷，我没看过这份报纸！"

克里斯多夫继续说道："我只关心音乐，在哪儿发表文章是我的权利。"

爵爷显然不相信他这句话，继续恶狠狠地骂道："你什么权利也没有，唯一的权利就是闭嘴。过去我对你太好了，给了你和你家人多少好处。照你们父子俩的德行，我早就该跟你们断绝关系了。以后不经我的允许，不准你再发表文字，你弹好你的琴得了，别再打什么笔墨官司，我可不想音乐界里也出一个社会党。"

克里斯多夫羞愤交加，铁青着脸嘟囔道："我可不是您的奴隶，我有我的自由。"

他气得神志不清了，头脑里嗡嗡响着，嘴里却嚷得更凶了，他也不知道自己在说些什么，差点冲动地伸出拳头去打公爵的脸，最后被亲王府里的人给撵了出来。

他的精神受到了严重的损害，游魂般回到家，身心受着火一样的煎熬，可是为了怕母亲担心，他一声不吭地咬紧牙关，把一切都吞进了肚子里。

回到家的第二天傍晚，社会党报纸的编辑找上门。克里斯多夫天真地以为，人家是慰问他来了，毫不设防地说个不停。他哪里知道这个编辑心里还盘算着别的东西呢。

编辑预料到这位宫廷音乐家受到了羞辱，一定会把他高明的笔战功夫,甚至是他所知道的宫廷秘闻全部贡献给社会党。他认为用不着含蓄,于是就把这个意思老老实实地告诉了克里斯多夫,没想到克里斯多夫当即跳了起来。

克里斯多夫觉得自己再去攻击亲王是公报私仇,可在编辑看来,这就是软弱。编辑表示,报社也受到了亲王的侮辱,有权作出回击,这是报社的自由,既然克里斯多夫胆小,那就由报社来执笔吧。克里斯多夫无话可说了,只好请求编辑别把他的心里话说出去,对方一口答应了下来。送走了客人,克里斯多夫开始为自己的莽撞后悔,他立即又写了封信给报社编辑,要求他无论如何都不要提他说的那些话,不可避免地,他把那些批评亲王的话在信里又重复了一部分。

第二天,克里斯多夫拿到了社会党报纸,在第一版就看到了他全部的故事。他前一天所说的一切被添油加醋夸大得不成样子。那篇文章用卑鄙而又激烈的语调把大公爵骂得不成样子,其中有些细节,偏偏只有克里斯多夫知道,足够让人相信这篇文章出自克里斯多夫的手。

克里斯多夫这下可被击中了要害。他一边念一边淌着冷汗,念完之后简直被吓昏了。于是他又做了另外一件傻事,他写了一封义正词严的信,痛斥记者的行为,否认报道里的事实,他要求报馆登出这封信,结果人家把他前一天写给编辑的信的副本寄给了他,问他要不要一起发表,他这才发现

自己被抓住了把柄。

克里斯多夫这下子没法可想了,以后,他在街上碰见了那位记者,忍不住把人家痛骂了一顿,结果第二天报纸又登出了一篇报道,指责被宫廷主子抛弃了的奴才还是脱不了奴性;再加上几句影射的话,大家读了自然明白指的是克里斯多夫。

现在人人都知道克里斯多夫连最后的后台也失去了。克里斯多夫突然发现自己的敌人多得惊人。那些曾经被他攻击过、中伤过的人,都对他发起了反攻,加倍地进行报复。而群众也乐得看到克里斯多夫这个狂妄的青年,脑袋被人摁倒在地。

这些人的进攻不是一齐发来的。他们先派一个人过来打探虚实,如果克里斯多夫不还手,他们便加紧攻势,然后别的人再跟上来,接着大家就蜂拥而上。

幸而克里斯多夫原本就不看报纸的。他有几个忠实的朋友忍受不了这些人的污蔑,便给他寄来几份。克里斯多夫把它们扔在角落里不想看。最后有一篇用红笔勾出的文字引起了他的注意。一位知名的评论家在结论里说道:

"克拉夫脱先生以前以记者的身份写过一些东西,其特殊的文笔和口味,在音乐界里传为笑谈。有人劝他还是安心写他的音乐为妙。不过他的近作表明:那些劝告虽然用心甚好,却并不高明。克拉夫脱先生也只配写写那种文章。"

5.

还有使他更难受的侮辱呢。他寄给法兰克福一个有名的音乐会的作品被一致否决了,而且还不跟他说明原因。科隆乐队有意接受的一阕序曲,在他空等了几个月之后也给他退了回来。

过了一阵子,克里斯多夫意外地得知一位有些名气的于弗拉托先生很愿意演奏他的作品,他有些惊讶。因为这位于弗拉托先生平日里只习惯于演奏那些久已成名的大家的作品。至于开辟新路的作家的作品他是一概不愿演奏的,除非这个作家已经显露出要成功的苗头。

克里斯多夫深感意外,因为他离成功还远着呢。而且这位指挥家还是被他攻击过的勃拉姆斯和几个音乐家的朋友。他以为别人和他一样宽宏大量,于是深为感动,把自己的一阕交响曲寄给了于弗拉托先生,并且附上一封言辞恳切的信。

不久,他就收到了于弗拉托先生秘书的回信,措辞冷淡,礼数周全,声明已经收到了他的曲子,但是需要提交乐队进行试奏。克里斯多夫当然没话说,他知道这种试奏纯粹是种手续。

过了两三个星期,克里斯多夫接到通知,说他的作品快要试奏了。照以往的规矩,这种试奏是不公开的,就连作家本人也不能旁听。事实上，所有的乐队都容许作家到场，只是不公然露面罢了。每个人都知道他在这儿，却都假装不知道。一个朋友把克里斯多夫带进了会场，拣了一个包厢坐下。让克里斯多夫惊讶的是，这个不公开的预奏会居然客满，至少在楼下，有闲阶级、批评家，都在那里叽叽呱呱，坐得满满当当。

预奏会开始了，不久克里斯多夫便听出了这场音乐会的用意。演奏的曲目都是些被他批评过的作曲家的作品。大概是想拿他的作品和这些人作比较吧。克里斯多夫一边装着鬼脸，一边觉得这到底还是一场公平的竞争。

等轮到他的曲子时，克里斯多夫开始紧张起来。他还不知道这个作品演奏出来是什么样的效果呢。

结果，出来的竟是一种无名的东西，不成形的混沌。克里斯多夫明知道他写的并不是这种东西，可是没有用：一个荒唐的代言人已经把你的话改头换面变了样，你自己也变得糊涂起来，搞不清该不该为此负责。而听众们更不会起疑。正如他们相信读惯了的报纸一般，指挥和乐队是决计不会错的，要错的只有作者，而这次他们本来就相信作者是可笑的。克里斯多夫的作品被恶俗的演奏表现得十分可笑。他忍不住想跑下去纠正指挥的错误，却被朋友强留在了包厢里。

听众开始出现了骚动，他们察觉出了作品的可笑，开始乐不可支地笑出声来，全场只有指挥一个人还在喧闹中不动声色地继续演奏着。

曲子终于奏完了,听众开始一个劲儿地起哄。等到喧闹声稍微静了些,指挥向乐队做了一个记号,表示他要说话。全场也安静了下来。

"诸位,要不是为了把那位胆敢攻击勃拉姆斯大师的家伙送给大家公断一下的话,我绝不会让这种东西奏完的。"

说完,他跳下指挥台走了,任凭听众怎么欢呼,他也不再出场。乐队的人开始散了,群众也只能走了,音乐会已经结束了。

克里斯多夫也出了包厢。他一看见指挥走下台,就要冲过去,打他的嘴巴,可是被朋友拦住了。这时候,幸好后台的门关上了,而且听众也要出来了,克里斯多夫才赶紧溜了出去。

他漫无目的地走着,穿过城中的一片荒地时,脑海里竟然起了杀意,他真想把那个侮辱他的人杀了,可即便杀了那个人,那些嘲笑他的人——他们的笑声还在他耳边不断地回响。他们人数太多了,相互之间有那么多的分歧,可居然因为反对他而联合起来,把他踩在脚下,变成小丑来置他死地。其实克里斯多夫忘记了,那些侮辱他的人只是一群平庸的人,他们压根儿就没把侮辱他这件事放在心上。而此刻的克里斯多夫,只是因为气愤,而放大了怨毒。

他走到了父亲当年淹死的地方,投水自杀的想法立刻在

脑海中浮起,他想马上往水里跳了。

正当他站在岸边的时候,一只小鸟在附近的树枝上开始唱歌,开花的麦秆在微风中轻轻波动,到处都是春回大地的景象。他清醒了过来,拥抱着近旁的一棵美丽的树,把脸贴在树干上,快乐地笑了。生命的美和温情把他包裹起来,他热爱生命,觉得自己永远不会和它分离了。自杀的念头消失得无影无踪。

他鼓起勇气重新工作,决心和那些文人断绝关系,什么新闻记者、批评家、艺术界的商人,他都不愿再和他们打交道。

"他们喜欢怎么说我,怎么写我,怎么想我,都由他们去吧;他们的艺术、思想,跟我有什么关系!我都否认!"克里斯多夫这么想。

能否认社会固然好,但社会绝不会让青年人说说大话就把它给否认掉的。克里斯多夫可不是个修道士,一开始,他一心沉浸在创作里,还觉察不到太大的痛苦。只要有工作,他就不会觉得生活有什么欠缺。

现在所有的出路都已经断绝了,无论是剧院还是音乐会。而他也绝不肯再向那些拒绝过他的指挥家们俯首称臣。现在他只剩下出版作品这一条路了。可找到一个愿意捧他出书的出版商,可不比找一个愿意演奏他作品的乐队更容易。他试了两三次,手法笨拙到了极点,最后他不愿再去看那些出版商的嘴脸,决心自费出书。

原本克里斯多夫在爵府里当乐师的时候,攒了一笔钱。现在他陷入这样的困境,应该精打细算,靠着这笔钱过活。可他非但没这么做,反而还借了一笔债来印刷这些乐谱。

他精心挑选了自己心爱的作品,最终将它们交付印刷。而给他代印代刷的出版商,不过是他的邻居。这个重要的工作,居然给拖了几个月,还花了很多钱改正错误。全盘外行的克里斯多夫被他多算了三分之一的钱,大大地超出了本来的预算。

乐谱终于印了出来,那个出版商全然不知道如何去推销作品。为了让良心有个交代,他让克里斯多夫草拟一段广告。可克里斯多夫认为只要作品好,有没有广告都没关系,结果一部作品也没卖出去。

没有主顾的期间,克里斯多夫先得想法子填补他的亏空;而他也没法再苛求了,因为除了还债,他还要维持生活。路易莎也不得不流着血汗来帮助儿子了。克里斯多夫想找教课的差事,但现在大家都对他态度冷淡,极不容易找到学生。所以听到一间学校里有个空缺,他就很高兴地接受了。

克里斯多夫没想到的是,这个学校的校长极为精明。他知道现在只要花极少的钱就能把克里斯多夫控制住,所以除了一堆好话,他一个子儿都不愿意多给克里斯多夫。当克里斯多夫怯生生地提出报酬太少时，校长笑眯眯地说，没有了官衔，他只能得到这么多。这倒也罢了，人家让他教的居然不是音乐，而是让他扮演一个愚弄家长的角色，只要让学生能在典礼上登台唱歌就行。

克里斯多夫并不是当教师的料。他本想把学生教出点名堂，让他们认识并爱好纯正的音乐，然而他们都满不在乎。克里斯多夫缺乏威严，也没办法让学生听他的话，最后他只好放任自流。

对于学校外面他教的学生，他也同样没有耐心，他对一个贵族出身的女学生说，她弹的琴跟厨娘一样。甚至他还直接写信给一个学生的母亲，说教这样没出息的学生，会被气死的。就这样，他绝无仅有的几个学生也全跑光了。

克里斯多夫在课上弹琴的时候，学生在底下玩牌，这事儿总有学生汇报给校长，于是克里斯多夫总受到埋怨，次数多了，他也只好忍受下来，因为他不想跟他们决裂。倘若再丢掉这个差事，他简直不知道该怎么糊口了。

在学校担任教职期间受到的那么多屈辱当中，拜访同事对克里斯多夫来说也是件苦差事。在拜访了两个人之后，克里斯多夫再没拜访过其他人。而他的那些同事，接受拜访的两个人对他不太满意，另外的人更觉得是对他们个人的侮辱。这些教师们觉得克里斯多夫是个地位低下又愚蠢的家伙，都尽量避免和他接触。

6.

最近,学校生物教员莱哈托带着他的妻子来到了学校,他们夫妇长得有些丑,可人很老实、温和,待人也很殷勤。不过莱哈托夫人态度举止挺随便的。她是一个爽直的人,总学不会那种一本正经的口气,平日里喜欢和别人理论,毫不留情地揭穿对方的谎言,不管他们地位高低,因此得罪了不少人。这一点倒和克里斯多夫十分相像。

莱哈托夫人出生在法国和德国的交界地区,那里受拉丁文化的影响较重,因此,她对法国和法国人很是推崇。初次遇到克里斯多夫的那个晚上,她就提到了法国这个话题,说法国人说话很自由,克里斯多夫马上做了她的应声虫。对他来说,法国便是高丽纳,一双光彩焕发的眼睛,爽直随便的举动。他一心想多知道一些关于法国的情形。

莱哈托夫人看到克里斯多夫和她这么投机,不禁拍起手来。"可惜我那个年轻的法国女朋友已经不在这儿了,"她说,"她撑不下去,已经走了。"

克里斯多夫心中突然出现一双深邃的眼睛,他突然想起那个法国姑娘。

"谁啊?"他跳起来问道:"难道是那个年轻的女教师?"

"怎么,你也认识她?"

他们俩把那个法国姑娘的身材样貌都说了一遍,结果说的果真是同一个人。

莱哈托夫人告诉克里斯多夫:"她叫安多纳德·耶南,家里只有一个弟弟,在巴黎上寄宿学校。她是为了资助他,才来国外做家庭教师的。这姑娘很有学问,似乎早经世故,可天真而虔诚。"

"我只知道她在这儿住在一个很不厚道的人家家里。那户人家居然说她行为不检,她只好离开了。"莱哈托夫人继续说道。

克里斯多夫低了头问:"那她就没有留下地址?再没给你写信?"

莱哈托夫人回答说:"没有,真不巧,那时候我刚好去了科隆,回来晚了,没有遇到她。人生际遇,大多如此……"

克里斯多夫眼前浮现出那张凄凉的脸,渐渐地又在黑夜中隐没不见了,就像他们最后一次隔窗相望的情形。

克里斯多夫现在更加迫切地想了解法国,他总是向莱哈托夫人问这问那,因为她自命熟悉那个国家。她虽然没到过法国,却总能告诉克里斯多夫许多东西。

不过,对于克里斯多夫来说,莱哈托夫人的藏书比她的回忆来得更有价值。她搜集了一小部分法语书。克里斯多夫极想知道法国的情形,所以一听到莱哈托夫人说他可以尽情拿去看,就欢喜得像得了宝物一样。

他先从几本教科书入手,认识了一批法国作家。后来他又开始读散文,最后把莱哈托夫人的所有藏书都给吞了下去。他对法国开始有了些了解。

克里斯多夫常常到这对新朋友家里谈天吃饭,和他们一起散步。莱哈托夫人很宠他,经常给他做好吃的饭菜。她在感情方面也很体贴,在庆祝克里斯多夫二十岁生日的时候,还亲手做了一块精美的大蛋糕。克里斯多夫深受感动。

至诚的莱哈托夫妇还想到了别的方法来证明他们的友情。只认识几个音符的莱哈托先生,听了太太的主意,买了克里斯多夫的二十本歌集(这是克里斯多夫的那个出版商卖出的第一批货),分送给他各地教育界的熟人,还叫人寄了一些给莱比锡和柏林两地的书铺。这种动人而又笨拙的推销工作暂时还没什么效果。他们在克里斯多夫面前也不提这些,生怕让克里斯多夫伤心。

在莱哈托把集子寄出去三个月之后,克里斯多夫收到了一封热烈的来信。这封信是从德国的一座小城寄出的,署名是大学教授兼音乐导师彼得·苏兹博士。

这真让克里斯多夫愉快极了。他把这封忘在口袋里好几天的信当着莱哈托夫妇的面拿了出来,那对夫妇饶有兴致地和他一同看信,互相递着眼色。克里斯多夫并没有注意到这一点,他满面春风地读着信,读到一半,却突然沉下脸来,停住了。

"嗯,你干吗不念下去?"莱哈托问克里斯多夫。

"哼，岂有此理！"克里斯多夫把信往桌上一扔，愤愤地说。

莱哈托夫妇一看这个情形，赶紧捡起了信，两个人一起读了起来。在他们看来里面全是些佩服到五体投地的话。

"怎么回事？我看不出来有什么不对啊……"

"你难道看不出他是个勃拉姆斯党吗？"克里斯多夫使劲嚷道。

莱哈托这才注意到，信里有一句话把克里斯多夫的歌比作勃拉姆斯的歌。

克里斯多夫哀叹道："啊！朋友，我刚得到一个朋友，却这么快就失去了！"

人家把他比作勃拉姆斯，他都要气死了。以他的脾气，他是要写封莽撞的回信的，最好的情况不过是置之不理。可莱哈托夫妇劝说他写一封道谢的信。克里斯多夫因为心里不乐意，所以写得十分冷淡。不过对方的回信却热情洋溢。克里斯多夫从中感受到了真诚，不过两三封信之后，他还是中断了联系。

他对莱哈托夫妇充满了感激之情。于是他经常弹一些曲子给他们听。莱哈托夫妇对音乐不甚了解，于是他就想着法子捉弄他们。有时候他弹些小杂曲说是自己的，莱哈托夫妇便大加赞赏。有时候他弹起自己的作品，故意让莱哈托夫妇觉得这是一首很差的曲子，莱哈托夫妇便把这曲子说得一文不值。这时候克里斯多夫就会说道:"哎,混蛋,你们说得没错,这可是我作的啊!"

在莱哈托夫妇眼里,克里斯多夫的可爱倒并不在于他是音乐家,而是因为他忠厚老实,有些疯癫,却很诚恳,富有朝气。他们把他当一个不懂世故的大孩子,总是吃坦白的亏。

克里斯多夫对这两位新朋友并不抱有什么幻想。他知道他们俩永远都不能了解他最深刻的一面,这多少让他有些遗憾。但他缺乏友谊又极其需要友谊,莱哈托夫妇能喜欢他已经让他感激不尽了。可他不知道的是,就连这点友谊也很快被剥夺了。

克里斯多夫忘了俗人们的恶毒。那些人并不因为克里斯多夫被打倒而罢休,他永远是他们消遣的牺牲品。可克里斯多夫并没有因此而垂头丧气,他不再和这些人打交道,并且毫不犹豫地和莱哈托夫妇打成一片,这种情形让那些俗人们看了心存怨气。而莱哈托夫人就更让人气愤了,她居然不顾舆论的压力,公然结交克里斯多夫,在他们看来简直就是一种挑衅。

这些人暗地里一直留心着克里斯多夫和莱哈托夫人的举动。克里斯多夫平日里放肆惯了,莱哈托夫人也稀里糊涂。他们不论是外出,还是靠在阳台上聊天的时候,举止都非常亲热,不知不觉给了别人造谣生事的材料。

一天早上,克里斯多夫收到一封卑鄙龌龊的匿名信,信里说莱哈托夫人是他的情妇。克里斯多夫有着清教徒一般的道德感,想到这些事都会受不了,欺侮朋友的妻子在他看来更是罪无可恕。

他羞愤地拿着信去见莱哈托夫妇,结果发觉他们也一样的局促不安。原来他们也收到了匿名信,不敢说出来。三个人都相互注意对方,同时也留神自己的举止,别别扭扭弄得很僵。

他们彼此都不露一点口风,竭力想像过去一样生活,然而匿名信接连不断地来了,而且措辞越来越下流。他们收到信后,并没有把它们扔到火里,明知道那些文字会让他们心惊肉跳,还是各自躲到一边,颤抖着手指拆开来看了。他们都悄悄地哭了,想来想去也想不出究竟是谁在折磨他们。

一天,莱哈托夫人实在忍受不住了,她和丈夫含着泪互相诉说着痛苦,最后他们决心告诉克里斯多夫。可刚开口说了几个字,就发觉克里斯多夫也收到了这些信。

他们的友谊开始受到影响了。莱哈托先生相信夫人和克里斯多夫都是正人君子,偏偏这两个人独处的时候,他心里会忍不住地去猜疑。

莱哈托夫人的情形就更糟糕了,她和克里斯多夫一样,从来没想过什么调情。可她也忍不住疑心克里斯多夫也许真的爱着她。克里斯多夫没有表示过什么,但她认为至少应该防备一下,于是便用了些笨拙的方法,结果反被克里斯多夫发现了。

克里斯多夫气坏了,他怎么可能爱上这个又丑又平凡的小资产阶级!而她居然还相信真有这回事。

他们之间的关系变得那么僵,那么难堪。他们开始找出种种借口避而不见,这些借口特别的笨拙,经常露出破绽。

最后,克里斯多夫痛快地对他们说:"咱们分手吧,可怜的朋友们!咱们都不够坚强!"

莱哈托夫妇一起哭了。但是决绝之后,他们也觉得松了口气。

城里的人这下可得意了。这回克里斯多夫是真的孤独了,彻底地没了朋友。他们剥夺了克里斯多夫最后呼吸到的一口气。这口气便是温情,不管它多么淡薄,少了它,一个人的心便不能活。

第三章
解　脱

1.

　　他完全孤独了，所有的朋友都不见了。亲爱的舅舅高脱弗烈特，在他最艰难的时候曾经帮助过他，而此刻他也极需要他。可舅舅一去就是几个月，而且这次是永远回不来了。

　　一个夏天的晚上，路易莎收到一个遥远的村庄寄来的一封信，信里说她的哥哥死了，葬在了那边的公墓里。这个多么有骨气而又恬静的人，原是能给克里斯多夫精神上依靠的最后一个朋友，就这样被死亡给吞没了。

　　克里斯多夫孤零零地守着爱他而不了解他的老母亲，周围仇视他的小城等于一片阴森森的海洋，要将他完全湮没。

正在挣扎的时候,黑夜里突然像闪电似的显出一位大艺术家的形象,他就是哈斯莱,那个童年时代他爱慕的人。他记起当年哈斯莱答应过他的话,便拼着最后的一点力气想抓住这颗救星。哈斯莱能够救他的是什么呢?他不求金钱,不求物质上的帮助,只希望哈斯莱能够理解他,因为哈斯莱和他一样,也曾遭到过迫害,同样理解受虐待后独来独往的滋味。

克里斯多夫一有了这念头,便马上付诸行动。他当夜就坐着火车前往哈斯莱所在的那座德国北部的大城市。

哈斯莱已经享受着盛名。可他没有坚强的性格。他把他在音乐上的才气浪费在伤害那些敌人身上,经常写一些怪癖的东西。他身边的那些人只会为他的这些行为喝彩,他们的吹捧对哈斯莱构成了致命伤害。

哈斯莱现在活在了错觉之中,他认为就算自己写的作品够不上自己的标准,但也要比别的音乐家高明许多。这种想法使他不能产生伟大的作品了。现如今,他只想懒散地享受人生,只关心自己的健康,而从前那些能够引起他热情的东西已然失去了吸引力。

克里斯多夫想要求助的就是这样一个人。在一个下着冷雨的早上,他来到了哈斯莱所住的城市。克里斯多夫心里头抱着很大的希望。他认为这个人在艺术界就是独立精神的象征,指望从他那里听到些友善的充满鼓励的话,好让自己继

续那毫无收获却又不可避免的斗争。

克里斯多夫性急到了极点，下了火车，在车站附近的小旅馆里放下行李，就直奔哈斯莱的住处。

而哈斯莱在女管家的劝说下，才同意见见克里斯多夫。

哈斯莱进了书房的时候，克里斯多夫心里一阵难过。眼前的哈斯莱哪里还是他记忆中的样子呢，他的头已经秃了，身体发胖了，一副瞌睡的样子，衣衫不整地站在那里。

克里斯多夫向他问好，他只是机械地回了个礼，对着一张椅子点点头示意克里斯多夫坐下。克里斯多夫向他作了自我介绍后，哈斯莱说自己想不起他了。克里斯多夫只好逼着自己去讲那些过去的往事。哈斯莱怕他一直讲下去，打断了他：

"对……可是这些话并不能让我们变年轻啊……"

他伸了个懒腰，打了个哈欠，继续说道："对不起……没睡好……"说完又打了个哈欠。

接着，哈斯莱当着克里斯多夫的面，叫女仆端来了早餐。

过了好一会儿，哈斯莱既没有问克里斯多夫的生活，也没问他工作上的事儿。

克里斯多夫失望之下，想起身就走，但一想到这个毫无结果的长途旅行，他又鼓起勇气，提议弹几首作品给哈斯莱听，可哈斯莱又拒绝了："不用，不用，我只是个外行，而且我没有时间。"

克里斯多夫急得眼泪都要掉下来了,他暗中发誓不听到哈斯莱的意见,决不出去:"对不起!从前您答应听我的作品的。为此我特意跑到这儿来,您一定得听。"

还没见惯这种态度的哈斯莱,只好无可奈何地坐着,听这个愣头愣脑的青年弹奏他的作品。

听着听着,哈斯莱开始来了精神,他渐渐地感兴趣起来,聚精会神地听着音乐,仿佛克里斯多夫也不在场似的。曲子完了,他直接抓起乐谱,把克里斯多夫挤到一旁,自己弹奏了起来。

哈斯莱总是自说自话,不断地发出夸赞。克里斯多夫以为他是对自己说的,不由地兴奋起来,向哈斯莱讲述了自己的计划和生活。

哈斯莱又恢复到了之前的冷淡,他望着克里斯多夫,突然想起了自己早年的生活和当年的希望,再想想克里斯多夫的希望和在前方等着他的悲苦,不禁苦笑出声。

哈斯莱慢慢地又恢复了麻痹的状态,他的内心生活已经逐渐熄灭。克里斯多夫做着最后的努力,想把哈斯莱鼓动起来,哈斯莱却把头埋在沙发里,一声不吭。

克里斯多夫看着,知道再留下去也没什么意思了,便起身告辞,哈斯莱冷冰冰地把他送到大门口,没有一句挽留他或者再约他的话。

克里斯多夫失魂落魄。他往前走着,只想逃,逃得越快越好——仿佛一离开这儿就会摆脱掉悲苦的幻灭。

他回到旅馆，不进房间，径直向店里要了账单，付了租金，便拿了行李，回到了车站。

距离克里斯多夫离开的那趟车还有三个小时，克里斯多夫坐在空荡荡的大厅里心急如焚。他每个小时都要看上十遍火车时刻表。

有一次，为了消磨时间，他又从头到尾看了一遍，其中的一个地名引起了他的注意：他觉得这个地方他是认识的，过了一会儿才想起来，这个地名是上次那个写信给他的苏兹先生的住处。他那时候六神无主，突然想要拜访苏兹，虽然去那里要费上好大的功夫，可他不在乎了，他的本能让他非要找一些同情的慰藉不可。于是他不假思索地发了一封电报给苏兹，告诉他明天早上到。但电报才发出，他就后悔了——他很懊恼，干吗要去找新的烦恼呢？可是要改变主意也已经来不及了。

克里斯多夫上车的时候，已经是下午六点，哈斯莱有封信送到了他的旅馆。他有些后悔了，他对这个热情来访的年轻人并非没有好感，只是他经常心血来潮地闹脾气。为了挽救一下，他在寄去的信中附上了一张歌剧院的门票，并邀请克里斯多夫在演出之后见面。克里斯多夫当然对这一切都一无所知。哈斯莱看他没来，心里就想："他生气了，那么算了吧！"

第二天,他把一切都忘了,而克里斯多夫已经和他离得很远,远得一辈子也不会再见面了。他们俩也就永远地这样孤独下去了。

2.

彼得·苏兹已经七十五岁了,他身体非常衰弱,一直在和病魔做着困苦的斗争。他的夫人早就去世了,他也没有孩子。平日里他便把自己的感情移到了学生身上。那些受他父亲般关照的学生,偶尔会前来问候一下,离开大学有时也会写来几封信,但不久就断了联系。

苏兹老人精神上最好的避难所便是书本,书本既不会忘了他,也不会欺骗他。他是个美学兼音乐史的教授,不过他精神上的财富不限于音乐,他也爱好诗歌。

克里斯多夫没想到的是,他的诗集给了苏兹老人一片新的天地。而这个天地的光明,把苏兹的心给照亮了。

苏兹老人喜欢把他周围的人理想化,这样才好减少烦恼。在周围造出许多清明纯洁的面目,跟他自己一样。可那只是他的心在撒谎,没有这些谎言他活不下去。他知道他的管家在账目上舞弊,背后跟别人一起嘲笑他。他知道学生用到他的时候对他恭敬有加,利用完了就弃之脑后。他还知道他的后任剽窃他的文章,压根儿不提他的名字,甚至还故意挑他的错。这一切都是他的伤心事。

现在素不相识的克里斯多夫，在他的生活中成了光明的中心。克里斯多夫给他的第一封冷淡的回信，的确让他难过了好一阵子。可别人对他一点点的好，都能让他对别人感激不尽了。他从来不奢望能够看到克里斯多夫，所以当他收到克里斯多夫电报的时候，翻来覆去地看了半天，才确信不是别人发错了的。接着，他的第一个念头就是要告诉他的朋友们。

他有两个朋友，都和他一样爱好音乐，也被他引发了对克里斯多夫的热情，一个是法官萨缪尔·耿士，另一个是牙科医生兼优秀的歌唱家奥斯加·卜德班希米托。他们将所能找到的克里斯多夫的作品统统演奏过了，在弹奏的时候，都不知道说过多少次："要是克里斯多夫在这里就好了。"

为了尽快将克里斯多夫即将到来的消息通知给他的好朋友们，苏兹徒步前往距城半小时之外的耿士家。耿士看到了克里斯多夫发来的电报，也立刻带着苏兹去通知卜德班希米托，可惜没找到他。最后他们发了封电报给他，就在耿士家门口分手了。

回到家里，苏兹大费周章地准备了一番才去睡觉。一大早他就起床，去地窖里拿酒，去花园里采摘花朵，接着又急急忙忙地刮了胡子，便动身前往车站了。

在车站的时候，他错过了克里斯多夫。克里斯多夫找上门的时候，家里一个人都没有，大门上了锁。克里斯多夫向邻人打听苏兹，没人知道他去了哪儿。克里斯多夫气呼呼地离开了，在下一班火车出发之前，他散步去了。

老苏兹气喘吁吁地回到家，得知克里斯多夫曾经找上门来，又懊恼又愤怒。不过他很快就动身去找克里斯多夫了。

老苏兹满街跑着，到处向人打听，可是没有结果。正当他伤心地往回走的时候，忽然瞥见几株树下有个男人躺在草地上。他有种预感，那就是克里斯多夫。可他又不敢贸然上前，便灵机一动，把克里斯多夫歌里的第一句唱了出来："奥夫！奥夫！……（起来吧！起来！）"

克里斯多夫从草地上一跃而起，也唱了起来。他和苏兹相互热切地叫着对方的名字，朝彼此奔过去。两个人握着双手，老人把早上的倒霉事儿说了一遍，克里斯多夫的不快立即烟消云散了，他感受到了老人的善良与淳朴，开始有些喜欢他了。

到了苏兹家里，耿士也在那，他们畅快地谈起音乐。最后卜德班希米托也加入了这场欢聚。他们弹着钢琴，谈论音乐，品尝美食，一起去散步，度过了一段短暂而又欢乐的时光。

苏兹和克里斯多夫，这一老一少忘记了年岁的差别，像年龄相仿而互爱互助的兄弟一般接近。克里斯多夫在苏兹这里得到了忘我的关爱，而苏兹，则在克里斯多夫心里找到了依靠。

苏兹原本打算留克里斯多夫多住些日子，克里斯多夫的存在对他来说是一个莫大的愉快。可惜克里斯多夫没想到这些，不管他对老人抱有多少好感，他也想离开了，虽然多待几天也无妨，但他自知还年轻，以为来日方长，大家还有再见面的机会。可苏兹老人知道自己将不久于人世，所以看克里斯多夫的眼神竟有些永别的味道。

分别的日子到了，苏兹拖着连日来劳累的身体，送克里斯多夫到了车站。在车厢的踏级上拥抱之后，两个人隔着车窗，相顾无言，只有苏兹的眼睛还在那儿继续说话。最后，火车开了，他的目光才离开克里斯多夫的脸。

克里斯多夫向家乡进发了，他的心绪安定了，苏兹老人的温情恢复了他的自信。

3.

一眨眼又是几个月，克里斯多夫没希望离开家乡了。唯一能够帮助他的哈斯莱不愿意帮助他，而苏兹老人的友谊，是他才得到又旋即失去了的。

回家之后，他写过一封信去，跟着苏兹老人就寄来了两封热情的来信，可因为懒，克里斯多夫拖了很久才下定决心回信。刚要回信的时候，却收到了耿士的一封短信，告诉他苏兹老人死了。苏兹老人临终前托耿士将自己的死讯通知克里斯多夫，还让耿士转达了他对克里斯多夫的祝福。

仁慈的苏兹只出现了一刹那,而这一刹那反而使克里斯多夫感到更加空虚。

小城市的闭塞褊狭压迫着他的精神,乡土对于他来说,已经显得太窄了。他像飞鸟一样,到了固定的季节,便要振翅高飞——那是天南地北到处流浪的本能。

可是往哪儿去呢?他把目光投向了法兰西。他远远地望着巴黎。关于法国人,他知道什么呢?不过是两个女性的脸和过去念的一些书罢了。可这已经足够他想象出一个光明、美丽的世界。

他决意走了,可是为了母亲却又不能走。

路易莎老了,克里斯多夫是她唯一的安慰,而克里斯多夫在世上最爱的也只有母亲。路易莎心里总把儿子当作十二岁的孩子,可儿子长大成人了,在这个狭隘的天地里已经无法呼吸。作为母亲,她只知道天伦之乐,不了解什么叫雄心。所以,凭着直觉猜到克里斯多夫要远走他乡的时候,她要么努力不让儿子开口,要么就夸大自己的困苦。克里斯多夫察觉到这一切,只好默然不语。

可是克里斯多夫终于到了忍无可忍的地步。他鼓起勇气,说了两次,路易莎的泪水和哀求,不说话、不吃东西,让克里斯多夫也备受折磨。他只好放弃了。

克里斯多夫放弃了远走他乡的计划,日子似乎安稳了下来。但他郁郁寡欢与恶劣的心绪,让路易莎付出了极大的代

价。日子的苦闷，让他们生活在一起变成了一种对对方的伤害，他们都觉得自己的痛苦该由对方负责。母子俩每天都在受着罪。

要不是出了件偶然的事，一件表面看上去是不幸实则是大幸的事，也许他们永远逃不出这样的苦海。

十月的一个星期日，下午四点左右，克里斯多夫想到野外走一走，母亲此时正坐在窗户口，望着天空出神。

克里斯多夫走了过去："妈妈，我想出去，到蒲伊那边溜溜，晚一些回来。"

半睡半醒的母亲回过神来，慈祥地看着他："好，你去吧，孩子，这个主意不错，别浪费了好天气。"

她向他笑笑，他也向她笑笑，彼此瞧了一会儿，然后点点头，眯了眯眼，表示告别了。

于是，他离开了她，永远地离开了她。

4.

离开了家，克里斯多夫一边胡思乱想，一边漫无目的而不知不觉地走向一个地方。几个星期以来，他到城外散步老是以一个村庄为中心，那里有一个美丽的乡下姑娘，叫洛金。

克里斯多夫第一次遇到洛金是在一个小溪边。她在那儿洗衣服，而克里斯多夫就躺在几步之外的草地上。她看见克里斯多夫一直在那儿不动,就趁着晾衣服的时候走过去,有心在他脸上洒了几滴水,然后望着他笑。克里斯多夫瞪着她,却不想跟她搭讪。到了夕阳西下的时候,克里斯多夫还在草地上躺着,洛金就和伙伴们一路说笑着回去了。

从那以后,克里斯多夫就经常在洛金的村子四周徘徊。他只是远远地看着,心里从未想到过爱,只是喜欢看到她而已。村庄里的人很快知道了他的来历,但没有人在意,因为他不过像个呆子,并不侵犯人家。

这天是村里的一个节日,克里斯多夫来到三王客店。村里的男女老少们都在这里聚会,洛金也在里面。

克里斯多夫挑了个位置坐下,安安静静地看着洛金跳舞。天已经黑了,跳舞的场面越来越热闹。洛金完全不理会克里斯多夫,只顾着讨好村里一个富农的儿子。克里斯多夫叹了一口气,望着她笑笑,准备走了。

他刚从桌边站了起来,大门里突然闯进来十几个士兵。全场的气氛顿时冷了下来。

士兵们经常拿乡下人出气,上个星期就有一批喝醉了的士兵去骚扰邻村,把一个村民打了个半死。克里斯多夫知道这些事,也和别人一样愤愤不平。他坐回到原位上,看看有什么事要发生。

那些士兵们并不理会村民们的反感,乱哄哄地涌向坐满客人的桌子,把旁人都挤了下去。有一个老人走得慢了,竟然被他们把凳子一掀，摔在了地上。老人不敢有半句怨言，还向他们连声道歉。他们却在一旁哈哈大笑。

这些士兵的头是个班长——一个卑鄙无耻的小个子恶棍，他就是上星期闹事的主角之一。他盯着跳舞的人说脏话，恶狠狠地眼睛把全场的人一个个地看过来，克里斯多夫心想："趁这些恶棍还没来招惹我，我还是先走吧。"

他刚要扭开门走的时候，那些恶棍士兵们开始要跳舞了。他们把跳舞的男人赶下场。洛金可不答应，她正疯狂地跳着华尔兹。不料那个班长看上了她，过来把她的舞伴撵走了。洛金跺着脚，叫嚷着推开军官，说绝不跟他跳舞。军官追着她满场乱跑，抓到被她当掩护的人一阵乱打。

最后，洛金逃到一张桌子后面，在恶棍班长被桌子挡住的几秒钟里，她嘴里骂着各种各样的字眼。那个班长突然怒火发作，跳过桌子把她给抓住了，将她摁在墙上，打了一个巴掌。还没来得及打第二下，有人跳了过来，回敬了他一个嘴巴，又飞起一脚把他踹到人堆里，原来是克里斯多夫。军官掉转身来，气疯了，拔出腰刀，又被克里斯多夫举起凳子打倒了。

这场架来得太突然了，那些士兵都惊呆了，他们拔出刀扑向克里斯多夫，所有的乡下人又一起扑向他们，顿时全场大乱。乡下人突然觉醒了：他们要发泄一下宿怨。大家在地上满地打滚，疯狂地咬着。洛金拿着一条粗大的棍子狠命地打,一个金头发的矮胖姑娘,把一把灼热的灰甩到一个士兵的眼睛里,很快就有两个士兵倒在地上。

势单力薄的士兵顾不得躺在地上的两个同伴,竟然向外逃了出去,他们闯到人家屋里,恨不得捣毁一切。村民们拿着铁叉追赶,放出恶狗猛咬,第三个兵又倒下了。其余的士兵不得不抱头鼠窜,跑出了村子。

村民得胜之后,欣喜若狂地回到客店里,过去所受的耻辱都被雪洗了,他们还没想到闯下这个祸的后果。大家拉着克里斯多夫的手表示亲热,洛金也过来抓住他的手,握了好一会儿,现在她不觉得克里斯多夫可笑了。

村民们开始清点受伤的人数,他们受的都是些轻伤。大兵们可就惨了,都是重伤。伤得最轻的那个班长睁开眼来,破口大骂,他恨不得杀死所有的人。村民们笑他,可是笑得很勉强。

洛金和几个妇女把伤兵抬到隔壁,伤兵垂死的呻吟声和班长的叫嚷声都不太听得见了。这时候,他们仿佛刚刚睡醒一般,从刚才的胜利的喜悦中醒了过来,面面相觑,都骇呆了,临了,洛金的父亲说了句:"哼,瞧你们干的好事!"

于是场中的人们开始发出声响,先是窃窃私语,不久声音便高了起来,变得尖锐了。他们互相埋怨,这个说那个打得太凶,那个怨这个下手太狠,争论变成了口角,几乎要动起手来了。洛金的父亲把他们劝和了,然后抱着臂膀,抬起下巴指着克里斯多夫说:"可是这家伙,他跑这儿来干什么的?"

人们的怒气一下子找到了出口,有人喊道:"是的,是他先动手的!要不是他,也不会出乱子的!"

克里斯多夫愣住了,勉强答道:"我是为了你们,不是为了我自己,你们心里清楚。"

他们愤怒地反驳他,克里斯多夫耸耸肩膀,向门口走去。可洛金的父亲拦住了他,嚷嚷道:"他给我们闯下大祸来,还想一走了之。哼,决不能让他走。"

这些乡下人跟着一起吼起来:"不能让他走!他是罪魁祸首,什么都得让他负责!"

他们把克里斯多夫团团围住,克里斯多夫看到他们被恐怖逼得疯狂了,便厌恶地做了个鬼脸,然后走进屋子的最里头,转过身去不理他们了。

可为克里斯多夫打抱不平的洛金看不下去了,她的脸涨得通红,粗暴地推开围着克里斯多夫的人,喊道:"你们这些胆小鬼!畜生!你们还知不知道羞耻?你们想往他身上泼脏水么?想赖他一个人干的!你们谁敢说自己没动手,我就朝他脸上吐口水,说他是胆小鬼!"

那些乡下人被洛金突如其来的一顿怒骂骂呆了,沉默了一会儿,他们又叫嚷起来:"是他先动手的,要不是他,什么都不会发生!"

洛金的父亲竭力对女儿示意，让她住口，可没用。

洛金说："不错，是他先动手的，可要不是他，你们就任人侮辱，你们这些脓包，没骨头的东西！"

她又骂他的男朋友："还有你，你一声不吭，只会挤眉弄眼，把屁股送给人家踢；你不害臊吗？你们都不害臊吗？如今你们把什么都往他头上推，哼！那可不行，你们要是不放他走，就得跟他一起倒霉，不然我跟你们没完！"

洛金的父亲拉住她的手臂，气得直吼："住嘴！你这个贱骨头，还不给我住嘴！"

洛金把他推开，反而嚷得更凶了，全场的人都朝她叫，可她叫得更响更凶。洛金毫不客气地指着几个人，把他们刚才打架时干的事情都说了出来，并威胁道："要是你们敢伤害他的话，我让你们一个都逃不了。"

村民们拿洛金没办法了，就问洛金的父亲："你就不能让她安静些吗？"

洛金的父亲咳了一声，问她："你到底想怎么样？"

"放他走！"洛金说。

村民们都转起念头来，克里斯多夫岿然不动，仿佛他们讲的事跟自己毫不相干。

洛金的父亲跟村民们合计了一番，说道："他只有一条路，逃到边境去，那班长是认识他的，肯定不会放过他！"

其实这些人的肚子里是这样打主意的：克里斯多夫一

走，对他们是有利的，因为他一逃走，罪名就坐实了，到那个时候，他们大可把罪名全推到他头上。一旦这么想清楚了，他们便巴不得克里斯多夫马上就走了。

"先生，一刻都不能耽搁了，"洛金的父亲说，"他们马上就会回来的，你只有赶快溜了。"

克里斯多夫站起身来，他也考虑过了，如果留下来，他就这么完了。可是走的话，不见一面母亲就走了吗？想到这里，他执意要回去一趟，村民们这下可不答应了。他们刚刚还要扣下他不许他逃，这会儿却又反对他不逃了，因为回去的话，克里斯多夫无异于自投罗网，是绝对走不脱的。洛金看出了克里斯多夫的心思，便和他说道："你要回去看你的妈妈是不是？我代你去好了。"

"什么时候去呢？"

"今晚。"

"你一定会去吗？"

"一定去！"

洛金叫克里斯多夫写了个字条，好让她带去。

克里斯多夫心都碎了，他有些六神无主。洛金在一旁握住他的手，亲了亲他的脸。

"快点儿！快点儿！"她轻轻地说。

他不再考虑，便坐下来写信。他写道：

"亲爱的妈妈:对不起。我要离开您了,我是迫不得已的,我没干什么不正当的事儿,带去这封信的人会告诉您发生了什么。我将越过边境,在那里等您的回信。请您告诉我该怎么办,不论您说什么,我一定照您的话去做。想到要把您一个人孤零零地丢下,我就受不了。原谅我吧,我爱您,亲吻您……"

"先生,快点儿吧,要不然就来不及了。"洛金的朋友把门推开一半,催促道。

克里斯多夫匆匆署了名,把信交给洛金:"你亲自送去吗?"

"是的,我亲自去。"她已经准备出发了,"明天,你在莱登等我吧(莱登是德国境外的第一站),我们在车站的月台上见。"

"你一定要告诉我,她听了这个坏消息,说了些什么,你不会瞒着我吧?"克里斯多夫用恳求的口吻说道。

"行,我统统告诉你就是了。"

他们不能再说下去了,洛金的朋友在门口望着他们。

"克里斯多夫先生,我会经常去看她,把她的消息告诉你的,你放心好了。"她像男人一样用力握了握他的手。

接着,克里斯多夫就在一位向导的带领下,踏上了逃亡

的路。

第二天，克里斯多夫就已经到了德国境外。他在位于比利时的小站等待着洛金。

下午，洛金乘坐的那趟火车到了，克里斯多夫断定她不会失约，可一直找不到她。他不大放心地跑到每个车厢去找，忽然在潮水般的乘客里发现了一张并不陌生的脸，那是一个十三四岁的小女孩，她在洛金家里放牛，这会儿手里正拿着一只提箱，像是他的。

那个女孩儿也注意到了克里斯多夫，走到了他面前。克里斯多夫指着箱子问："这是我的，对吗？"

女孩儿有些不放心地先盘问了他一番，然后才开始告诉他一些事。

原来，洛金和很多村里人都被抓了。尽管很多人都说是克里斯多夫干的，但警察还是抓走了他们。

洛金托小姑娘把她的围巾（作为爱情的纪念物）送给了他，还有他母亲的信。

临别的时候，克甲斯多夫亲了亲小姑娘的脸颊，为了洛金，也为了他离别的德国。

等小姑娘走后，克里斯多夫完全孤独了。这一回是彻彻底底的孤独了，在异国的土地上举目无亲。他手里拿着母亲的信和爱人的围巾，手瑟瑟抖个不停，母亲的信里写了什么呢？他仿佛已经听到了那些如泣如诉的责备，甚至已经准备回去了。

终于他拆开信来,上面写着:

可怜的孩子,别为我难过。我自己会保重的。老天爷把我惩罚了,我不该自私地把你留在家里。你去巴黎吧,也许这对你会更好。别管我,我会想办法的。最要紧的是你能够幸福。我拥抱你。

一能写信的时候就随时写来。

妈妈

克里斯多夫坐在提箱上哭了。

站台上的职员正在招呼去巴黎的旅客,克里斯多夫抹了抹眼泪,站起身,心想:"非这样不可了!巴黎,救救我吧!救救我的思想!"

他上了车。火车开了。下雨了,天黑了。

卷五
巴黎交响乐

第一章
朋　友

　　终于到了巴黎了,外面一片漆黑。

　　下了火车,克里斯多夫在人潮中挤来撞去地走向出口,他把那口宝贵的提箱扛在肩上拼命往外挤,终于到了泥泞的巴黎街上。

　　他一心想着自己的行李,要去找一个歇脚的地方。车站四周有很多旅馆,可他囊中羞涩,就连看上去最不漂亮的那家也住不起。最后,终于在一条横街上找到了一家肮脏的小客店住下了。

　　当天早上,他就为初步的奔走做准备。他在巴黎只认识两个年轻的同乡:一个是他少年时的朋友奥多·狄哀纳,还有一个是犹太人,名叫西尔伐·高恩。

十四五岁的时候,他曾经跟狄哀纳非常亲密,后来狄哀纳为了学做生意出国了,两个人再也没见过。现在他在巴黎和他的叔叔合伙开一家店铺。

至于和高恩的关系,又是另外一种了。他们是小学同学,高恩总是捉弄他,结果老挨他的打。高恩现在在巴黎的一家书店上班,但克里斯多夫并不知道他的地址。

吃完早点,他就去找狄哀纳,到了狄哀纳的店里,他对店员报了姓名,里头的人交头接耳地商量过后,走出来一个年轻人,告诉他:"狄哀纳先生出去了,大概要两三个小时后才能回来。"

克里斯多夫不慌不忙地说:"没关系,反正我在巴黎也没什么事,就算等上一整天也行。"

店员愣住了,以为他在开玩笑。可是克里斯多夫已经找到了一个角落坐下,背对着街,似乎准备一直等下去了。

店员回到铺子的深处,和同事们慌张地商量,用什么方法才能把这个讨厌的家伙打发走。

过了一会儿,办公室的门开了,狄哀纳出现了。

克里斯多夫吃了一惊,这才明白刚刚店员在说谎,而且是和狄哀纳商量好的,要把他拒之门外,想到这儿,他不由得火冒三丈。

狄哀纳招呼他进办公室讲话,他听说了克里斯多夫在德国犯下的案子,知道他是有求而来的,就等着他开口。他接

见克里斯多夫的时候,既有些得意,又觉得难堪。得意,是因为可以在克里斯多夫面前显示出他的优越;难堪,则是因为他并不敢称心如意地让克里斯多夫感觉到他的优越。

克里斯多夫想拜托他找一家需要音乐教师的德国人,好让他做一些教课的事情。

结果,狄哀纳为难地说:"你做家庭教师真是大材小用了……事情很难办啊……你在德国的案子……要是被大家知道,对我很不利的。"

看到克里斯多夫脸色变了,他赶紧声明:"我并不害怕……如果只是我一个人也就好办了!可铺子是我叔叔的,我也没办法……"

克里斯多夫的怒火快要发作了,狄哀纳感到很害怕,急忙补上一句:"我给你五十法郎怎么样?"

克里斯多夫的脸气得发紫,他向狄哀纳走了过去,狄哀纳十分慌张,马上退到门口,准备叫人了。但克里斯多夫只是凑上前去,大叫了一声:"畜生!"

他一把推开狄哀纳,走了出去,外面围了很多店员。到了门口,他异常厌恶地吐了口唾沫。

克里斯多夫气得发昏,直到淋了雨才清醒过来。走过一家书店的时候,有本书的封面上出版家的名字忽然引起了他的注意。过了一会儿,他才想起那是高恩做事的一家书店,于是把地址记了下来。他想到狄哀纳这个过去的好朋友现在

尚且如此待他，对于那个经常挨他揍的高恩，他就更不抱希望了。这时候，克里斯多夫反而冷静下来，悲观主义使他想彻底领教一下一般人的卑鄙。

到了高恩的那家公司，克里斯多夫走上二楼的客厅，说要找一下西尔伐·高恩。一个仆人回答说"没有这个人"。克里斯多夫以为自己读音不清，又说了一遍，那个仆人留神细听后，还是回答说"确实没这个人"。

克里斯多夫狼狈不堪，道了歉，准备走。不料，刚好在走廊的尽头处看到了高恩。他以为高恩也和狄哀纳一样，跟仆人串通好了，不跟他见面，便愤愤地往外走，可高恩已经看到他了，远远地堆着笑容奔过来，向他伸出手，亲热得不得了。

克里斯多夫心里有些疑惑，他不知道高恩是不是跟他开玩笑。他没想到，高恩早把当年的欺侮抛之脑后，并且很乐意克里斯多夫看到他现在的地位和典雅的巴黎风度。

高恩也猜到了，克里斯多夫此番前来必然是有事求他，可即便这样，他也非常愿意招待，因为这代表克里斯多夫对他的权势表示敬意。

一番寒暄之后，克里斯多夫得知高恩现在改姓哈密尔顿了。他发现高恩根本就不知道他在家乡犯下的事情，心想："怪不得他这么亲热。事情揭穿了，他不改变态度才怪。"

于是为了他的面子，他把跟士兵打架、当局的通缉和自己的逃亡等事一起说了出来。

高恩听得笑弯了腰,直嚷道:"妙啊!妙啊!真够劲儿!"只要是跟官方开玩笑的事,他听了都会乐不可支。

他热切地握住克里斯多夫的手,说:"已经过了十二点,你赏个脸吧……咱们一块吃饭去。"

克里斯多夫感激不尽地接受了,心中暗想:"他倒真是个好人,我看错他了。"

他们一起出去,克里斯多夫在路上说明了他的来意:"现在你知道我的处境了,我到这里想找一些工作,在大家还不知道我的时候先教教音乐。你能替我介绍介绍吗?"

"怎么不行!这儿都是我的熟人,只要你吩咐一声,介绍哪一个都行。"他很高兴能有机会表示自己的声望。

克里斯多夫连忙道谢,心里的一块石头终于落了地。

在饭桌上,他狼吞虎咽,把饭巾扣在脖子里,餐刀一直伸到嘴边,这种贪婪的吃相和土气的举动让高恩十分厌恶。而高恩一直试图在克里斯多夫面前夸耀自己的交际和艳遇。可克里斯多夫根本没听,还把话题扯开去,他时不时地感动地去握高恩的手,竟然还准备当众唱歌,这一切都让高恩觉得无法忍受。邻桌的人讥讽地看着他们,他气恼极了,找了个借口说自己有件要紧的事,站起来要走,克里斯多夫却紧紧抓住他不放。

"我的工作什么时候会有回音呢?"克里斯多夫问。

"明天……或者后天。"

"好吧,明天我再来。"

"见鬼!"高恩心想,他高声说,"我会通知你的,这几天你找不到我,把你的地址告诉我,我给你写信。"

"好极了,我等你的信。"

听完这话,他挣脱了克里斯多夫的手,急急忙忙地溜了。

"讨厌死了!"高恩心里想。

回到办公室,他便吩咐仆人,下次那个"德国人"再来,就推说他不在。过了十分钟,他就把克里斯多夫完全抛在脑后了。

"真是个好人啊!"克里斯多夫心想,"我小时候让他受了多少委屈,他居然一点儿也不恨我!"

他为此自责,甚至想写信给高恩,为自己过去得罪他的地方道歉。不过他到底不擅长写信,写了几次都撕掉了,最后便不耐烦地放弃了。

第二天从八点起,他就开始等回音了,结果把自己关在屋子里等了三天,还是没等到什么消息。

克里斯多夫终于等不及了,他一口气跑过去找高恩,受了嘱咐的仆人告诉他哈密尔顿先生出差了,得十天八天才能回来。

克里斯多夫的生活越来越窘迫了,母亲塞在箱子里的钱越用越少,他只好每天只吃一顿饭,来缩减开支。

又过了一个星期,克里斯多夫回到书店里,这次,他的运气来了。他刚走到门口,高恩正好从里面出来。

高恩遮遮掩掩,装作愁眉苦脸的样子,跟克里斯多夫诉苦说工作太多,身体快支撑不下去了。

没想到克里斯多夫竟然当真了,还抓住他的双手,关切地问他究竟是哪里不舒服。

这种真切的情意让高恩不由得感动,于是他便决心帮助他。

"我有个主意,"高恩说,"既然暂时找不到学生,你愿不愿意先做些音乐方面的编辑工作?"

克里斯多夫立马就答应了。

"那就行啦!"高恩接着说,"有个巴黎最大的音乐出版家,他那儿说不定有些你可以做的事儿,我给你介绍看看吧。"

他们约定第二天就去。

次日,克里斯多夫到书店里,和高恩碰头,然后两个人便动身前往那个叫丹尼·艾曲托的出版家那里。

到了那儿以后,高恩用夸张的口吻和吹捧,向艾曲托介绍了克里斯多夫,可艾曲托态度很傲慢,冷冰冰地表示从没听说过克里斯多夫这号人物。

"你写过什么作品?"他神情冷漠地问。

"有歌,还有两个交响曲、四重奏、钢琴杂曲和舞台音乐。"克里斯多夫兴奋地说。

"你们在德国写的东西可真多。"艾曲托讥讽道。

他对克里斯多夫充满了不信任，写了这么多作品，而他居然一部都没听说过。

"你既然是跑来找工作的，又是哈密尔顿介绍来的，现在我们手头上正在编一部少年用的简易谱曲，你能不能把舒曼的《狂欢曲》编得简单些？"

"你叫我，叫我做这种工作吗？"克里斯多夫气得跳了起来，他差点儿忍受不住了，拼命压着怒气，要往门外走。

高恩拦住了他，转身跟艾曲托说道："他带了几部作品，你看看吧。"

艾曲托很不耐烦地接过克里斯多夫的稿本，漫不经心地翻了起来。

虽然表面上冷淡，其实他看得很用心。他从克里斯多夫的作品里看出了天分，但因为生性傲慢，所以他一点儿也没显露出赞许的态度，看完之后，他老气横秋地说："嗯，写得还不坏。"

这句话让克里斯多夫更受不了了，他和艾曲托争辩了几句后，问道："像我这样的一个音乐家，难道你就没有别的工作可以给我做了吗？"

"像你这样的一个音乐家？"艾曲托挖苦道，"像你这么高明的音乐家，在巴黎有几位，而且很出名，他们接到这样的工作还很感激我呢!"

"那是因为他们都是窝囊废……你能算个音乐家吗?居然敢教我这样一个用生命写作的人怎么写作……你去找那些巴黎人吧,我宁可饿死……"克里斯多夫滔滔不绝地说了一大通。

艾曲托冷冷地答道:"随你吧。"

克里斯多夫摔门出去了,高恩看了大笑。

艾曲托心里其实很看重克里斯多夫,他很有识人的眼光,但是他的自尊心被刺伤了。他很想给克里斯多夫一点儿补偿,可办不到,除非克里斯多夫肯回来向他屈服。他以他悲观的看法和人生的阅历,断定克里斯多夫一定会回来。

克里斯多夫回到旅馆,火气消失了,只剩下丧气的份儿。他觉得自己完了,不但跟艾曲托结成了死冤家,还把高恩给得罪了。他在法国还知道两个人,一个高丽纳,如今报纸上登着她在美国演出的消息,而另一个,那个叫安多纳德的家庭女教师,以后还得慢慢寻访。

眼前得维持生活,他口袋里只剩下五法郎了。无可奈何之下,他走去问旅馆的老板,能不能给他介绍一份教钢琴的工作。

胖老板原来不把这个一天只吃一顿饭的家伙放在眼里,现在知道了他是个音乐家,就更对他失去了敬意。他认为音乐家都是好吃懒做的人,于是就挖苦他。不过挖苦归挖苦,他还是给克里斯多夫介绍了一份工作——教肉店老板的女儿弹钢琴。

肉店的老板娘只肯给他每小时一法郎的报酬。他们让女儿学钢琴就是为了把她装扮成大家闺秀。这个女孩对学琴也不甚热心，甚至有些厌烦。克里斯多夫强忍着怒气教了一阵子，终究忍不下去了。在小丫头又一次捣乱之后，克里斯多夫大发雷霆，猛烈地摇了几下她的手臂。她吓哭了，嚷着说克里斯多夫打了她。夫妻俩听到声音跑过来，齐声咒骂他。他只好灰溜溜地逃走了，从此，却被街坊传成了专门殴打儿童的德国蛮子。

克里斯多夫又到别的音乐商那里奔走过几次，还是毫无结果。一天，他在路上遇见了高恩，他一心以为已经跟高恩闹翻了，于是掉头就走，不想让他看见。

高恩却跟他打起了招呼："你怎么啦？我把你的地址弄丢了，不然早来看你了……那天你可真是慷慨激昂啊。"

克里斯多夫望着他，既惭愧又诧异："难道你不恨我吗？"

"恨你，干吗恨你？"

他非但不恨，还很高兴："今晚你有事儿没？没有就跟我去吃饭，我给你介绍几个艺术家。"

他们走进街上的一家饭店，径直上了二楼，克里斯多夫看到三十多个年轻人，在兴奋地谈论着什么。高恩把他介绍给他们，他们全然不理，继续高谈阔论。

克里斯多夫见了这些优秀分子,有些胆怯,坐在一旁只是听着。这些人讨论的范围很广泛,商业、戏曲、艺术、文学,各种话题都有。

克里斯多夫想找人谈谈音乐,可这些文人里没有一个音乐家。他们只不过把音乐当成一种当下流行的低级艺术。克里斯多夫一问他们关于音乐的问题,这些人就支支吾吾地答不上来了。他们把他交给了一个叫丹沃斐·古耶的大音乐评论家。偏偏克里斯多夫又和他话不投机。很快大家都离席了,只有克里斯多夫一个人呆坐在那里。

坐了一会儿,他终于也决心站起来,正要不辞而别,忽然从隔壁半开的门里发现一件诱惑他的东西——钢琴。他走过去,坐下来,忘我地弹奏起来。这时候,他完全没注意到,又溜进来两个人。一个是高恩,他完全不懂音乐,却极爱好音乐;另一个就是古耶。

古耶虽然是个音乐批评家,可他对音乐完全外行。人家只要他听话就行了,谁也不会非让他成为音乐家不可。他也颇有些小聪明,虽然有了权威和声名,可他心里明白自己对音乐一无所知,他也知道克里斯多夫的确很高明,只不过不愿意讲出来罢了。此刻,他装出行家的模样摇头晃脑,却暗中观察着高恩的表情,再做自己下一步的决定。

等克里斯多夫一弹完,这两人便立即扑过来,抓住他的手使劲摇。他们一致同意他是个天才,不应该被埋没,都自

告奋勇地要让别人知道他的价值,可心里都已经盘算好了,要尽量利用克里斯多夫来替自己博取利益和荣誉。

第二天,高恩就请克里斯多夫到他家里去,并且殷勤地把自己一架很好的钢琴给他使用,克里斯多夫因为心里郁积了很多音乐,便不客气地接受了下来。

过了几天,古耶也到克里斯多夫住的小客店去拜访他,并邀请他去听音乐。

克里斯多夫快乐极了,他觉得古耶非常体贴。而古耶,也仿佛变了个人似的,在克里斯多夫面前,再也不摆出傲慢的神气了;唯有当着别人的面,他才会立刻恢复那种居高临下的态度和粗暴的口吻。

七天之内,古耶就带克里斯多夫听了十五场音乐会,这让克里斯多夫很是惊讶——法国人的音乐盛宴实在太丰盛了。不过他很快就发现这些大量的音乐其实只有一点儿内容。在所有的音乐会里,他都能看到同样的作家,听到同样的曲子。丰富的节目老在那一个圈子里打转,似乎音乐史上就只有那么几个著名的作曲家。然而奇怪的是,大家都用神秘的口吻谈着法国的现代音乐,仿佛那是世界上绝无仅有的的东西。克里斯多夫也希望有机会能听一听新音乐,但他费尽心思,最终还是没听到。

法国的音乐批评家否认乐剧,只承认纯粹的音乐,克里斯多夫便想听一听这类作品。古耶就把他带到一个只宣扬本国艺术的团体里去听了几次音乐会。

他感觉所有的作品都浸在半明半暗的黑影里,好像一幅灰乎乎的单色画。作品的题目常常变换:春天、中午、爱情、生的欢乐等等,可音乐本身并没有随之变化,一味的温和、苍白、麻木、贫血且憔悴。克里斯多夫几乎昏昏入睡了。

他打起精神来看节目,让他奇怪的是,这样的作品居然敢自称是在表现确切的题材。他们勉强描写的都是些幼稚可笑的题材:什么果园、菜园、鸡圈,简直就是音乐的动植物园。除了这些音乐之外,还有些歌剧居然在研究社会问题和法律问题,什么女权、公民权、离婚等问题,都在这些音乐的讨论范围之内。

对于这一切,他不禁想起了批评法国人的一句不公平的老话:"由他们去吧。他们弄来弄去都逃不出那套老调。"

经历了太多这样的音乐活动,克里斯多夫终于想跳出法国的音乐圈子,去访问巴黎的文坛和社会了。

最初,克里斯多夫和大多数法国人一样,是从报纸上认识当代法国文学的。因为急于要熟悉巴黎人的思想,同时补习一下法语,他便拿来了所谓的最地道的巴黎型的报纸细读,结果连续四天,他读到的都是些大费笔墨描写血亲乱伦的东西。

第五天,他把报纸丢了,向高恩抱怨道:"你们这都是疯了吗?"

"这就是艺术啊。"高恩笑着说。

他给克里斯多夫看了一个"艺术与道德"的征文特辑,结果得出的结论都是些鼓吹情欲的东西,还有些文章在报纸上证明某部描写妓院的风俗小说是纯洁的,而这些执笔者很多都是鼎鼎有名的文学家和批评家。

和法国文学的初次接触让克里斯多夫非常痛苦,他没想到巴黎艺术界也有这样的腐败情形。但最美最好的作品,他完全看不到,因为它们根本不求高恩这一类的人拥护。高恩也从来没跟克里斯多夫提过这类作品,他发自内心地以为他和他的朋友就是法国艺术的代表。那些为文坛增光、为法国争取荣耀的诗人们,克里斯多夫一个都不知道。

克里斯多夫暂时还不想下什么结论,他还想去看看戏剧,因为戏剧才能使人对社会有个比较准确的概念。可在这方面,高恩的向导也不比在出版界更高明。由他介绍而得来的对巴黎剧坛的第一印象,让克里斯多夫的厌恶有增无减。

最后,克里斯多夫忽然觉得,高恩对法国比他这个初来乍到的人更加生疏。在高恩的带领下,看了那么多令人失望的法国戏剧之后,克里斯多夫觉得一定还有些别的东西,法国的戏剧不应该只是这个样子。

"你还要什么呢?"高恩问。

克里斯多夫固执地说:"我要看看法兰西。"

"法兰西不就是我们吗?"高恩哈哈大笑。

克里斯多夫目不转睛地看着他,摇了摇头,还是那句话:"一定还有别的东西。"

"那么,你自己去找吧。"高恩笑得更灿烂了。

是的,克里斯多夫大可下一番功夫去找,他们把法兰西藏得太严密了。

第二章

在节场上

1.

  因为高恩的介绍,又靠着他演奏家的才能,克里斯多夫得以出入某些沙龙。

  和他来往的人中,有相当多的犹太人。在高恩介绍的几个犹太沙龙里,克里斯多夫很快得到了大家的赏识,这个聪明的种族一向很爱惜才华。沙龙里有各色各样的人物:金融家、工程师、报馆巨头、国际掮客、黑奴贩子等等,克里斯多夫在这里显得格格不入。这些人物也喜欢对艺术发表高见,克里斯多夫尽量避免回答,因为他们无所不谈,却毫无价值观念。在他们那里,贝多芬是最时髦的,只是因为他的传奇生活经历而已。

一年以前,克里斯多夫绝不希望和这些人来往,可是只要他希望巴黎社会认识他的艺术,就得继续过这样的生活。巴黎人对作品的兴趣,是基于他们对作者认识的深浅而定的。要是克里斯多夫想在这些人当中找些教课的差事糊口,就需要被他们认识。

克里斯多夫的女学生中,有一个叫高兰德·史丹芬的姑娘,是个典型的法国少女。

她才十八岁,个子娇小,衣着非常讲究,又淘气又迷人。平日里她很喜欢在男人面前假扮天真。不过这对克里斯多夫完全不起作用。克里斯多夫可没什么闲工夫来注意一个小姑娘的手段,他只关心他的面包,只想从死亡当中解救他的生命和思想。

高兰德是个机灵的姑娘,她早就发觉自己所有的风情对他都是白费,她反而被他吸引。他和她认识的所有青年都不一样。克里斯多夫身上有着一种巴黎的公子哥儿所没有的真诚。

高兰德像所有的有闲小姐一样,平日里喜欢在钢琴前弄弄音乐,虽然实际上对音乐几乎一无所知。为了无聊和装腔,也因为个性灵巧,她的钢琴成绩还算过得去,有时候还相当好。克里斯多夫心里暗笑这个淘气的姑娘"虽然对所弹的曲子没什么感觉,却也能弹得像模像样"。因此他不免对

她抱有好感。

克里斯多夫绝不会对这种沙龙里的友谊心存幻想，要不是有一天，高兰德突如其来地跟他推心置腹的话，他们之间永远谈不上什么亲密。

前一天晚上，高兰德的父母在家里招呼客人，她有说有笑，像疯子一样大大卖弄风情。第二天，克里斯多夫去上课的时候，她形容憔悴，在钢琴前有气无力地弹着，好几次都没弹好，便突然停下来说话："对不起，我弹不下去了……请等我一会儿好吗？"

克里斯多夫问她是不是不舒服，她说不是。

克里斯多夫提议改天再来，可她一定要留住他。

她问道："我想你昨天一句话都没有说。"

"对，他们几个钟头地谈着艺术啊，爱情啊，仿佛什么都懂似的，真让人恶心。"

"你不喜欢谈爱情，那可以谈艺术啊。"

"这些事不是用来讨论的，是应该去做的。"

高兰德微微撇着嘴："要是不能做呢？"

克里斯多夫笑着回答："那就让别人去做吧。艺术不是谁都能搞的。"

"那爱情呢？"

"也一样。"

"你太冷酷了！"高兰德垂头丧气地说。

"不错,我是冷酷。但只要能对别人有些好处,也应当有几个冷酷的人。"

"你说得对,你得意是因为你是强者,"高兰德悲哀地说。"可是对于那些不能成为强者的人,尤其是女性,你太严厉了吧……你看到我们嘻嘻哈哈、调情打趣,便以为我们脑子里空空如也,因此瞧不起我们。可你哪里知道,尽管在社会上交际、出风头,夜里回到家以后,女孩子们会被苦闷的孤独煎熬得痛苦极了!要是你能看到她们那副模样……"

"有这样的事吗?"克里斯多夫惊愕地说,"你们竟然会有这样的痛苦?"

"你们男人爱做什么就做什么,可以摆脱掉一切,而我们永远被俗世束缚着。我们的人生只有一个目的,就是嫁人。可是嫁给那些我和你一眼就能看透的家伙,你觉得有趣吗?我不想和那些已婚妇女一样变得庸俗。青春眨眼间就完了,我心里也藏着一些美好的东西,如果不加以利用,它们就会一天天地走向毁灭。可是谁也不了解我们,人们甚至因为你的古怪瞧不起你,社会也把我们完全丢在一边。"

"别灰心,"克里斯多夫说,"每个人的生活都得由自己去体味。如果你有勇气,一切都会顺利的。"

"可我已经习惯了这种生活,我需要相当的享受、相当高级的奢侈和交际。这种生活当然算不上有多光彩,可我有自知之明,我是弱者。你是强者,是个健全的人,我完全信任你，请给我一点儿友谊，好吗？你愿意吗？"

"当然愿意，"克里斯多夫说，"可我能帮你做些什么呢？"

"只要你听我说话，给我一点忠告和一些勇气就好了。"

她用善良的、哀求的眼神望着克里斯多夫，他答应了她的要求。

从这天起，他们之间的谈话变得有规律了。单独在一起的时候，她把心里的愿望告诉他，他花一点心思去了解她，给她点建议。她听从他的劝告，必要时还会听他埋怨。和克里斯多夫的谈话对她来说是一种消遣，克里斯多夫并没有改变她，只是给她增添了一桩娱乐而已。

克里斯多夫有些疑惑，他分不清什么时候她才是真诚的。

他对她尤其不耐烦的，是她结交了一帮他看不上眼的轻薄少年，这些人成日里无所事事、卖弄风情，特别喜欢玩弄爱情。

在这些年轻人当中，有一个是高兰德最喜欢的，却也是克里斯多夫最讨厌的人。他叫吕西安，是个暴发户的儿子，搞些贵族派文学，永远装作一副彬彬有礼的样子。克里斯多夫第一次见到他，便对他产生了本能的反感。

吕西安格调低下，平日里喜欢把自己的艳遇和父母的隐私当成材料写进小说。他经常巧妙地把那些和他有过交往的女人都写进小说，这反倒让他更招那些腐化的少女们的欢迎。他等于是她们的一个女伴,却比她们更肆无忌惮,这让她们艳羡不已。

克里斯多夫不明白为什么像高兰德那样一个看似性情高洁的少女,会乐此不疲地跟这种人厮混。他更不知道:他是高兰德的心腹,高兰德却是吕西安的心腹。

高兰德察觉得出克里斯多夫和吕西安之间的对立。可她是不会做出选择的,她不愿意作出牺牲。她明知道克里斯多夫反对她和吕西安来往,却暗地里往来不绝,只不过靠撒撒小谎来瞒着克里斯多夫。

终于有一天,克里斯多夫戳穿了她的鬼把戏,让她在他和吕西安之间做出选择。结果可想而知,他没有敌得过吕西安,高兰德不愿意正面回答他。

克里斯多夫打定主意跟她决裂了。他照常到她家里上课,只是避免亲密的谈话。高兰德一次次挽留失败之后,便主动减少了课程;克里斯多夫也找借口回避了她家的晚会。

2.

一天晚上,他偶然和一个有时在史丹芬家出入的社会党议员交谈,诧异地发现,对方竟然是一个激烈政党的领袖。虽然不是第一次谈话,可他头一次知道他的身份,因为之前他们只谈音乐。

这个议员叫亚希·罗孙,是个美男子。他爱好音乐的方式虽然鄙俗，却很真诚，这一点赢得了克里斯多夫的赞赏；而他也发现，克里斯多夫和他一样是个刚强的平民，这使得克里斯多夫和他关系较为亲密。

有一段时间，克里斯多夫只管尽情地吸收着新天地里的一切，然后精神忽然活跃起来。他觉得是时候开始他的创作了。与巴黎的格格不入反而刺激了他的创作力量，可是等作品写出来的时候，他却发现没有人、没有地方让他发表他的作品。这也是情理之中的事。他原本可以在法国的文艺界里结交很多人的，他却一一把他们给得罪了。而高恩和古耶这两个人，也被吕西安给从中挑拨得和他疏远了。

不过偶然的机会，克里斯多夫得到了意想不到的帮忙。

一天，他和罗孙提起了他的新作《大卫》，罗孙让他在钢琴上弹了一遍，之后竟表现出了异乎寻常的热情，说应该拿到一家剧院去上演，还自告奋勇地要促成这件事。

过了几天，罗孙居然认真地付诸行动了，而且高恩和古耶也非常热心地加入进来。这可把克里斯多夫给搞糊涂了，原先这作品也不是为舞台写的，拿到剧院去未免有些荒唐。但罗孙那么恳切，高恩和古耶又苦劝他，他没法儿再拒绝了，他太想听到自己作的曲子了。

有了罗孙，什么事都变得简单多了。经理和演员争先恐后地巴结他。一家报馆办了个游艺大会，决定会上表演《大卫》，一个管弦乐队也被组织了起来，至于主唱，罗孙说已经找到了一个合适的人选来扮演大卫。

一切条件都具备了,大家便开始练习起来。乐队第一次试奏的结果还算满意,唯独扮演大卫的美妇人,让克里斯多夫皱起了眉头。她的声音恶俗、肉麻,带着咖啡馆音乐会的作风。她才唱了几节,克里斯多夫就已经断定她不能胜任了。

乐队第一次休息的时候,他去找负责音乐会的经理,经理看到他走了过来,得意扬扬地问道:"看样子你是很满意了?"

"是的,大体上没什么问题,就是那个女歌唱家,非换不可!让你们再找一个,也不是太难吧?"

经理愣住了,似乎怀疑他在开玩笑。

"这是不可能的!"

"为什么不可能?"

经理狡猾地回答:"她多有天分啊!"

高恩插嘴道:"她多漂亮啊!"

"我需要一个大卫,一个懂得唱的大卫,不需要什么美丽的海伦。"克里斯多夫严肃地说。

经理为难了:"这可真麻烦。我保证,她是个十分出色的艺术家。你再试试看,她今天可能不在状态。"

他重新开始练习,可情形越来越糟,起初他还有些耐心地指点女歌手,最后竟然毫不留情地批评了。那个女歌手费了很大的劲想让他满意，对他抛媚眼装可怜，可是都没用。最后，经理实在看不下去了，把练习给中断下来，特意跑去抚慰女歌手。

克里斯多夫把经理叫了过来，说道："没什么可商量的，这个人必须换，你们想办法吧。"

经理神情窘迫，却满不在乎地答道："这事儿我可做不了主，你去问罗孙先生吧！"

这时候，罗孙进来了，克里斯多夫连忙迎了上去。

罗孙高兴地嚷嚷着："怎么样？大师！这下你可满意了吧！"

"一切都好，"克里斯多夫回答，"我都不知道怎么向你表达谢意才好……只是有一件事不行。"

"你说吧，说出来，我想办法，非让你满意不可！"

"那个女歌唱家，简直糟透了！"

听了这话，满面笑容的罗孙突然变得冷若冰霜，他沉着脸说："朋友，你这话可就怪了！"

"她太不行了，太不行了！"克里斯多夫接着说，"没有嗓子，唱歌没品，缺乏技巧，毫无才气，幸亏你刚才没听到……"

罗孙的态度越来越冷淡，他打断了克里斯多夫的话，声音很难听地说："这位小姐，她的天分是全巴黎都公认的，我也非常佩服！"

说完，他就挽着女歌手走了出去。正当克里斯多夫站在那发呆时，在一旁看得高兴的高恩走了过来，悄悄跟他说：

"你难道不知道她是罗孙的情妇吗?"

克里斯多夫一下子全明白了,他这下才知道罗孙的热心、高恩和古耶的忙前忙后都是有缘故的,既不是为了他,也不是为了他的作品,只不过为了捧红罗孙的那个情妇而已。

克里斯多夫哈哈大笑,笑了好久,才对高恩说:"你们真叫我受不了,成天不把艺术放在心上,心里念念不忘的只有女人。为了某位先生的情妇,你们居然排出一台歌剧出来,我也不怪你们:你们竟然是这样的东西,咱们天生是合不来的,再见!"

就这样,克里斯多夫和罗孙一伙完全断了联系。

克里斯多夫和他们的决裂,在报纸上登出之后,反倒让人们对《大卫》有了兴趣。一个好奇的乐队指挥,把这作品编入了演出。没想到,那个女演员的所有朋友都到了现场,大喝倒彩。观众们也跟着附和。最后,克里斯多夫气得当场弹了一首儿歌,傲慢地说:"这才配你们的胃口。"说完,他站起身走了。第二天,各大报纸一致把他这个贬斥了巴黎高雅趣味的野蛮的德国人给骂了一顿。

这是他离开德国之后,又一次彻底的孤独。可这次,他不再耿耿于怀。慢慢地,他觉得他命该如此。终身如此。

可他不知道一颗伟大的心灵是永远不会孤独的,即便是在这样的时候,他自以为会永远孤独的时候,他所得到的爱也比全世界最幸福的人还要多。

3.

在高兰德家和高兰德一起学琴的，还有一个不满十四周岁的女孩子，葛拉齐亚·蒲翁旦比，她是高兰德的表妹。她的脸蛋很饱满，像乡下人一样健康，小小的翘鼻子，沉静而美丽的目光，活像画上的圣女。

她是意大利人，原先和父母住在意大利的乡下。母亲去世后，父亲完全没有能力管她的教育。父亲的妹妹，也就是高兰德的母亲，决意把她带到巴黎去住一阵子。父亲不想和她分离，却无能为力，因为史丹芬太太是家中最有决断力的人，她说什么，别人只有服从的份儿。

到了巴黎之后，葛拉齐亚有些迷恋自己的姐姐高兰德。当着表姐的面，她一句话也说不出来。在等待的时候，当她知道表姐快要出来时，心里既焦急又快乐，简直会浑身颤抖。高兰德和她说话，她连心都会融化。她常常满腔热爱地看着她，散步的时候，也形影不离地跟着她。人家拿她当孩子，她也自以为是，其实早就不是了。她是个性情柔顺的小姑娘，一直保持着儿童的面目，可心里已经悄悄地成长了。

史丹芬家负责管她的教育方式已经很落后了。她就这样跟克里斯多夫学起了琴。

她第一次看到克里斯多夫是在姑母家宾客众多的一次夜

会上。克里斯多夫跟什么样的宾客都合不来,葛拉齐亚却在他身上看到一股力量,那股力量让她对他有了好感。

几天以后,姑妈说要请克里斯多夫来教琴,她非常高兴。学琴的时候,尽管她练琴练到几乎生病,可是在克里斯多夫面前,她却紧张得怎么也弹不好。克里斯多夫埋怨了她一顿,生着气走了,她竟恨不得自己死掉才好。

克里斯多夫完全没有注意到她,他只关心高兰德。葛拉齐亚看到表姐和克里斯多夫那么亲密,很是羡慕,虽然心里有些痛苦,却又真心替他们欢喜。他们俩都是她喜欢的人。直到后来,必须在他们当中挑选一个的时候,她才发觉自己的心已经不再向着表姐了。她看到表姐对吕西安卖弄风情,非常难过。当她得知克里斯多夫讨厌吕西安时,她也对吕西安产生了厌恶,她暗中用严厉的目光批判高兰德,她开始疏远她了。

从此她只关心克里斯多夫了,她的柔情让她能直觉地体会到克里斯多夫的苦闷。他不再上史丹芬家之后,葛拉齐亚很是痛苦。她想回家乡了,向父亲透了几次口风之后,父亲跟姑妈提起了这件事,可是被姑妈顶了回去。

终于有一天,她再也受不了远离故乡的痛苦了,一定要飞回去。那是在克里斯多夫音乐会之后。她和史丹芬一家眼看着克里斯多夫被那些人侮辱,她的心都碎了。她想哭想逃离,可回到姑妈家里,她还得听那些刻薄的言论,听高兰德一边哄笑，一边和吕西安讽刺克里斯多夫。她逃到自己的房间，自言自语地安慰克里斯多夫。可她不能使克里斯多夫幸福，她没法在巴黎待下去了，求父亲快接她回去。她说："我在这儿活不下去了，我快要死了！"

父亲马上赶来了，这次他们鼓起了勇气，顶着姑妈的压力，回去了。

到了家乡，她写了一封没署名的信寄给了克里斯多夫，那是一封亲切动人的信，充满了温情。她想告诉克里斯多夫，他并不孤独，请他不要灰心，仍然有人在想念着他、爱着他。可惜，这封信在半路上糊里糊涂地遗失了。

之后，葛拉齐亚在家乡依旧过着单纯而宁静的生活，对克里斯多夫的印象，像一朵静止的火焰继续在她的心灵深处燃烧着。

克里斯多夫并不知道有股温情在关注着他，并且还会在他的生命中占据着重要的地位。他还不知道在他受辱的音乐会上，有一个人将会成为他的伴侣，在将来，与他并肩前行、携手奋进。

4.

克里斯多夫是孤独的，可他一点儿也不消沉。他再没有从前那种苦闷的心境，他更强大、更成熟了。在巴黎受到的压迫的气氛，让他觉得有必要回到祖国，回到国魂所在的那些诗人与音乐家的怀抱中。

他开始对自己曾经的行为感到羞愧,那时候他只看到他们的缺点,却忽略了他们伟大的德行。现在他倒觉得自己和他们非常接近了。

可现在他的情形越发艰难了,唯一的收入就靠几处钢琴课,而那些差事全部都丢了。新学生在跟他学了一个半月的提琴之后,也转向了绘画。

他把自己的家从那个寒碜的小旅馆搬到了一间小阁楼上。虽然这个小阁楼并没可取之处,却能让他自由地呼吸。

克里斯多夫不得不减少食量,每天下午只吃一大块面包夹香肠。他恨自己胃口太好,其实身体已经瘦得厉害。他并不担心钱的事儿,直到有一天口袋里一个子儿也没有的时候,他才决定去出版商那里转转。

可是到处找不着工作。路过高恩给他介绍的出版商艾曲托那里时,他走了进去。艾曲托有些惊讶,但也窃喜,他给克里斯多夫找了些工作,完全出于诚意帮助他。克里斯多夫不想欠他一丝一毫的人情,他把自己的灵魂看得比艺术还重要。

令他高兴的是,洛金给他寄东西了。那个使他跟士兵打了一架的乡下姑娘,写信告诉他她结婚了,还顺带报告了他母亲的近况。东西寄来得真是时候,克里斯多夫身边什么吃的也没有了,寄来的一篮苹果和一方喜糕给了他莫大的安慰。

寒冬到了，在那间小阁楼里，克里斯多夫经常被冻僵。他不能再一动不动地坐在桌前了，于是便到巴黎街上乱跑，想用这种方式来取暖。然而，在这种长时间的散步中，他往往饥寒交迫。

一天傍晚，他在卢浮宫的一间展厅里溜达。厅里只有他一个人，他又累又饿。在他的周围，画廊里那些睡着的神秘形象开始悄悄活动了。克里斯多夫浑身冰冷，昏昏沉沉的，各种幻梦把他包围了……

摇摇晃晃地走出卢浮宫，他头痛欲裂，差点就要倒下去，可他在刹那间又撑住了。正在那时候，他冷不防看见一道熟悉的目光向他投了过来。似乎在哪儿见过呢，他停在那里呆呆地想。过了一会儿，他才认出那双凄凉而温柔的眼睛，原来就是那个在德国被他无意中砸了饭碗的女教师。他想走过去，向她道歉。可是无数的人和车辆把他们给隔开了。他想不顾一切地挤过去，可一辆马车把他给撞倒了，等他爬起来，好不容易走到马路对面，她已经不见了。

克里斯多夫病了，他手脚瘫软，浑身忽冷忽热，不住地打着哆嗦。他不得不回家躺倒在床上。这一回情形真严重了，但他精神上绝不屈服。他不想死，故乡还有等着他的可怜的母亲，而且他还有事业要干。他咬紧牙关，与疾病激烈地斗争着。

正当他发着高热挣扎的时候,迷迷糊糊中有个女人进来了。他以为又是一个幻象。过了一阵子他清醒一些,睁开眼,看到床头坐着一个面熟的女子,接着他又看到一张脸,原来是个医生在给他看病。

克里斯多夫听到他们在说话,大意是要送他去医院。他挣扎着,想大声嚷嚷不愿意去,却不能发出声音,那个女人居然懂得他的意思,代他回绝了。过了一会儿,当克里斯多夫勉强能说出一个完整的句子时,他马上问她是谁。她说自己是顶楼上的邻居,听到他的呻吟,就冒昧地进来帮他了。

克里斯多夫想起来了,她叫西杜妮,是个帮佣。

西杜妮个子很小,表情严肃,神态很谦卑。她非常热心地照顾着克里斯多夫,却时刻不忘自己女仆的身份和阶级的差别,从而与他保持一定的距离。

克里斯多夫病势减轻到能聊天的时候,想要了解她,总是逗她说话。到目前为止,他只知道她在本乡有个父亲,还有一个让她引以为豪的正在考小学教师资格的妹妹。

克里斯多夫对西杜妮很好奇,平日里她只埋头做事,没有什么兴趣爱好。克里斯多夫在巴黎看到的一切,她一点儿也不知道,同时也不想知道。那些报纸上肉麻而猥亵的文学,和国家大事一样,跟她一点儿关系也没有。她做着自己的事情,也不依靠别人。克里斯多夫为此想赞美她几句。

"这有什么稀奇呢?我跟大家一样,你难道没见过法国

人?"她说。

"我在法国快一年了,除了玩儿或者跟别人学着玩儿以外,还会想到其他事的,我真的一个也没见过。"

"不错,"西杜妮说,"您看到的都是些有钱人吧,有钱人到处都一样,其实您跟什么都没看到没什么区别。"

"好吧,那我就从头看起。"

克里斯多夫这才第一次看到法兰西民族,明白了它真正的精神。

他慢慢康复了,开始起床了。他和西杜妮的关系越来越亲密。可是突然有一天,西杜妮跟他告别,不说任何原因,就离开了他。克里斯多夫永远也想不明白这到底是为什么。

5.

在患病的这几个月里,他一直避免和任何人说话。正当他这样无声无息地过着隐居生活的时候,突然接到了罗孙太太的一封请柬,邀请他参加一个著名四重奏乐队的音乐夜会。

罗孙也在信里附上了几句恳切的话。他是个爽直的汉子,从不怀恨自己得罪过的人。只要他高兴重新跟这些人相见,他就会毫不犹豫地向他们伸出友谊之手。

克里斯多夫先是发誓不会前往,可音乐会的日子越来越近了。他许久没听过音乐会,音乐的魔力最终让他屈服,他还是去了。

去了的结果并不好,他发现自己还是不能融入这个充斥着政客和时尚圈人士的环境。他比以前更厌恶他们了,决定听完第一曲就离开。

他扫视全场的时候,在客厅的另一头,遇到了一双望着他又立即躲闪开去的眼睛。跟全场那些迟钝的目光相比,这双眼睛带着的清新朴实的气息让他大为惊奇。那是一个二十到二十五岁之间的年轻人。

于是他走了过去,一边走一边犹豫着跟他说些什么,那个青年也察觉了,知道克里斯多夫向自己走来,他想躲开,可两脚像是被钉住了。两个人终于面对面,却相顾无言,不知道说些什么。终于,克里斯多夫瞪着青年,直截了当地笑着问他:"你不是巴黎人吧?"

"不是。"青年有些发窘了。

"怪不得。"克里斯多夫说。

青年惶惑地看着他,克里斯多夫赶紧补充说:"我可没有埋怨的意思。"

他们又静默了一会儿。

青年始终无法开口,克里斯多夫便接着问:"你在这儿,混在这帮家伙当中干什么呢?"

他那粗声大气、毫无顾忌的态度正是容易惹人讨厌的地方。青年向四周张望了一下,看没有人听见,便笨拙地反问:"那你又来这儿干什么呢?"

"对啊,我又来干吗?"他高高兴兴地自语道。

青年突然下定决心,哽咽着说:"我多喜欢你的音乐!"

随后他又停住了,想拼命克制自己的羞怯,可是没用,他的脸越来越红,一直红到耳根。克里斯多夫微笑着望着他,恨不得拥抱他一下。

青年嗫嚅说:"真的,我不能,真的不能在这里说这些……"

克里斯多夫走过去,亲热地握着他的手。他们听不见客厅里的声音了,仿佛只剩下他们两个人,彼此都觉得心心相印,碰到了一个真正的朋友。

这时候,罗孙太太走了过来,她用羽毛扇碰了碰克里斯多夫的手臂,说:"既然你们都认识了,就用不着我来介绍了,这个大孩子今晚是特意来看你的。"

他们俩听了这话,都不由往后退了一步。

"怎么,你不认识他吗?他是一个文笔很好的青年诗人,也是个音乐家,琴弹得很好。他很崇拜你,在他面前不能随便谈论你的作品,有一天,为了你他差点儿跟吕西安吵起来。"罗孙太太说。

"可怜的孩子!"克里斯多夫听了大为感动。

罗孙太太还在和他说些什么,他的目光已经开始寻找那个青年。可是,年轻的陌生朋友已经不见了。

克里斯多夫连忙问罗孙太太：

"请告诉我，他叫什么名字？"

"谁啊？"

"您刚才提到的那位。"

"哦，那个青年诗人啊，他叫奥利维·耶南。"

这个姓氏听起来很耳熟，一个少女的影子在他眼前飘过，很快又被新朋友的形象覆盖了。

在归途中，克里斯多夫的内心安静极了，像一口四周被山包围着的湖，没有一丝风，没有一点声音，只有一片宁静祥和。

他再三说着："我有一个朋友了。"

卷六
安多纳德

耶南是法国那些几百年来保持着纯血统的旧家族之一。他们世代住在法国中部的一个古老的小城。依家谱来看,从十六世纪起,就有耶南姓氏的人住在此处。安东尼·耶南的父亲奥古斯丁是一位高明能干的买卖人,在城里开了家银行。后来死于肺炎。

儿子安东尼接手了他的银行。他虽没有父亲的理财能力,但办事能力也不差,勤俭并很富有同情心,是一位革命党,反对教会,对文学也有一定的抱负。他是一位健康、快乐、豁达的矮个子。他的妻子是法官的女儿,叫吕西·特·维廉哀。她很贤淑,但对别人要求很严格,大家认为她冷酷、骄傲。她是一位很虔诚的宗教徒,因为这个,夫妻经常争辩，但他们很相爱。

他们有一双儿女，女儿叫安多纳德，儿子叫奥里维，小安多纳德五岁。

安多纳德是个漂亮的褐发小姑娘，她遗传了父亲的快乐和无忧无虑。奥里维则是有着淡黄头发的娇弱的小男孩，身材像父亲，性格却截然不同。疾病损害了他的健康，虽然家人格外疼他，但虚弱的身体还是使他很早就成为一个郁郁寡欢，爱幻想，怕死，喜欢孤独，敏感爱哭的孩子，几乎没有应付人生的能力。姐弟俩很相爱，但因性格差异太大，只能各玩各的。

姐弟俩都信宗教，都有音乐家的心灵，尤其是奥里维，音乐像信仰一样，是他的避难所。

他们的父亲安东尼很爱他们，他准备把职位传给儿子。他让孩子们自生自长，只望能做个好人，特别希望他们幸福。因此，他们简直就是温室里的花，对人生的战斗没一点准备。

安多纳德十六岁了，长得很秀美，父亲经常拿爱情打趣她，但她下定决心要自己挑选。有着丰厚的陪嫁，当地那些有儿子的大户人家已经开始奉承她，采取一些小手段想得到她，但聪明的她对他们的伎俩一下就能识破。对未来的丈夫她心中已经有了人选，是一个叫鲍尼凡的当地贵族，他对安多纳德也很上心，竭力巴结她。安多纳德觉得他好可爱，让她那颗骄傲的心感觉挺舒服，完全陶醉于初恋中。

然而大祸悄然而至。银行家耶南有些懦弱，轻信，还有一点虚荣。生活上，他虽乱花很多钱，但还不至于使他的财产受到严重的损害。商业方面，他也不知道小心谨慎。朋友借钱，他从不拒绝，更想不到让他们写张收据；别人欠的账记录得模糊不清，他们不还，他决不要。他事事相信别人的善意，同时觉得人家也相信他的善意。他胆怯，怕受侮辱而不愿意得罪任何人，所以永远在让步。他的自尊心和乐观的脾气极易让他相信做的都是好买卖。

他的这种作为并没有得到债务人的好感，人家对他得寸进尺，甚至有人认为耶南先生这样殷勤的帮忙肯定是有利可图的。

过去，都还是些小数目，对耶南还没造成什么大害。但有一天他遇到了一个大阴谋家，情形就完全不同了。他被大骗子的花言巧语、奉承巴结给迷惑了，最终自己的和存户的钱都被骗走了。

事业失败了。在做了所有努力都无法挽回时，耶南在和家人道别后，半夜里一个人在办公室里开枪结束了自己的人生。

次日早上，此消息在城里就已经开始传播了。早上法院就已经派人来办手续了。安多纳德躲在自己的房间里，拼命让自己只想着一个念头，一个可以让她把可怕的，使她透不

过气来的现实丢到一边的念头：她想念着她的男朋友，每时每刻都等着他来。她倔强地认为他肯定会来安慰她。可是没有一个人来，就连一个字条都没有，没有表示一丝一毫的同情。相反，自杀的消息一传开，储户们立刻赶来，凶恶地对着孤儿寡母大叫大骂。

几天之内，几乎失去了一切。母子三人中受伤害最厉害的是安多纳德，因为她平时几乎不知道痛苦。她一下子发现了社会的丑恶。她的眼睛睁开了，看到了人生。她绝望地想着过去，现在，将来。她看到自己一无所有，没希望，无依靠。

葬礼很凄惨，也很丢人。因为自杀，遗体不能被教堂接受。孤儿寡母被昔日的朋友和家族无情无义地遗弃。没有安慰，只有谴责、鄙视与怜悯。耶南的自杀，不但没有平息众人的愤怒，反而被认为罪大恶极，就像他的破产一样。在资产阶看来，自杀的人是不能被原谅的。

耶南太太除了悲伤什么都做不了，但她听到别人对她丈夫的攻击，立马恢复了勇气。此刻她才发现自己有多么爱他。这三个前途渺茫的人，一致同意完全放弃母亲的捐赠和他们的个人产业，用它们去尽量地偿还父亲的债务。当地是没法再待下去了，他们决定去巴黎。

他们像逃亡一样离开了从祖先开始就一直生活在这里的老巢。

前一天晚上他们一同去墓地和耶南道别。清早四点左右，他们就起身穿好衣服，像贼一样悄悄地走出屋子，每人拎着一个包袱。仆人在前面推着一辆装有衣箱的小车。到了车站，为了面子耶南太太买了二等车票，他们踏上了去巴黎的列车。

　　耶南太太有个姐姐在巴黎，丈夫是个法官，很有钱。她准备去求姐姐帮忙。同时她相信，她的孩子们凭着所受的教育和自身的天分，在巴黎找份体面的工作来维持生计应该不难。

　　初到巴黎，印象就很坏。先是被车夫和扛衣箱的伙计敲诈，耶南太太住在他们祖父三十年前住过的旅馆，又被旅馆老板敲诈。在旅馆的第一晚，他们挤在一间不透气忽热忽冷的房间里，几乎没法呼吸；外面的杂声吵得他们头疼。他们在这个陌生的可怕的城市，茫无所措，着实吓坏了。

　　第二天，耶南太太就到姐姐家去，心里希望人家在他们困难没解决前请他们到这边来住下。但第一次的招待就让她的希望破灭了。波依埃—特洛姆夫妇对他们家的破产很是愤慨。尤其妻子怕受牵连，妨碍丈夫前程，对她妹妹的态度甚是冷淡，这让耶南太太大吃一惊。她不得不放下傲气，明确说出困境和对波依埃家的期望。他们却只当没听见，甚至没让他们留下吃晚饭。那法官眼见妻子做得如此让人难堪，想缓和一下，便约耶南一家周末过来吃饭。

耶南太太虽然对姐姐已经不抱有什么期望,但对那顿被邀请去吃的饭,还是不自觉地抱有许多幻想。可人家对他们只是当作外客而已,这顿饭并没有破费什么。孩子们见了他们的表兄弟姐妹,态度也不比他们的父母好。波依埃—特洛姆先生一直说些无关紧要的话,避免人家说起正事。耶南太太鼓起勇气想提下她心中的问题,波依埃—特洛姆太太却故意把她的话打断,她只好作罢。

大家继续聊天,几乎把所有的话题都聊遍了。耶南太太想:"是时候说了……"可正当她鼓足勇气,下定决心的时候,波依埃太太却用一种毫无歉意的口气说,很抱歉,他们要在九点半左右出门:因为有一个不可以改的约会……耶南他们很气恼,立马起身准备离开。主人假装挽留。可是过了十五分钟,有邻居来访,耶南他们就被请到没有生火的屋里去了(波依埃不想让朋友们知道有这门没名誉的亲戚在)。孩子们对此羞辱很是愤慨。安多纳德眼中含泪说回去。母亲起先还不死心,后来实在等了太长时间,便也下了决心。波依埃得到通知,赶紧出来假意挽留,但显而易见想让他们快点离开,表面是送实则推着他们到门外。到了旅馆,孩子们气哭了。安多纳德发誓永远不再去他们家了。

耶南太太租的房子在植物园附近,是在一个四层楼上的公寓。卧房旁有一个乌黑的园子,四面是高墙,餐室和客厅临着一条嘈杂的街。

耶南他们那点儿钱花费得很快。他们想尽办法节约,可是做不好。节俭也是一门学问。

没几个星期,耶南他们的钱就花光了。耶南太太不得不丢开自尊,在孩子们不知情的情况下去向波依埃借钱。她想办法和他在办公室里单独见面,求他在他们未解决生计之前,借一点钱。波依埃还算讲点人情,先推诿了一番,最终还是让步了。在一时头脑发热情形下,居然借了二百法郎给她,借后立刻后悔,对此,他太太大为气恼。

耶南母女每天都在巴黎城中奔走着,想找份工作,耶南太太对职业有着自己的成见,就连家庭教师都不愿让女儿担任。在她心中,只有公家的差事才算不失体面。而如果想让奥里维当个教员,就得先想办法完成他的教育。至于安多纳德,耶南太太很想让她就职于学校,或进国立音乐院去拿个钢琴奖。但事实是安多纳德的天分实在平平,比她优秀的人比比皆是。他们发现在巴黎,各种各样的人才为了生活都在作着可怕的斗争和无益的消耗。

耶南母女仍旧奔波,一无所获。耶南太太不得不再去拜访波依埃夫妇。他们想摆脱她,给她找了两份工作:耶南太太的是给一位老太太当伴读;安多纳德的是去乡下,给住在那里的法国西部人家当家庭老师,酬金还算可观。可是耶南太太拒绝了。服侍人家的屈辱,除了她自己以外,把女儿也逼上这条路是更让她受不了的,并且还要和女儿分离。不管他们怎样不幸也要守在一处。对此波依埃太太的想法很不一致，致使分手时，姐妹俩变成了冤家，断绝一切关系。耶南太太一心想着把借的钱还清，可是却没能办到。

奔波还在继续着。耶南太太去拜访本省的众议员和参议员，都是耶南曾经常常帮忙的，结果到处碰到的都是一张张忘恩负义、自私自利的面孔。众议员对她的信置之不理，对她的拜访让仆人告知不在家。参议员对她的丈夫批评一番后，给她一张五十法郎的钞票作为布施，她拒绝了。

她在教会那里也没得到帮助。耶南太太历经千辛万苦，终于在一所修道院里谋到一个教钢琴的职位，一份乏味且酬金很少的差事。为了多挣点钱，她又在晚上帮文件代办所做些抄写工作。这份工作要求很严格，尽管很用心还是会有脱落的字句，甚至是整行，这使她受到毫不留情面的埋怨。尽管她很努力，但抄件有时还是会被退回来，那时她就会失魂落魄，整天抽泣，不知该怎么办。她从前就有心脏病，经过这么多的磨难病更加严重了，这让她有种不祥的预感。她出门时身上都带着写有自己姓名住址的字条，唯恐会倒在路上。如果她死了，那该怎么办呢？安多纳德装出镇静的态度，她要代替母亲去工作，让母亲保养好身体。可是耶南太太无论如何都不让女儿去受这种屈辱。

尽管耶南太太累得筋疲力尽，省吃俭用，挣的钱仍不够养活他们，不得不变卖一些首饰。可最糟糕的是得到的钱还没派上多少用途,耶南太太拿到手的当天就被偷了。这是对她最后的打击。

没过几天,在八月将尽的一个闷热的晚上,耶南太太把紧急抄件送去文件代办所往回走时,因为已经过了晚饭时间,她怕孩子们揪心,又不想浪费三个铜子的车钱,所以赶路太急,走得很疲倦。到家时,她几乎已经不能开口,无法呼吸了。像这个样子回家是常有的事,孩子们也就没太在意。饭后他们都静静地一起望着窗子。

突然,耶南太太挥动着双手,看着孩子,呻吟了几声,身子往下倒去。安多纳德和奥里维跑过去把她扶住。他俩疯了般叫喊着:"妈妈!妈妈!"看门女人帮他们找了附近的医生。但医生到时她已经走了。

母亲刚死时,两人绝望极了。但也正是这过度的绝望救了他们。因为奥里维抽风很严重,使安多纳德更多地担心着兄弟,把自身的痛苦减轻了些;而她的关爱也感动了奥里维,让他没因太痛苦而做出危险的举动。两人相拥坐在亡母灵床旁,奥里维自言自语道两人应该立刻一起死。安多纳德同样有这种可怕的想法。但她还是拼命地挣扎着活下去……

"活着干吗呢?"

"为了她,"安多纳德指着母亲,"她会永远和我们在一起。你想呀……她为我们受了那么多罪,我们不能让她看到我们这样穷困潦倒地惨死……"她接着又兴奋地说:"一个人不应该畏缩！我不想！我要反抗！终有一天，我一定能够让你幸福！"

"永远不会了！"

"会的。我们受了太多苦难。物极必反，不会一直这样苦下去的。你会拼出一条路来，你会有个幸福的家庭，我一定会要你这样的，一定！"

"怎么活呢？我们永远不能……"

"一定能的。怎么办嘛，先要撑到你可以赚钱的时候。一切都由我来负责。你瞧着，我一定能做到。啊！如果妈妈让我做的话，我早就……"

"你去做什么？我不想你干屈辱的工作。而且你也不能……"

"有什么不能？靠自己的努力养家，只要清白，有什么屈辱的！我求你别操心了！你等着瞧吧，没有什么不能做的事，将来我们都会幸福的，奥里维，母亲也将会为了我们而开心的……"

母亲的死他们没有通知波依埃。他们换了一个极小的公寓，在同一所房子的最高层。

修道院竟然答应让安多纳德接替她母亲继续教琴。她还想找些其他的教课的工作。她唯一的目标就是教养弟弟，直到他进入高等师范。这个计划是她独自制定的，她四处打听，研究高师的课程，向奥里维征求意见——可是他一点意见也没有,她已经为他计划好了,只要进了高师,他一生不再用为生活发愁,前途也有希望了。所以必须让他达到这一步,不管怎样都得活到那时。那只不过是辛苦五六年,一定能够撑到。这个意念使安多纳德整个人都振作起来。她知道在她前面的将是孤独艰苦的生活,只有靠着对兄弟的热情才能支撑下去。她拿定主意即使自己得不到幸福,也要让弟弟幸福!这个还不到十八岁的温柔的姑娘,心中藏有一股献身的热情和奋斗的傲气。

就这样,奥里维的成功成为两个孩子生命中独一无二的目标。不管工作怎样屈辱,安多纳德都可以忍受:她当家庭老师,几乎被当成仆役,像老妈子一样带着学生在街上闲荡几小时,名目是教他们学习德语。

她拖着疲劳的身体回家,还要照管奥里维。他中饭在学校吃,到傍晚才回来。奥里维什么都不想吃,而可怜的安多纳德对烹饪又一窍不通,她花尽心思想给弟弟做点可口的食物,结果他还是称她的烹调不堪入口。

晚饭后,她洗完碗盘,(他想帮她,她不允许),便像慈母一样督促弟弟的功课。教他背书,查看卷子,甚至帮他准备,但是得留神,免得惹这敏感的家伙生气。他们坐在吃饭与写字通用的桌子旁,那张桌子是独一无二的:他做自己的功课;她要么缝东西,要么抄写文件;等他睡了,再做些自己的活或帮他整理衣服。

虽然生活很艰难,他们仍然决定积蓄一些钱先去还给波依埃家。那并不是因为波依埃他们是多么凶恶的债主,而是来自姐弟俩的傲气与孝心,他们认为母亲负欠瞧不起他们的人会很难过的。他们尽可能地从各个方面节省,想攒够二百法郎,对他们来说那是一个大数目。

三年来,他们节衣缩食,一个子一个子地省着,竟然积满了那个数目。对他们而言那真是极大的喜悦……在一个晚上,安多纳德来到波依埃家,把钱放在桌子上,要了收据,然后出于礼貌冷冷地行了礼,就走了。

这桩心事了结了,安多纳德的生活还是同样清苦,但现在是为了奥里维。她瞒着他舍不得吃穿,省下钱来,花在弟弟的装饰和娱乐上,让他的生活多彩些,能偶尔去听音乐会或者到歌剧院去——那是奥里维最快乐的事。他想和姐姐一起去,但她总会想出各种借口。他知道这是爱的谎言,可还是独自去戏院了,在那儿又会难过,也就没什么乐趣了。有一个周末,他告诉姐姐,不能和她一块儿享受让他很痛苦。安多纳德听了很欣慰,那天下午,他们一起度过了一个甜蜜的周末,那是从来没有过的。他们决定往后不再因音乐会而分离:他们做不到独自享乐。

她偷偷节省下来的钱竟然可以为奥里维租一架钢琴了,这让他喜出望外。以租赁的方式,若干年月后,那架琴就是他们的了。这样她的担子更沉重了。每期还款日对她都是噩梦,为了凑齐这笔钱,她把身子都累垮了。但就是这桩傻事给他们带来数不清的幸福。

安多纳德还有宗教支撑着。奥里维已经不再信仰什么了。他们晚上回到家很少谈到自己所做的事:已经筋疲力尽,再没心思重温好不容易熬过的艰难的一天。他们一起吃晚饭,然后奥里维开始弹琴,他在音乐方面很有天分。安多纳德要赶紧把杂务做完,她很喜欢听兄弟弹琴。

奥里维正处在青春转变期。安多纳德是那么纯洁,兄弟的心理变化她一向不知道。突然有一天她发觉了。

奥里维以为她不在家,而她因学生请假在家躺在床上休息。奥里维从学校带一个同学回来在隔壁屋里谈天。他们的谈话句句都能听到;他们以为没人在家,便毫无顾忌。安多纳德听到他们说着非常下流的脏话,还说得津津有味。她听见她的小奥里维笑着;她也听见很多淫秽的话是从她一直认为无邪的嘴里说出来的,她身子都气凉了,心里的痛苦无法形容。她哭了,觉得理想中的兄弟的形象给污辱了:对她,那真是致命的痛苦。但晚上两人相见时,她一字不提。他看出她哭过了,但不知为什么,更不懂姐姐对他的态度为什么会改变。她过了很长时间才恢复常态。

但他给姐姐致命打击的是他有一回夜不归宿。她整夜地等着。他早上回来时,发现她早已站在那儿等着,眼睛红肿,脸色苍白。她没有责备他,而是仍不声不响地照料他的

事。他看到她一言不发,非常丧气,她所有的举止态度就等于一场责备:他支持不住了,起身跪在她的膝下。姐弟俩一起哭了。他万分羞愧,对在外面过的一夜深表厌恶,认为是自己堕落了。奥里维发誓一定要成为姐姐所希望的人。可是安多纳德不能那么快地把心头的创伤忘掉;她像个大病初愈的人,还需要很长时间才能复原。

她之所以对奥里维的变化格外惊骇,是因为同时她被某些男人追逐着。她傍晚回家时,经常被人盯着,听到一些粗野的游辞,让她痛苦得难以忍受。而转念间一想到她的奥里维也即将——或许已经——和那些男人一样追着女人,回到家里,她简直连伸出手跟他打招呼的勇气都没有。姐姐对他有这种反感是他无论如何也不会想到的……

安多纳德长得并不是很美,却散发出迷人的力量,能够吸引别人,尽管她绝对没有任何勾引人的动作。而她一些笨拙的动作,羞涩的躲闪的目光,惶乱的表情更加增添了她的魅力。别人的欲念就这样被她挑动了;既然她是一个没人保护的清寒的女孩子,别人便毫无顾忌地对她明说了。

拿端夫妇是她在教书的一个人家认识的,她偶尔会去走动。她虽然很孤僻,也难免参加了两三次夜会。但在那个年轻人很多,来往的人很杂的场所,拿端太太所提拔的美丽却贫寒的女孩子,立马成了几个油滑少年的目标,以为得手是轻而易举的事。他们想利用她的羞怯来进攻,甚至互相拿她来打赌。

最终她收到了几封匿名信,先是热烈的情书,接着很快来了几封肆无忌惮的恐吓信,随后又是谩骂与侮辱的信,说些下流淫猥的话。安多纳德因招惹了这些是非,痛苦不已;而她身心清白的骄傲也受到了很大的伤害。她不知道如何摆脱。

接着又收到一封最后通牒式的信,限她第二天去卢森堡美术馆相会。她去了。——绞尽脑汁想过后,她相信折磨她的这个男人肯定是在拿端太太家遇见的。于是她请求拿端太太来帮她一次忙,陪她去美术馆,请拿端太太在车上等候。到后,她一个人进去了。在指定地点,那坏蛋得意地走过来,装作很殷勤地跟她谈话。她一声不响地直瞪着他。他讲完一套话,又涎着脸问她为什么直盯着他。她回答说:"我在看一个没骨头的人是如何欺侮女人的。"

对方听了这话竟一点也不在意,反而装出更亲狎的神气。她又说:"你想让我当众出丑。那好,我现在已经给你这个机会。你想怎样?"

她气得浑身发抖,说话的声音很高。他觉得没有什么能吓倒她,便放低了声音。她最后大声说道:"哼,你就是个没骨头的男人!"

说完,她转身就走。

对方不愿认输,便跟着她从美术馆出来。她径自走向等着的车子，猛地打开车门。那个男子正好劈面撞见了拿端太太，拿端太太立马叫出他的姓氏招呼他，他手足无措，赶紧开溜了。

差不多同一时间，还有一件性质完全不同的事也让安多纳德伤心。

有个年纪四十左右很规矩的男子，在远东当领事，逢假期回国来住几个月，在拿端家遇到安多纳德，并爱上了她。如今的安多纳德已没有了才子佳人的梦，所以那男的向她求婚时她有点喜出望外。如果不是因为要和他到远方去，把弟弟一个人丢下，她早就答应了。但在那种条件下，她拒绝了。从那以后她就更一心一意地照顾着弟弟，完全退出了社会。

中学的最后一年终于来了。学期终了就是高等师范的入学考试。而这时的安多纳德也已经累到极点。她觉得弟弟肯定能考上。大家认为他是中学里最优秀的考生之一。可是压在奥里维肩上的责任令他心慌意乱，因怕考不上，他已经胆小得近乎病态。考试前的几夜，他在梦中已经考过几次，他的精力被消耗完了，没法再去应付真正的考试。

奥里维落选了。

他沮丧到了极点。安多纳德强颜欢笑，好像事情并不严重；但她的嘴唇一直在发抖。她安慰弟弟，说是运气不好，可以补救的，明年肯定能考取，名次还可以提升一些。她并没有说,为了她,这一年他应该考上的,她已经身心交困,不知道是否还能再撑一年。但她必须撑着。如果奥里维没考取以前她就死了,他可能没勇气一个人奋斗下去,结果免不了给人生吞掉。

还得苦苦地撑一年!为了这最后的一关,两个孩子已经把自己搞得筋疲力尽。首先得生活,找一些别的差事。拿端他们帮安多纳德找了份去德国教书的差事。这是她最不能接受的,可是眼下又没有别的机会。姐弟俩六年来从没分离过一天;她完全无法想象看不见听不见弟弟后她将如何生活。奥里维想到这点也心惊肉跳;但他不敢说话:这是他造成的苦难。

她走了。奥里维变成了寄宿生,他心都凉了。安多纳德对将要投身的社会感到非常害怕。六年以来,她已经有了大大的改变。不再是那个大胆的,快活的,嘻嘻哈哈的,多嘴的安多纳德了。她并不喜欢教书:她很尽职,但并不觉得自己的工作会对人有什么好处。她生来不是为教育人而是为了爱人的。可是有谁会在乎她的爱。

德国那个新的差事,比任何其他地方都更用不着她的爱。在葛罗纳朋家她教孩子们读法语,主人绝不会关切她。他们既傲慢又亲狎,冷淡但又爱管闲事。他们觉得出了相当高的薪水,是给了她恩惠,对她可以为所欲为,把她当成一个比较高级的仆人,不给她半点自由。甚至没给她私人卧室：睡觉的地方是一间和孩子们的卧室连在一起的小屋子，房门夜里都不能关。她没有一刻清静的时间，就连给弟弟写信、看信都很困难，也要耍着手段东躲西藏。并非葛罗纳朋一家对这些事关切，而是觉得出钱雇了她，她这个人就应该属于他们。

因此安多纳德每时每刻都在受着磨折，得时刻保护自己：这使她比平时更冷淡、更深藏自己了。

弟弟每天都会给她写一封长达十二页的信；她居然也能每天写一封，哪怕只有短短的几行。这些信让安多纳德沉浸在温情里，只有读信时她才觉得有空气可以呼吸。如果没有在早上预期的时间收到信，她就苦恼极了。

弟弟的信越来越消沉。他特别颓丧时，有一次竟写道："你回来吧，快回来吧……"尽管信刚发出，他就因惭愧又写了一封声明前信作废的信，让安多纳德不要把那句话放在心上。可这并瞒不过安多纳德，她能看透他的心思，却不知道该怎么办。有一天，她差一点就动身了，甚至都到站上问过行车时刻了。随后，她意识到简直是在胡闹：她出来挣钱就是为了付奥里维的膳宿费的；他们能撑多久就得撑多久。

那时有个法国剧团恰好路过那个德国小城。很少去戏院的安多纳德，忽然特别想听一听法语。戏院已经客满。一个她不认识的青年音乐家约翰·克里斯多夫，看到她那失望的表情，便邀请她到他的包厢里：她竟也糊里糊涂地接受了。

她和克里斯多夫的露面在小城里引起许多闲话,很快就传到葛罗纳朋家里,安多纳德就因这被毫不客气地辞退了。

她走了。在火车开出一小时后,巧合的是她在中途又遇到了从外埠回来的克里斯多夫。

在并列在一起只停留了几分钟的车厢里,在静悄悄的夜里他们俩见到了,没有说一句话。在最后一刹那,两个彼此毫无了解的人互相望着,看到了彼此内心里的隐秘。

她又和奥里维团聚了。她回来得正是时候。他刚病着。奇迹出现时,他正发着烧睡在中学的病房里,胡思乱想。一见之下,他并没有叫喊。他有过很多次的幻象,看见她进来……他从床上坐起来,张着嘴,哆嗦着,不确定是否又是一个幻象。直到她挨着他在床上坐下,搂着他,他倒在她怀中,才确定是他的小姐姐回来了,他便哭了出来,让她发誓不再出门。没问题,她不会再走了,离别简直太痛苦了。

他们赶紧租了一个公寓。在德国,安多纳德过的那些苦闷的日子,让她挣了一笔钱;由她翻译的一册德语书也被出版社接受了,收入更加多了些。钱方面暂时没有了烦恼;一切都还顺利,只要奥里维这次能够考上。

考试期到了。奥里维笔试的成绩还不差。笔试及格以后,没多久就是口试。奥里维不让安多纳德去旁听。她在门外等着,比他哆嗦得还要厉害。

到了最后揭晓的日子。录取新生的榜在巴黎大学文学院的走廊里贴着。安多纳德和奥里维一起去的。他们终于看到耶南的姓名。搞清那的确是真的，是他耶南被录取了后，他们说不出话来。两人立马向家中奔去，彼此叫着："我的小弟弟……我的小姐姐……"

第二天，安多纳德头痛欲裂，但总算去掉了心上的一个重担！奥里维也觉得能够呼吸了。他被她救了，她完成了她的使命，他也没有辜负姐姐的期望……奥里维进入高师后，有三年的公费，毕业后又有职业的保障，他们终于可以放肆一下了，可以动用积蓄了。奥里维听到这消息快活得叫起来。安多纳德更是快活——因弟弟的快活而快活——因马上可以看到她相思多年的田野而快活。

为旅行做准备成为一桩大事，同时也成为他们无穷的乐事。他们动身时已是八月中了。

他们在土恩停下，准备第二天再换车到山里。可是在旅馆里，晚上安多纳德忽然发了高度的寒热，头疼伴有呕吐。奥里维慌了，忐忑不安地挨了一夜，天明就去请来医生：医生诊断说暂时并不是很严重，就是太劳顿，身体太亏了一点。不可能继续上路了。医生让安多纳德整天躺在床上，并说他们可能要在土恩多耽误一些日子。安多纳德劝弟弟出去散散步。可他很快就回来了，劝他再出去，他却说：

"不，不，那实在太美了；叫我一个人看心里会很难受的……"

在一家小旅馆里他们待了三四个星期。安多纳德不再发烧了;可是身体一直不硬朗。奥里维经常问到她的健康,可是他完全被美丽的景色陶醉了,所以她说身体很好,奥里维虽明知道不真实,但还是很愿意信以为真。

奥里维和她一同去散步,她也很高兴和他一起去;可有好几次,她坚持走了二十分钟,就不得不停下,气都透不过来了,心几乎都要停止跳动了。但更多的时候,奥里维还是忍不住去作长途的远足。过后他心里又会很难受,埋怨自己不好好利用时间和姐姐进行亲密谈话。

秋深了。十月份了。他们返回巴黎,都很伤感。而且安多纳德的身体一直没复原。

那时要为奥里维准备带到学校去的被服了。安多纳德为此用完了最后一笔积蓄,甚至还偷偷卖了几件首饰。

分别时,安多纳德送奥里维到校门口。她回到家里,又孤独了。十年了,她把整个生命都给了弟弟,如今生活的唯一目标丧失了,她便一无所有了。

如果身体硬朗一些,她可能重新创造她的生活,找一个新的目标。但现在的她已经筋疲力尽。如今到了不用咬紧牙关撑持到底时,意志便涣散了……她倒下了。隐藏在她身上一直被她的毅力压在那的疾病,从此抬头了。

奥里维什么都没觉察,他对新的生活太感兴趣了,已无心再观察姐姐。他正处于青年的某一个时期,对人不是那么

倾心相与，对于之前感动过并且将来还会为之骚动的事很冷淡。安多纳德对这种情形一点都不知道，只觉得他不爱自己了。

她和弟弟在夏德莱戏院听音乐。那天克里斯多夫·克拉夫脱有出场演奏。这位德国音乐家他们并不认识。但他一出台，她心里的血立马沸腾起来。她困倦的眼睛虽不能清清楚楚地看见他，但她已经认出他就是她在德国受难时遇到的朋友。她从没和弟弟提过，就是她自己也很少想起：因为自那以后，生活问题占据了她全部的思想。

过了几天，奥里维带来一册克里斯多夫的歌集。她随便翻看着，看到一首曲子上面题着一句德文："送给那个因我受到连累的女子"，下面还标注着年月日。她清楚地记得那个日子。她让奥里维弹给她听，听着心爱的音乐，感激到了极点……啊！她的头为什么疼得这么厉害。

她给克里斯多夫写了封信。如果不是给疾病困住了，这位羞怯而高傲的少女不会想到给他写信的。她不知道要写些什么，那时已不能自主了。她叫他，和他说她爱他……写到一半，不觉骇然停下，想再重新写：可热情已退下，头脑里空荡荡的，找不到词句。她只能认命了。

星期天早上，从学校回来的奥里维，发现安多纳德仍在床上躺着，神志有点昏迷。医生来了，诊断是急性肺病。

病势太凶险，医生也毫无办法，多年的劳苦已把她的身体磨坏了。

安多纳德很镇静。她得悉自己不起之后,反而觉得解脱了。过去所受的磨难她一桩一桩地想起来;眼看着自己大功告成,奥里维得救了:她觉得有说不出的快乐。她想:"这是我的成绩。"

临了,她把自己脖子里的圣牌,挂在了兄弟的颈上。她把奥里维付托给了她的忏悔师,医生,付托给了所有的人。

她神志逐渐昏迷。最后一次清醒时,她扯动着嘴唇,念念有词。奥里维走过去俯在她身上,努力听到了几句歌词,那是他们俩非常喜欢的,她经常为他唱的一支老歌:

我将再来,我的亲爱的人儿,我将再来……

接着她又昏迷过去了……她离开了这个世界。

平时在不知不觉中她感动了许多不认识的人,他们对她很同情。奥里维受到了很多完全不认识的人的慰问。安多纳德的葬礼不像她母亲的那样寂寞。奥里维的同学,朋友,她教过书的家庭,以及见过,彼此都不知道身世的,知道她的义气而佩服她的人,甚至还有些可怜的人,街坊上的小商人,在她家做散工的女人,都来送她去墓地。她去世的当天,拿端太太就强行把奥里维邀去了,他已经痛苦得不能自己。

他竭尽可能地追念姐姐。因为没钱，他们共同生活的故居不能保留起来，这让他很伤心。他借了点钱，再加上帮人家补习的学费，重新租了一个顶楼，把尽可能留下的姐姐的家具堆在里面：她的桌子，她的床，她的靠椅。那个房间成为一个纪念她的圣地，遇到精神颓丧的日子，奥里维就去躲在那儿。

他在安多纳德的书里，发现了她给克里斯多夫写的信稿，才知道她心里藏着的略具雏形的罗曼史；第一次他窥见到了他从来不知道、也不愿意知道的她的感情生活。她从没和他提起见过克里斯多夫。从信稿上他发现他们从前在德国碰过面，并且克里斯多夫那时对姐姐很好，当然详细情形已无法知道，只知道安多纳德到死都没能表白的感情就是在那时发动的。

奥里维早已因克里斯多夫的音乐而喜欢他，这时对他更是有说不出的喜欢。她是爱过他的。奥里维想尽办法接近他，可是找到他的踪迹是不容易的。他设法和克里斯多夫见面。只要他认为克里斯多夫可能去的地方，他都会去。他热烈地想和克里斯多夫亲近。可一见面，他又躲起来，怕被对方发现了。

最后，他们共同参加了一个朋友家的夜会，克里斯多夫终于注意到他了。奥里维远远地站着，不说一句话，只顾望着他。那天晚上，一定是安多纳德和奥里维在一起：因为克里斯多夫从奥里维眼中看见了她；而正是这个突然浮现的形象驱使克里斯多夫穿过客厅，朝陌生的年轻的使者走去，去接受那幸福的死者的又温柔又凄凉的敬意。

卷七

户 内

第一章

参加完罗孙家的夜会后,克里斯多夫第二天早上醒来,第一个念头就是立刻见到奥里维·耶南。八点不到,他就出门了。

奥里维的住所在一条小街上,是在靠近植物园的圣·日内维高岗下面。克里斯多夫爬到了奥里维所在的那一层,使劲拉了下门铃,奥里维开了门。他整齐素雅的穿着使克里斯多夫大吃一惊。他向奥里维伸出手去,奥里维慌张地嘀咕着:"你,你怎么来这儿了……"

克里斯多夫对奥里维的话笑而不答。他往前推着奥里维,走进了屋子。

"噢,你是来……来看我的吗?"奥里维热情洋溢地问道。

"噢,我必须来呀。"克里斯多夫回答。"你又不会来看我。"

"你认为我不会吗?"

奥里维紧接着又说:"是的,你说得对。可并不是我不愿意去。"

"那么是什么阻碍你了呢?"

"太想见你了呀。"

"真妙的理由!"

"是呀,你别见笑。我就是怕你不愿意见我。"

"我才不会顾虑这个呢!我想见你,就来了。如果你不乐意,我自然能看出来。"

"那你必须有很好的眼光才行。"

他们互相瞧着,笑了笑。

奥里维又说:"我昨天真蠢。怕你讨厌,一句话也说不出来,我的胆小真是一种病。"

"不用抱怨了。你们贵国有太多喜欢说话的人了;能够碰到个话少的,即便是因为胆小而不敢出声,也让人高兴。"

克里斯多夫笑了,很为自己的俏皮而得意。

"这样说你是因为我的静默来看我的?"

"是的,静默也有很多种……对你这一种,我可喜欢了。"

"你只见过我一面,怎么就会对我产生好感?"

"那不关见几面的事。我挑选朋友从不多费时间,只要喜欢那张脸,我就会立马决定,会马上去找他,而且直到找到为止。"

"你这样选朋友没有看错过吗?"

"那是经常有的事。"

"有可能这次你又看错了。"

"那我们就慢慢瞧吧。"

"噢!那我可糟了。你会使我心都凉了的,只要想到我在被你观察,我就会不知所措的。"

克里斯多夫既亲热又好奇,看着那张因容易冲动而一下红一下白的脸。

"多么神经质的孩子呀!和女人差不多。"克里斯多夫心想着,轻轻地碰了下他的膝盖。

"行了行了,我不会全副武装地来观察你的。我最讨厌别人拿朋友来做心理学实验。我的要求是:我们都应该无拘无束,没必要因害羞而把话永远闷在胸中,也不用担心自己会前后矛盾——今天不喜欢的,明天完全可以去喜欢。这不是更有男子汉气概,更坦荡吗?"

奥里维望着他,回答说:"没问题的,这是更有男人气概。不过你是强者,可惜我不是。"

"我敢肯定你也是强者,只不过表现方式不一样罢了。并且如果你愿意,我会帮助你变为强者。我刚才已说过,此刻我想更明确地补充一句,我喜欢你。"

奥里维窘得满面通红,直到耳根,一句话也说不出来,站在那动也不动。

克里斯多夫扫了一眼屋子："你的住所太差了，有其他的屋子吗？"

"还有一间小屋子，里面堆满了东西。"

"唉！真让人透不过气。你怎么可以生活在这里呢？"

"时间长了也就习惯了。"

"我永远都不会习惯的。"

克里斯多夫解开衣裳，努力地呼吸。

奥里维走过去把窗户完全打开。

"你在城里一定住不习惯的，克拉夫脱先生。可我是不会因精力过剩而不舒服的。我有点空气就够了，任何地方都可以活下去。可是夏天，有些夜晚也让我受不了。我一想到那种日子要来就害怕。在床上坐着，感觉要死过去了。"

克里斯多夫看着奥里维满脸的倦容，仿佛看到了他在黑暗中挣扎的情形。

"那就离开这里呀，"他说。"干吗非要住在这？"

奥里维满不在乎道："哪儿都一样……"

"这屋子！"克里斯多夫继续说。"脏臭，闷热，看见的全是下贱悲惨的场面，晚上你怎么进来？你难道就不泄气吗？换作我，根本没法在这儿活下去，宁可在桥底下睡。"

"最初我也痛苦，和你一样对这种环境很是厌恶。小时候和家人出去散步，一路过肮脏不堪的贫民区，就感到恐怖，心里就作恶。那时我怎么也不会想到有这么一天，我心甘情愿地住在这种地方,还有可能死在这里。我心里永远是厌恶的,但我不能太挑剔,只有竭力不想它。上楼时,我封闭起所有的感觉器官,隔绝外界。并且,你看,顺着那个屋顶望过去,有一棵皂角树。我坐在屋角,让自己只看见那棵树,其他什么都看不见。"

"是的,"克里斯多夫说,"我知道。可是应该用你的幻想来创造别的生命,而不只是用来应付生活中的烦恼,那不是太浪费了吗?"

"命运对大多数人就是这样。你自己就没有为了愤怒和斗争而浪费过精力吗?"

"我们有所不同,我生来就是为了斗争的。看看我的胳膊和手。和别人搏斗说明我健康。你哪,我一眼就能看出,你可没什么力气。"

奥里维看着细弱的手腕道:"是的,我身子一向很弱。那又怎样?总得生活。"

"你生活来源靠什么?"

"教学。"

"教什么?"

"什么都教。帮别人补习拉丁文,历史,希腊文。我还教一门道德课,在市立学校。"

"什么课?"

"道德课。"

"见鬼！你们学校里还教道德?"

"是的。"奥里维笑着说。

"有什么话可以让你在课堂上讲十分钟以上呢?"

"我每周都有十二个钟点呢。"

"那就是说你教他们干坏事?"

"为什么?"

"因为要别人知道善是不大费口舌的。"

"那就是不说为妙了?"

"对,不说为妙。为善不一定非懂得善恶。"

他在屋子里走动着,走到钢琴前面时他站住了,打开琴盖,随意翻了下乐谱,抚弄了一会键盘,说道:"弹几首曲子让我听听。"

奥里维惊诧道:"让我弹?好奇怪的念头!"

"罗孙太太夸你是个非常不错的音乐家。弹吧,来,来。"

"啊!在你面前弹我会羞死的。"

克里斯多夫听到这个从心底发出的呼声,笑了,奥里维自己也羞涩地笑了。奥里维叹口气,坐在钢琴前面,很温顺地服从了他这位专制的朋友。音乐很容易泄漏一个人最隐秘的思想,暴露心事。在莫扎特的伟大的曲子下,克里斯多夫了解了这位新朋友。到快结束的时候,正当体现悲痛的爱情的乐句达到顶点却突然迸裂时,有种无法抑制的贞洁的情绪让奥里维再也弹不下去;他哆嗦着手指,弹不出声音,放下手,说道:"我无法再弹下去了……"

克里斯多夫弯下身,弹完中断的乐句,说:"你的心声,我可听到了。"他抓住奥里维的双手,看了他好一会道:"真奇怪……我好像见过你……感觉已经认识你很久了。"

奥里维嘴唇发抖,差一点就说出来了,可最终还是一句话都没说。

克里斯多夫又看了他一会,然后笑了笑,就走了。

他们决定合租。克里斯多夫想不管租期到没到都要马上搬。奥里维比较谨慎,虽然也想马上搬,但劝他等他们俩的租期到了再说。克里斯多夫不懂得这种计算;他像很多没钱花的人一样,就是损失点儿钱也满不在乎。他认为奥里维手头还不如他。有一天他看到朋友贫困的情形大吃一惊,马上跑出去,两小时后又回来,把预支来的几枚五法郎的钱很得意地摆在桌上。奥里维不肯收。克里斯多夫气极了,要把钱给一个要饭的人,被奥里维阻止了。克里斯多夫露出一副生气的样子走了,其实他是因不能让奥里维接受而恨自己。结果,朋友来的一封信,给了他安慰。凡是奥里维嘴上不敢说的,信上都表示了出来:他说结识克里斯多夫很快乐,说克里斯多夫的好意让他很感动。克里斯多夫回了一封热烈的信,像十五岁时给他的朋友奥多的一样,满纸的热情和傻话,用德语,法语,甚至于用音乐来表达一些双关语。

他们最终把住所安顿在蒙巴那斯区,在唐番广场附近的一幢破屋子的六层楼上，是一个有三间正屋和一个厨房的公寓。其中一间正屋比其他两间更大更好，两个朋友让来让去，最终同意抽签来决定。克里斯多夫用了一种巧妙的手法，让自己没有抽到那个好房间。

于是属于他们的一个完全幸福的时期开始了。

克里斯多夫说话时放低了声音，走路时放轻了脚步，就怕把隔壁房间里幽静的奥里维给扰乱了；他被友谊改变了：他感觉有种从未有过的信赖、快乐和年轻的表情。他疼爱奥里维。奥里维完全可以对他的朋友作威作福，但他觉得不配得到这样的爱，常为之脸红：因为他觉得自己还不及克里斯多夫，并不知克里斯多夫也和他一样的谦卑。由爱而来的这种谦卑，让他们多了一种甜蜜。

奥里维把自己的藏书和克里斯多夫的放在一起，不分彼此。他说到某本书时，说"我们的书"而非"我的书"。只保留了一小部分东西作为私有财产：姐姐的遗物或跟她的往事有关联的东西。克里斯多夫注意到了这种情形，可又不明白为什么。他从来不敢问奥里维关于他家人的事，只知道他的亲人都已过世；除了他不想探听朋友的私事外，还怕触动朋友那些过去的悲痛。

住进新居两三个月后，奥里维突然受了风寒不便起床。克里斯多夫像慈母一样温柔又焦急地看护着他。他瞧见有一块圣牌挂在奥里维脖子上。他知道奥里维对所有宗教信仰摆脱得比他还干净，当即表示很奇怪。奥里维红着脸说道："那是我可怜的安多纳德留给我的纪念物，是她临死时带着的。"

克里斯多夫禁不住打了个寒噤。安多纳德这个名字忽然使他心中一亮。

"安多纳德？"他问。

"恩，她是我姐姐。"

克里斯多夫不停地反复念着："安多纳德，安多纳德·耶南……她是你姐姐？"他边说边望着放在桌上的照片，"她很小就过世了吗？"

奥里维笑道："这是小时候的一张照片。可惜我没有其他的……她死时已经二十五岁了。""啊！"克里斯多夫非常激动地说，"她可去过德国？"

奥里维点了下头。

克里斯多夫抓着奥里维的手："那我是认识她的呀！"

"我知道的。"奥里维回答。

他搂着克里斯多夫的脖子。

"好可怜的姑娘呀！可怜的姑娘！"克里斯多夫重复说着。

他们俩都哭了。

克里斯多夫转念想到了奥里维的病，便安慰他，让他把手臂放到被窝里，帮他把被子盖住肩头，像母亲一样帮他擦眼泪,坐在床头望着他。

"对啦,对啦,"克里斯多夫说,"怪不得我感觉早就认识你,第一天晚上就被我认出来了。"

"可是你,"他停了下又说,"既然早就知道,干吗不和我说呢?"

安多纳德冥冥中借奥里维的眼睛回道:

"应该由你说的。我不能说。"

两人沉默了一会儿后,在这个静悄悄的夜里,奥里维向克里斯多夫讲述了安多纳德的一生;可是那段连她自己都闭口不说的秘密,没有说,但或许克里斯多夫已知道了。

在奥里维身边,他自觉地代替了她的位置;笨拙的德国人竟然和安多纳德一样的殷勤,细心,作很多体贴妥当的安排,让人看了感动。他还瞒着奥里维到安多纳德墓上去献些花草。奥里维有一天在墓上发现了鲜花,但不能肯定是克里斯多夫去过。直到有一天两人在墓地上碰到。

另一方面,奥里维私下给克里斯多夫的母亲写信,告诉她克里斯多夫的近况,说他对克里斯多夫是如何的敬爱和钦佩。路易莎回信表示感激涕零;她总是一提到自己的儿子,那口气就感觉像提到一个小孩。

友谊对他们两人都有好处。他们彼此充实。奥里维头脑灵活,身体虚弱。克里斯多夫精神错乱,元气充沛。一个瞎子,一个瘫子,合在一起,他们就非常完满了。受克里斯多夫的熏陶，奥里维重新对阳光有了兴趣；因为克里斯多夫身心健康，生气勃勃，即便是在受难、痛苦、憎恨时都依然保持乐观，而他把这些都给奥里维灌输了一部分。可是克里斯多夫从奥里维那得到的更多。他吸收奥里维的思想来滋润自己，感染他那超然，洒脱的精神，还有那种远大的目光。他把朋友的这些德性移植到自己这块更加肥沃的土地上时，它们越发变得有力了。

克里斯多夫搞不懂奥里维怎么会是法国人。这位朋友和他所见过的法国人太不同了！于是克里斯多夫拼命和奥里维辩解，声称他和他的姐姐不像法国人。

每层楼由两个公寓组成，一个两间的，一个三间的，只有二楼和一楼例外，它们是由两个公寓合起来的。

克里斯多夫和奥里维的邻居是一位神甫，姓高尔乃伊，年纪约四十，很博学，思想非常开通，胸襟非常宽广，早前在一所大修院里教诗经，最近因为思想太新被罗马处分。他虽然心里没有真正屈服，但还是接受了处分；他一声不出，既不愿反抗，也不想听别人的劝告，公布主张；他躲在一边，就是自己的思想崩溃也不会把事情张扬出去。克里斯多夫是不能了解这一类隐忍的反抗者的。他想和神甫谈话，但那教士总是冷冰冰的，客客气气的，绝不会提到他最想关切的问题，他的话也就被自己的傲气活埋了。

住在两个朋友下面一层，正好在他们公寓底下的那户人家，男的叫哀里·哀斯白闲，是位工程师，夫妇俩有两个女儿，年龄在七岁至十岁之间。他们都是可爱的优秀的人，因处境困难而羞于见人，总是把自己关在家里。年轻的太太不辞辛苦地工作，但还是经常因清寒而感到心里屈辱；只要别让人知道他们的困境，她宁愿加倍地工作。这又是不容易被克里斯多夫理解的一种心情。他们出身于法国东部，是新教徒。

他们在屋子里不发出一点声音，怕打扰邻人。克里斯多夫看到两个女孩子老是受到压制，觉得很可怜。他喜欢孩子，在楼梯上只要碰见她们都会表示出种种亲热。女孩子们刚开始有些胆小，没多久就跟克里斯多夫混熟了，他有永远讲不完的笑话，或者分些糖果给她们吃。她们的父母起初并不领情，但慢慢的他们被克里斯多夫那副坦白的神情给征服了。他们之间的谈话却很难投机，克里斯多夫带点村野的态度，有时让哀里·哀斯白闲骇然。工程师非常不愿意放弃他那朴素的矜持，但也无法抗拒一个眼神是那么恳切，心情是那么快活的人。克里斯多夫偶尔从邻人嘴里逼出几句心里话。哀斯白闲兴趣广泛，做事非常有勇气，可是性情忧郁，意志消沉，处处隐忍。他有毅力承受艰苦的生活，却没有毅力去改变生活。他好像是刻意用这种情形来证实自己的悲观主义。有人请他去巴西的一个工厂当经理，报酬也很好，可被他拒绝了，因为怕那里的气候对家人的健康有损害。

"那可以把他们留在这里,你自己去替他们挣笔钱呀!"克里斯多夫说。

"让他们留在这里!"工程师嚷道。"一看你就是没有孩子的人。"

"就是我有孩子,我还是会有同样的想法。"

"我是不会的……而且要远离家乡!哎!我宁愿在这儿受苦。"

克里斯多夫觉得他的想法未免太古怪。但是奥里维很了解,他说:"你想想,冒着远离骨肉,举目无亲,客死他乡的危险!世界上还有比这更可怕的事吗?况且生命这样的短促,忙忙碌碌又何苦呢……"

"一个人就非得永远想着死吗?"克里斯多夫耸耸肩回答。"而且就是死了,也是为了让自己所爱的人幸福,那不是比束手待毙强吗?"

在五楼那个小一点的公寓里,住着一个名叫奥贝的电器工人。从平民阶级中跳出来的他,决不想再做回平民阶级。他是一个私生子,从没有见过父亲,而抚养他长大的母亲又是个没法让人尊敬的女人:他是看着无数下流的,凄惨的事长大的,学过各种手艺,去过法国很多地方。他自修哲学,历史,颓废派的诗,几乎什么书都读;戏剧,画展,音乐会,对当下的潮流几乎无所不知。他竭力想去接近的中产阶级对他闭门不纳,结果他就不和一个人往来。就因这,克里斯多夫很容易地就和他接近了，并且还不得不赶快回避：否则，奥贝待在自己房间的时间比待在克里斯多夫房间的时间都少。他能找到一个可以谈音乐和戏剧的艺术家，实在太高兴了。但克里斯多夫并不感兴趣：他更喜欢和一个平民谈些平民的事。那可是奥贝不想谈并且很有隔膜的事。

一层一层地数下去，克里斯多夫和邻居的关系自然是越来越疏远。除非靠魔术，否则他是不会踏进四楼的公寓的。四楼的其中一边住着两个女人，被长年的丧事磨得懵懂了。奚尔曼太太三十五岁了，丈夫和女儿死了后，她和年老而虔诚的婆婆住在一起，几乎不出门。四楼的另一边，有一个神秘人物住着，大约有五六十岁，带着个十岁左右的小姑娘。别人叫他华德莱先生，搞不清是比利时人还是俄罗斯人。他不跟公寓里的人来往，遇到了也只是礼貌地招呼下。对克里斯多夫，倒可以说几句他记载音乐的新方法。但克里斯多夫对这最不感兴趣。他只注意那个一直跟着华莱德的女孩，和大家一样，他也以为她是华德莱的女儿，并不知道她其实是个孤儿，父母都是工人阶级，在她四五岁时染疫双亡，华德莱抱养了她。

克里斯多夫能得到华德莱的一点信任，是因为喜欢那女孩子。他很关心这个脸色惨白，从来不跑不跳的女孩子。她不大出声，没有年龄差不多的小朋友，一直是静悄悄的，孤零零地玩些无动作无声响的游戏。克里斯多夫想让她和工程师的两个女孩子认识下。但被哀斯白闲与华德莱双方客气、坚决地谢绝了。

三楼的大公寓几乎一直空着。房东留作自用了，可又从来不住。

同层那个小点的公寓租给了亚诺夫妇，他们没有孩子。丈夫大概四十多岁，是中学教员，整天忙得焦头烂额，没时间写他的博士论文，最终放弃了。妻子比他年轻十岁，人很和气，也很怕羞。两人感情很好，都很聪明，博学。可他们没有一个熟人，从来不外出走走。

音乐是他们俩最大的乐趣，也是他们最喜欢的。他不会弹琴，而她会弹却不敢弹；如果让她在人前演奏，哪怕是在丈夫面前，都会像初学的小姑娘。但即便是这么一点儿，对他们来说已经足够了。他们俩的地位都远不及他们的人品。亚诺太太心好，殷勤，很愿意和哀斯白闲太太来往，但又不敢：人家没有表示过。至于结识克里斯多夫，那是他们求之不得的：他那遥远的乐声早已使他们听得入了迷。但他们不管怎样都不愿意先去表示，以为那样太唐突了。

住二楼公寓里的一对是法列克斯·韦尔夫妇。他们是有钱的犹太人，一年有六个月在巴黎乡下居住，无儿无女。他们在这儿住了已有二十年了，却仍像过路的外地人，从不和邻居交流一句话，关于他们的事，别人知道的和他们刚搬来时差不多。夫妇俩都是绝顶聪明的好人。约六十岁的丈夫是一位亚述考古学家，因中亚细亚的发掘享有盛名。但他神经质，喜欢挖苦，他那锐利无敌的目光一发现人或事的可笑就会忍俊不禁。

他的妻子是一位贤德的女人，喜好活动，愿意帮助别人，一直在做慈善事业；性格远不及丈夫的复杂，很有意志，极有责任，标准很高。但妻子冷淡的态度，并不比丈夫喜欢讽刺别人的脾气更得人心；两人都很高傲，既不肯宣布他们做的善事，也不肯宣布他们行善的意愿，于是大家便把他们的老成持重看成是淡漠无情，把他们的孤独看成是自私自利。而他们越觉得别人对他们持有这种观念，便越不愿意想法去破除。这对夫妇因过于持重而吃了亏。

最底下一层比小花园高出几个石级，住着一位叫夏勃朗的少校，他是退职炮兵军官。不知为什么突然把一切都丢了，住到了这里，军队二字再也没提过，整天翻翻花坛，吹着永远没进步的笛子，骂骂政治，埋怨几句他最疼爱的女儿。她三十岁，不十分漂亮，但很可爱，也很孝顺，为了伺候父亲而没有出嫁。克里斯多夫从窗户向外看时，经常看见他们，当然是更关注那个女儿。下半天，她基本上都在花园里，要么缝东西，要么胡思乱想，再就是收拾园子，开开心心地和从早到晚一直叽咕的父亲做伴。她用安静的声音，和善的语气来回答他的抱怨。那位无所事事的军官，在房间里拼命吹着刺耳的长笛，或笨拙地按着那架接不上气的风琴，让克里斯多夫感觉时而好笑,时而气恼。

所有这些人,各自住在这座花园紧闭的屋子里,一丝外界的风都吹不到。只有克里斯多夫,因为感情需要发泄,也因为太丰满的生命力,用他那既明察又盲目的同情心来包裹他们,这是他们不知道的事。他没法了解他们。他不能像奥里维那样洞察人的心理。但他能够设身处地,站在他们的角度去爱着他们。

奥里维把他经常在上面发表文字的那份小杂志介绍给了克里斯多夫。它叫做《伊索》,借用了蒙丹的一段话来作为它的箴言。

克里斯多夫读过后,觉得读者是想忘记几小时的痛苦,得到的却是这样悒郁不欢的消遣,实在太可怜了。

"你们把这个拿给大众吗?"他问:"那简直是把他们活埋呢!"

"放心好了,"奥里维回答。"大众是不会来的。"

"他们这就对啦!你们简直是发疯了,难道想要把他们生活的勇气全部拿走吗?"

"为什么?让大众像我们一样,就是知道事物的悲惨面,也能打起精神来尽他们的责任,不应该这样吗?"

"我不信能打起精神,一定是毫无乐趣的。而拿走一个人生活的乐趣后,差不多他也就完了。"

"那有什么办法呢?我们总不能歪曲真理吧。"

"可是也不能把真理统统说给所有的人。"

"真想不到你会这样说！你可是永远求真理，视真理高于一切的人！"

"是，对我和那些相当坚强并且承受得了的人，的确应当让他们知道真理。但对于另一部分人，那简直是胡闹，是残忍。如今我看清楚了，在本国时我从来没想到。德国人不会像你们这样闹真理病：生活对他们太重要，他们谨慎小心地只看他们想看的事。你们不会这样，这也是为什么我喜欢你们：你们爽快，勇敢，就是不近人情。如果因爱真理就去牺牲别人的幸福，可不行！那太霸道了。可以爱真理甚于爱己，但更应当爱别人甚于爱真理。"

"那就应该对别人撒谎吗？"

克里斯多夫用歌德的话来作答："凡是最高的真理，我们只能把使社会得益的那部分挑出来说。剩下的，我们只有藏在心里；就像隐蔽的太阳会有柔和的光晕一样，在我们所有的行动上，它们都会放出光彩。"

克里斯多夫看到了潜藏在法国的生机，认为它不应该受卑鄙无耻的人压迫。那个让沉默的优秀阶级躲在里面的半明半暗的境界，让他感到窒息。禁欲主义只配一帮没有牙齿的人。他却需要广大群众，无限空气，辉煌的太阳和千万生灵的爱，需要紧紧把他所爱的人抱在怀里，粉碎敌人；他需要战斗，也需要胜利。

"你能做到,"奥里维说,"你是强者,你的缺点和优点,生来就是为战斗的。你的运气是你不是一个太贵族的民族。你不会厌恶行动。必要时你甚至可以去干政治!……并且用音乐写作对你又是了不起的幸运。别人不懂你的话,什么你都可以说。如果别人知道你在音乐里瞧不起他们,否认他们的信仰,并且不断赞颂他们竭力想扑灭的东西,那他们一定会阻挠,捣乱,肯定饶不了你,你会为了和他们战斗,把大部分精力消耗完,等到你胜利时,已经没有多余的力气来完成事业了,你的生命也将接近尾声。别人的误解成就了成功的大人物。让别人佩服他们的也正是和他们真面目相反的地方。"

"唉!"克里斯多夫回答,"你们那帮大师的懦弱,你们可没有认清。原先我以为你是孤独的,你没有行动,我原谅你。但事实是你们有无数思想相同的人。你们强过压迫你们的人百倍,你们的价值超过他们千倍,可你们竟心甘情愿屈服于他们无耻的行为!我真无法了解你们。你们的国土很美,你们又富于人情味,并且有了不得的聪明,可你们却丝毫不加以利用,还被少数的坏蛋控制,踩在脚下侮辱。喂,把你们的真面目拿出来吧,没什么好怕的!起来吧,都团结起来吧。"

但是奥里维耸耸肩膀,讥讽地说:"你难道想让我喊蛮子滚出去,或者是法国人的法国等这些仇恨的老口号吗?"

"为什么不?"克里斯多夫说。

"不,这些都不是法国话。我们的国家不是一个用来培养仇恨的国家。用不着否定或毁灭别人来肯定我们的民族性,而是在于同化他们。不管多嘴的南方人还是骚乱的北方人,他们尽管来吧……"

"还有那带有毒素的东方呢?"

"那也没关系。它滋养了我们,可它自己却灭亡了。我们承受得起毒药的试验。我们是世界城的公民。"

"很好,"克里斯多夫说,"一个健康的民族,它年轻力壮时,这一套是很好。但是精力终有枯竭的一天,到那时外来的巨潮有可能把它淹没。我们不妨诚实说,这种日子你不觉得已经到来了吗?"

"这种话已经被说了几百年了!但我们的历史证明,每次都是多虑。今日的淫乐无度,道德沦丧,社会混乱,志气消沉,我都没有放在心上。并不是一个制度造成了现在的祸害。而是奢侈带来的麻风病,是聪明和财富的寄生虫。它们总会被消灭的。"

"腐蚀了你们以后。"

"这样一个民族,你不能对它绝望。潮水给我们的土地带来肥沃的淤泥,然后它会退下去的。"

"我那可怜的朋友,"克里斯多夫说,"它没有退下去的期间里,可是没趣的啊。奋斗不是更好吗?除掉被你认为命中注定的失败以外,又没其他的危险。"

"不,我所冒的危险远高于失败。我不想有恨,对我的敌人也一样,我也会给他一个公平的待遇。我要在别人热情高涨的浪潮中依旧保持我清明的目光,去了解一切,爱一切。"

但克里斯多夫认为用这种超然的心情去爱人生,等于是自甘灭亡的退让。奥里维那种安静的宿命观他并不赞同;并且他觉得,一个民族能够久存,如果完全不自卫是不可能的。所以他很想把整个民族的健全的力都唤起,让全法国所有的本分人都奋臂而起。

第二章

两人几乎没什么固定收入,生活很艰苦。克里斯多夫的工作仅仅是替艾曲托抄谱和改编乐曲。奥里维冒失地把教职的工作给辞退了。因为姐姐死后,他颓丧到了极点。在精神极度颓废时,教书这个职务对他来说简直是一件没法忍受的苦工。教职这个行业需要把自己的思想高声宣读出来,还要和群众混在一起,他毫无兴趣。于是千辛万苦得来的教职就这样被他放弃了;同时因为姐姐无法再来阻拦他的遐想,他就开始写作。他以为只要有艺术价值,就会很容易被人赏识,他很天真地这样想。

没过多久他就醒悟了。想发表一些东西堪比登天。因为崇尚自由,所以一切对自由有损害的东西他都痛恨。他用同样孤立的态度对一切文学社团,而同样的,他们也排斥他。他在这些地方,没有、也不能有朋友,除了个别真有志向的人,或沉醉于研究学问的人。一般的知识分子因心灵的枯索,冷酷和自私自利,让他不胜厌恶。

奥里维只能靠自己。而这却是极其脆弱的依靠。即使为了自己的作品他也不肯受一点委屈。看到别的作家卑躬屈膝地奉承某个著名的剧院经理,情愿忍受比对仆役更糟糕的待遇,奥里维脸都红了。他只是从邮局里把原稿寄出去,或者是送往杂志或戏院的办公室,让它在那住上几个月还原封不动。有一天他偶然碰到一个中学时的老同学,因为奥里维从前替他做过枪手,所以他始终对奥里维存有感激和钦佩的情意;他帮奥里维在一个自己持有股份的大杂志的秘书面前说了句好话,人家马上把压置了很久的原稿挖出来,读了遍;又经过了些踌躇,最终决定接受了。奥里维知道这个好消息后,觉得自己的苦难要结束了,但殊不知这其实才个是开头呢。

在巴黎,一件作品让人接受还不算太难,但是想要把它印出来又是另外一回事。那就是得等,成年累月地等,甚至要用一辈子等,如果你没学会奉承或麻烦别人。奥里维只知道在家里坐着等,精力在等待期间都消磨尽了。他最多写些永远得不到回复的信去。烦躁的结果是他无法工作了。当然那是胡闹,可你又不能用理智来解释。每一班邮差他都在等,苦闷地呆坐在桌子旁,只有下楼去等信才会走出自己的屋子:充满希望的目光,一看见门房那的信箱立刻变成失望；等到过了最后一次邮班，除了楼上的邻居沉重的脚步声外，房间里都静下来时，别人的那种冷淡让他感到窒息。他求的只是一句回音，只要一句！他们难道连这样的施舍都不愿给吗？那些人是不会想不到自己会给他带来痛苦的。

作品终于出版了。奥里维等得太久了，看到作品问世也已没什么乐趣可言：对他，那已经是死的东西了。但是他还是希望在别人眼中它还是活的。其中有些智慧的闪光，肯定会有人注意。但对这件作品社会上完全保持静默。他又写了几篇评论文章。因为和一切党派都没有关系，所以他还是遇到同样的静默，甚至有敌意。这让他觉得莫名其妙。

就是在这种半明半暗的生活中，克里斯多夫像暴风雨般突然闯了进来。社会的卑鄙和奥里维的忍耐让他非常愤慨。

"你的热血呢？"他嚷道。"这样的生活你也能忍受？你知道自己比这帮畜生高明还让他们压迫吗？"

"能怎样呢？"奥里维说，"我不能自卫，我受不了和我瞧不起的人争斗。我知道他们会不择手段攻击我，可是我不能。我厌恶那些恶毒的手段，而且也怕伤害他们。小时候我就老老实实地让同伴们打，不是我懦弱，而是觉得打人比挨打更可怕。"

"你太没有热血了。"克里斯多夫重复道。

"只是一只绵羊！"克里斯多夫接着说。"不过你想做绵羊也没用。我要让你跳过壕沟，拼命抱着你向前。"

果然他把奥里维的事放在了心里,发起了论战。起初他并不十分高明。他等不到别人把一句话说完就恼了,目的是帮朋友辩护,结果适得其反,事后等他发觉了,便会对自己的笨拙感到难过。

奥里维也没有欠朋友的情。他也会因为克里斯多夫而和别人打架呢。这个对自己的事古板笨拙的青年,为了朋友的成功倒很有手段,甚至也会玩弄权术。他拿出超常的毅力和技巧帮克里斯多夫交朋友,有办法让音乐爱好者和音乐批评家对克里斯多夫感兴趣。但要让他为了自己去求那些人,他肯定会脸红的。

两人费了很多心力,结果也没有改善他们的境况。彼此的友爱让他们做了不少傻事。克里斯多夫借债私下帮奥里维印了一部诗集,可一本也没卖掉。奥里维怂恿克里斯多夫举办一场音乐会,结果一个听众也没有。对着空无一人的场子,克里斯多夫无比勇敢地拿亨德尔的话来安慰自己:"好极了!这样,音响的效果倒更好……"可是这种豪语并不会让他们把花出去的本钱收回。他们只有心酸地回家。

在这种艰难的情况下,只有一个叫泰台·莫克的四十岁左右的犹太人来帮他们。他经营一家艺术照相馆,对此行业颇感兴趣,见识很多。他读很多书,对于科学、政治、哲学、艺术、各方面的新思想都有留意;他感觉很灵,凡是别具一格的,只要有点力量的个性,他都能发掘出来。奥里维

的朋友也都和奥里维一样孤独，一样躲在一边工作，莫克在他们中间成为一个联络人物，在不知不觉中促成他们思想上的交流。

奥里维想将莫克介绍给克里斯多夫，克里斯多夫先是表示拒绝，以往的经验让他不愿再和以色列族的人来往。奥里维笑着说，他对犹太人的认识和他对法国人的一样不高明。于是克里斯多夫答应可以再试一下。可是第一次见到泰台·莫克，就让他皱了皱眉头，莫克表面上有特浓的犹太色彩。但当克里斯多夫看到他眉宇之间那种慈爱的表情时，还是被感动了。尤其是莫克很朴实，没有一句废话。最让人高兴的就是，他喜欢帮别人的忙：往往还没等人家开口，他就已经把事情给办好了。他经常来，甚至来得有些太密了。但几乎每次来都带有好消息：要么是为奥里维介绍教课的差事或写文章，要么是介绍学生给克里斯多夫。他从不多耽误时间，可能他已经感觉到克里斯多夫的不高兴；因为克里斯多夫一看见门口出现那张一把大胡子的脸，就会做出不耐烦的动作，但事后又会非常感激莫克的好心。

克里斯多夫对莫克是一半同情一半厌恶，有一回竟像顽皮孩子似的说了句刻薄话。莫克的好意把他给感动了，他便抓着他的手说：

"啊！多可惜……生为犹太人，你真是太不幸了！"

奥里维大吃一惊，脸都红了，就像说的是他自己。他很难堪,竭力想帮克里斯多夫圆话。

莫克笑了下,带着嘲弄而凄凉的神气,静静地回道:"生而为人才是更不幸的。"

克里斯多夫把这句话只当成是普通的牢骚;可是这其中的悲观比他能想象的深刻得多;凭着细致的感觉,奥里维立刻体会到了。除了大家所熟知的这个莫克以外,还有一个全然不同的,在许多地方甚至相反的莫克。

他费了很大的劲,使艾曲托决心把克里斯多夫的《大卫》和别的几件作品进行刊印。艾曲托心里虽然很器重克里斯多夫的才华,但并不想立即把他公诸大众。直到莫克预备自己出钱托另一个出版家刊印这部乐谱时,艾曲托才为了争面子,主动接受下来。

有一回奥里维病倒了,钱都用完了,境况很困难,莫克竟然想到去向法列克斯·韦尔,那个和奥里维他们住在一幢屋子里的,有钱的考古学家求援。莫克和韦尔虽相识,但彼此没什么好感。所以那天,韦尔对莫克很是冷淡。莫克想用奥里维和克里斯多夫的艺术计划引起韦尔的兴趣,韦尔却表示怀疑。但莫克凭着从来都不灰心的作风,一边坚持,一边谈克里斯多夫和奥里维的友谊,韦尔居然动心了。他确实挑动了对方的心。这个没有朋友,摆脱一切的老人,原来一直把友谊看做是神圣的。

从此,韦尔对克里斯多夫和奥里维很感兴趣。知道他们

性情高傲，便很识趣地从莫克那要了一部奥里维近期出版的诗集。两位朋友没采取任何行动，甚至做梦都想不到：韦尔居然从学士院为这部作品弄到一笔奖金。而在他们艰苦的情形下，那钱来得正是时候。

克里斯多夫知道这个让人出乎意料的帮助后，虽然不喜欢但还是勉强按捺着性子去向韦尔道谢。虽是一番好意但没得到好结果。他们俩并不投机。

那天，克里斯多夫拜访了韦尔，既感激又气恼地回到顶楼时，发现莫克又有些新的帮助带给奥里维，同时又读到一篇吕西安·雷维—葛写的对他的音乐非常不好的评论，不只是坦白的批评，而是讥讽地把克里斯多夫和他所痛恨的那些三四流音乐家相提并论。

等莫克走了后，克里斯多夫和奥里维说："你注意到没，我们一直和犹太人打交道；而且打交道的只有犹太人！不管是敌人还是盟友，我们无论在哪都是只碰到他们。"

"那是因为他们比其他人更聪明，"奥里维说。"在我们法国，个思想自由的人几乎只和犹太人谈些新的和活生生的事。你看，在各方面的活动中都有犹太人：商业，教育，工业，科学，慈善事业，艺术……"

"别提艺术。"克里斯多夫说。

"对他们所做的事，我并不是都有好感，我还经常讨厌呢。但他们至少是活的，我们少不了懂得活着的人们。"

"别夸张,"克里斯多夫取笑道。"我就少得了他们。"

"对,也许你能照旧活下去。但如果你的生活和作品没法让大家认识的话(假如没有他们,那是极有可能的),你的生活还有多大意义?可怜的克里斯多夫,如果没有犹太人和一小群思想自由的新教徒,我们会变成什么样?我们这批思想独来独往却生为旧教徒的人,我们的行动能有什么意义?在今日的欧洲,犹太人是在一切善与恶中间最为活跃的媒介,可以让思想的花粉随意散布出去。在他们中间不是有你最早的朋和最凶狠的敌人吗?"

"恩,"克里斯多夫说,"他们曾经支持我、鼓励我,在战斗中说过让我振作精神的话,证明还有人了解我。不过这些朋友中很少是始终如一的:他们的友谊好比一堆干草的火焰。不过也没关系!在漫漫长夜中就是这道转瞬即逝的微光也已经很了不起。你说得对:他们的好处咱们不能忘!"

虽然相爱,并且因相爱而心心相印,但克里斯多夫和奥里维毕竟有些地方还是彼此不大了解,甚至觉得非常不开心。结交初期,各人只把自己和朋友相似的地方拿出来,所以双方并没察觉。可时间久了,就是他们那样的友情也不能避免摩擦。

只要没有第三者插足,两个朋友之间的误会从来都不严重。但在这个世界上,很多人喜欢管闲事而挑拨人家不和。

克里斯多夫原来交往的史丹芬一家,奥里维也认识,并受着高兰德吸引。所以高兰德设法招引他时，奥里维便和克里斯多夫说想再去她家里，克里斯多夫尊重了朋友的自由。

自从高兰德知道了奥里维和克里斯多夫的友谊后，更想见见奥里维：因为她想仔细打听一下。克里斯多夫如此傲慢地把她淡忘了让她有点儿气恼，虽不想报复，却非常乐意和他开个玩笑。凭她那种迷人的本领，套出奥里维的话简直毫不费力。这些话本身没什么，但高兰德立刻拿出去张扬，为使故事更动听，也为把克里斯多夫捉弄一下，还刻意作了安排。第一个听到的是和她形影不离的吕西安·雷维一葛，而他又把那些话添枝加叶地散布开去。辗转相传，结果有一天，克里斯多夫自己从罗孙太太嘴里听到了这些秘密。他向她追问消息的来源，她说从吕西安·雷维一葛那听说的，而吕西安则是听奥里维自己讲的。

这对克里斯多夫简直是当头棒喝。他生性暴躁，又不懂得怀疑，根本不想去指出这件新闻的不实，他只能看见一桩事：那就是他吐露给奥里维的秘密被泄漏给吕西安·雷维一葛了。他无法再在音乐会里待下去了。他心里想着："出卖我的是我的朋友……"

对此奥里维一点都不知道。最后是莫克把事情讲给了他听。奥里维惊骇之下，立即和高兰德绝交了，对于自己的莽撞又求得了克里斯多夫的原谅。

友谊恢复了。这次友谊破裂的威胁使友谊变得更加可贵。过去那些小误会都消释了,即便是两个朋友不同的性格,对他们也变成一种吸引力。克里斯多夫在自己心中把两个民族的灵魂很和谐地结合了起来。他觉得自己有非常丰富的内心,很充实;对他,照例用音乐来表达这种丰满的境界。

只要是可以用音乐来呈现的题材,他根本不用怎么费力就能找到。对于他,什么都可以。音乐像潮水一样奔泻,克里斯多夫竟来不及辨出它呈现的是哪一种感情。他只是快乐,因能够充分发泄而快乐,因为觉得心中有天地万物的生命在跳动而快乐。

他周围的人被这种快乐与丰富的生命力所感染了。

工程师哀斯白闲也感染到了克里斯多夫的乐天主义。可是他并没有改变自己的习惯,我们不能指望他一下变得精神抖擞,愿意马上到国外去挣家业。对他那要求是太高了。但他对于已放弃很久的研究工作,科学和书本,又重新感兴趣。如果有人告诉他,是克里斯多夫让他对本行提起了兴致,他定会大吃一惊。而克里斯多夫听了这话也会觉得很奇怪。

整幢楼里三层楼上的那对夫妇和克里斯多夫相交最愉快。路过他们门外时,好几次他都留神到里面的钢琴声。后来他送给他们几张自己音乐会的门票,他们非常感激。从此他偶尔会在晚上到他们家去坐一会。可他无法再听到少妇的弹奏了，因为她胆小，不敢在别人面前弹，即使是在楼梯上听也一样。但如今是他们听克里斯多夫弹，和他们一起讨论音乐。亚诺夫妇在这些谈话里表示出的那股朝气，让克里斯多夫很高兴。他不信法国人爱音乐竟会到这个地步。

"其实，"奥里维说，"假如艺术真有什么疆界的话，不是在于种族而是在于阶级。"

奥里维说得很对。克里斯多夫越了解法国人，越觉得法国和德国的老实人没多大区别。他觉得世界上的老实人不应该因种族不同就在精神上划界，同时也觉得在同一种族内，老实人也不应当因思想不同而分域。他用这样的心情，无意之间和高尔乃伊神甫与华德莱先生认识了。

克里斯多夫经常从两个人那里借书看，而且用那种随便的态度，把他们的书互换着又转借给他们。一部从华德莱先生那里借来的克鲁泡特的著作，三个人以各种理由喜爱着。这让他们在精神上先接近了。有一天在克里斯多夫家里，他们俩偶尔碰上了。起先克里斯多夫还怕两位客人会彼此说些不大客气的话。可正相反，他们见面后竟非常殷勤，谈的都是些没有危险的话题，交换人生经验和旅行的感想。对于他们信仰的内容他们从来不提，日常很少相见，也不求相见，但偶尔遇到时都觉得很愉快。

电机工人奥贝在克里斯多夫那里碰到高尔乃伊。起初，奥贝因胆怯教士和华德莱先生的学问和高雅的举止，不敢出声,只是把他们的谈话往肚子里吞。逐渐他也插嘴了,因为他很天真,想听到自己说话。他发表些渺茫的空想。那两位也很礼貌地听着,虽私下觉得有点好笑。奥贝高兴时控制不了自己。他利用着,没多久甚至滥用着高尔乃伊神甫那无穷尽的耐性。他对教士朗诵自己呕心沥血的作品。教士无奈地听着,倒也不是很厌烦:因为他所听的是对方这个人而不是对方说的话。事后克里斯多夫说他受这样的罪很可怜,他却回答:"呵!我不也是在听别人的一套吗?"

奥贝很感激华德莱先生和高尔乃伊神甫,三个人不管是否了解彼此,但不知道为什么居然很相爱。他们非常奇怪能这样的接近。那是他们意想不到的。原来结合他们的是克里斯多夫。

克里斯多夫还拉拢了三个孩子和他做同党,她们是华德莱先生的义女和哀斯白闲家的两个女孩子。他看她们那么孤独,非常同情,已经和她们做了朋友。他引导她们互相认识,并说服双方的家长让她们在卢森堡公园相会。克里斯多夫因计划成功而感到很高兴,可她们的父母却一直抱着猜疑的心思,不愿意多来几次卢森堡公园集会,因为那样不容易监督孩子。克里斯多夫便想办法让住在底层的夏勃朗少校邀请她们到屋子下面的花园里玩。

一个碰巧的机会已让克里斯多夫和军官有了来往。克里斯多夫的书桌放在近窗的位置。有一天,风把几页乐谱吹到下面的花园里了。克里斯多夫下楼去捡，照例光着头，衣服敞开着。他以为只要和仆人交涉一下就可以了，不料是军官的女儿开的门。他稍愣了一愣，说明来意。她笑了笑，便带他进门，一起到园子里。他捡起纸张，当她送他出来时，军官恰好从外边回来，很惊奇地看着这古怪的客人。女儿笑着帮他们作了介绍。

"啊！原来你就是楼上的音乐家？太好了！咱们是同行。"他握着对方的手说着。他们用一种友善的说笑的口气，谈着彼此的音乐会，就是克里斯多夫的琴声和少校的笛声。克里斯多夫想回去了，可是军官不让，关于音乐问题越扯越远。他突然停下来，说："来看我的加农。"

军官给他看的是音乐上的加农，是他呕心沥血写成的乐曲，可以从末尾开始看，或者是两人一起看：一个从正面看，一个从反面看。这位少校是艺校出身，嗜好是喜爱音乐上的那些难题，他会竭力想出解决音乐结构上的谜，都是越来越古怪，越来越无用的东西。他在军队中时，无暇培养这个癖好。但自从退休后，他在这方面投入了全部的热情。克里斯多夫觉得这种谜很有意思，便出了一个更复杂的。军官很开心，他们彼此比赛巧妙，你来我往地搞出一大堆音乐谜。直到两人玩得尽兴了，克里斯多夫才上楼。那以后，他们经常拿这种游戏比赛，直到克里斯多夫厌烦并认输。他请克里斯多夫吃饭，克里斯多夫诚实地批评说他的音乐很恶劣。没想到夏勃朗竟因克里斯多夫的率真而感到开心。从此,他们经常在一起。

赛丽纳,夏勃朗的女儿。克里斯多夫和她成了好朋友,是他对别人的亲切与信赖博得了她的信赖;他们毫无拘束的谈话都让她自己常常感到奇怪;她和他说了很多没对其他任何人说过的事。

"那是因为你不怕我,"克里斯多夫跟她解释。"我们没有走上谈恋爱这条路的危险,做朋友很好。"

"你多好!"她笑着回答。

有一天他问她,某些下午她在园子里的板凳上,几小时的呆坐着是在干些什么。她红着脸辩道,没有几小时只是偶尔几分钟,是在"继续讲她的故事"。

"什么故事?"

"自己瞎编的故事。"

"你自己编的?好啊!给我讲些听听吧!"

她说他太好奇了。她只和他说,故事的主角并不是她自己。

那他觉得很奇怪:"既然是编故事,那就得为自己编些美丽的故事,想象自己过着一种更幸福的生活,不是很自然的吗?"

"假如我这样做了,那么我会绝望的。"

她因泄漏了一些心里的秘密而脸红了。接着她又说:

"在园子里能有一阵风吹到,我就很快活。园子似乎有了生气。而且如果那是从远方吹来的一阵强劲的风,它能给你带来多少消息!"

克里斯多夫从她矜持的态度下,咂摸到一种她平时用快活的性情、无聊的活动遮盖着的凄凉哀怨的心绪。她为什么不把自己解放出来呢?那种活动的,有益的生活不是更配她吗?她以父亲疼她,不舍得她离开为借口。克里斯多夫说她父亲精神饱满,并不需要她的支持,像他那种性格的男人完全能自个儿过活,没有权利牺牲她。她又替父亲辩护,因孝心而撒的谎,说是她不忍心离开,不是他强留她在家里。

一件偶然的事,让克里斯多夫对赛丽纳更感兴趣,也让他认识到法国人在这种感情上的狭窄,和对生活的畏缩,都不敢拿下自己分内的东西。

哀斯白闲有一个比他小十岁的兄弟,叫安特莱·哀斯白闲,也是工程师。他们弟兄俩很相爱。他们虽性格相同,却很不投机。克里斯多夫奇怪的是,有时安特莱来看他而不去探望自己的哥哥,因为他和安特莱之间并没什么好感。终于有一天,克里斯多夫注意到客人倚在窗子上,不大理会他的话,只是全身心地留神着楼下的花园,这个谜才算解开。他当场揭穿,安特莱也坦诚说他是认识夏勃朗小姐,是为了她才来看克里斯多夫的。

"如果你们彼此相爱的话,你干吗不娶她呢?"克里斯多夫问。

安特莱于是抱怨赛丽纳是个教会派。克里斯多夫问此话是什么意思。他说那是奉行宗教仪式，服侍上帝僧侣和上帝的。

"那和你有什么关系？"

"我的妻子，我不愿意她属于我以外的人。"

"什么！你甚至在忌妒妻子的思想吗？那你是比那个少校更自私了。"

"你这是在唱高调。一个不喜欢音乐的女人，你会娶她做你的太太吗？"

"这经验我已经有过了！"

"思想不同的两个人，如何能一起过日子？"

"可怜的朋友，抛开你的思想吧！一个人在恋爱时，什么思想都不会在乎的。假如我所爱的女人如我一样爱音乐，又会对我有什么作用？于我，她本身就是音乐！当一个人像你一样有机会找到彼此相爱的人时，那么你们各自相信自己的，不是挺好吗？说到底，你们两个的思想都一样的有价值。世界上真理只有一条：就是相爱。"

"你说的这些是诗人的话。你是没看到人生。那些因思想不同而痛苦的夫妇，我看得太多了。"

"那表示他们爱得不够深。一个人究竟要些什么，这个自己先得想清楚。"

"意志并不是万能的。我就是想要和夏勃朗小姐结婚也是不可能的。"

"可否说下你的理由给我听听?"

安特莱便说出他的顾虑:自己还没有稳固的地位,身体不好,没有财产。他质疑自己究竟有没有结婚的权利。那是很重大的责任!会不会给你所爱的人造成不幸?会不会让自己痛苦?何况不久后还有子女问题……最好还是缓缓再说,或者是彻底放弃。

克里斯多夫耸耸肩:"原来这种方式是你的爱!如果她真的爱,她一定会甘心为爱人鞠躬尽瘁。至于子女,你们法国人真是不可理喻。你们在有把握能让他们过上养尊处优的生活,不用吃一点点苦时,才肯把他们带到这个世界上来……见鬼!那和你们有什么关系?你们只要给他们生命,让他们热爱生命,有勇气保卫生命就行了。其余的……他们生死有命。碰碰人生的运气不是比放弃人生更好吗?"

安特莱被克里斯多夫这种健全的信心感动了,可是他还是不能下决心。他说:"是的,也许……"

但到此为止。他像其余的人一样,好像患上了不能有行动不能有志愿的软瘫病。

对于这种麻痹状态,克里斯多夫竭力想扫荡,那是在很多法国朋友身上都见得到的。克里斯多夫像一阵摇着酣睡的森林的风似的,闯进了那些犹豫不决的人堆里。他并不想给他们灌输自己的思想，只是给他们一些勇气，让他们敢于有自己的思想。

让他们行动不是最困难的，难的是要他们共同行动。在这一点上，他们是绝对醒悟不了的。他们相互抱怨。往往最固执的人也是最优秀的人。克里斯多夫在自己那幢楼里就看到了这种现象。法列克斯·韦尔，工程师哀斯白闲，少校夏勃朗，三个人彼此都默默怀有敌意。可是在不同的民族旗帜或不同的政党之下，他们所盼望的东西其实是一样的。

韦尔先生和少校在许多地方上可以意见相投。那个埋头书本，终年生活在思想中的韦尔先生，原来对军事问题有非常浓厚的兴趣。他是个爱国分子，比很多纯种法国人更爱法国。然而法国的反犹太主义者却常常猜疑定居在法国的犹太人，打击他们对法国的感情。

夏勃朗少校便属于这类糊涂的爱国主义者，受着报纸的恐吓，认为那些在法国定居的外国民族全都是潜伏的敌人。所以夏勃朗觉得不该理睬二层楼上的房客，即便心里很想认识他。另一方面，韦尔先生也很愿意和军官谈谈，但他因对方的那一套国家主义而有点儿瞧不起他。

比起少校，克里斯多夫更没理由对韦尔先生感兴趣。但他受不了不公平的态度。所以只要夏勃朗攻击韦尔，克里斯多夫就和他争辩。

有一天,少校照例诅咒现状,克里斯多夫跟他说:"这要怪你们自己。你们都在往后退。法国一有什么事情不行,你们便吵嚷着要辞职了。好像你们自己认输是很有面子的事似的。还从来没见过这样高兴打败仗的人。你是军人,那么请你告诉我,这难道是一种作战的方式吗?"

"和作战无关,"少校回答。"我们不能互相厮杀。但在这类斗争里,就得要说话,辩论,投票,我做不到跟无赖的人在一起混。"

"你在灰心了!你不是在非洲见了很多吗?"

"非洲的玩意儿哪比得上这些事情丑恶!在那边他们的脑袋可以被我们砍掉!而且先得有兵才能战斗。再说在非洲我有自己的狙击手。而这儿我是孤掌难鸣呀。"

"可是好人很多啊。"

"在哪?"

"哪都有。"

"那他们都在做什么?"

"他们和你一样不做任何事,说是无法可想。"

"举出一个人来。"

"岂止一个,和你住同一幢楼里的,我随便就能举出三个。"

克里斯多夫说出韦尔先生,听得少校直嚷,说出哀斯白闲夫妇,他简直跳了起来:

"那个犹太人?那些德莱弗斯党?"

"德莱弗斯党?有什么关系?"

"就是他们断送了法国。"

"他们也爱法国,和你一样。"

"如果是真的,那么他们都是害人的疯子。"

"一个人对敌人公平一点不行吗?"

"对那些光明磊落的敌人,我完全可以。可是你说的那些内奸,情形就不一样了:他们用暗箭,用不健全的观念,还有含有毒素的人道主义……"

"战争在进化,那有什么办法呢?"

"好吧。咱们就说这个是战争。"

"如果欧洲受到共同的敌人威胁,你难道不和德国人联盟吗?"

"那在中国我们已经实行过了。"

"在非洲的时候,你们打仗是为了共和国还是为了一个王,有考虑过吗?"

"这些他们不管。"

"好吧!可是已经让法兰西沾了光。你们的征战是为了你们,也是为了它。现在你们也需要这样干!把战斗阵营扩大。不要因宗教上或政治上的一些无聊的缘故而互相倾轧。不管你们的民族是教会的代表还是理性的代表,都是无关紧要的。首先得让你们的民族活着!只要能激发生机就都是好的。敌人只有一个，那就是贪图享乐的自私自利，生命的泉源被它吸干了，搅浑了。你们得尽量把力量，牺牲的欢乐，光明，丰满的爱，激发起来。永远不要让别人代庖。你们终须自己来干，你们需要联合起来！"

说着他在钢琴上奏起《合唱交响乐》中《降B调进行曲》那段的开头的几节。

"你知道，"他停下来说，"假如我是你们的音乐家，我要帮你们把《公民执戈前驱》《国际歌》《亨利四世万岁》《神佑法兰西》等等，全部一起放在一阕合唱交响曲里，替你们做盘大杂烩塞进你们嘴里！我敢担保，你们吃后肚子里肯定会冒出热腾腾的火气来，让你们非有所行动不可！"

他说着便哈哈大笑。

少校也跟着笑道："克里斯多夫先生，你是个好汉。你不是我们这边的人，真可惜！"

"怎么不是？到处都是一样的战斗。咱们靠拢一下吧！"

少校虽表示同意，但也至此而已。于是克里斯多夫拿出他那固执的脾气，又把话题引到韦尔先生与哀斯白闲夫妇身上。军官和他一样死心眼，说来说去都是那套老调：反对犹太人和德莱弗斯党。

克里斯多夫为此感到难过。奥里维和他说："你别伤心，整个社会的思想，一个人是不可能一下子把它改变的。那太理想了！可是你已经不知不觉中做了很多事。"

"做什么了?"克里斯多夫问。

"你是克里斯多夫。"

"对别人,这有什么好处?"

"恩!好处大得很。亲爱的克里斯多夫,你只要保持自己的面目。不用替我们操心。"

可是克里斯多夫仍继续跟夏勃朗少校争辩,有时会很激烈。赛丽纳看了会觉得好玩。她不加入辩论,只是静静地做着活儿,听他们谈话,但她好像快活了些,眼睛更有光彩了。她开始看书,也肯往外走动了,还多了些感兴趣的事。有一天克里斯多夫为了哀斯白闲和她父亲大开论战时,少校见她微笑着,便问她有什么感想;她安详地回道:"我认为克里斯多夫先生是对的。"

少校不由得愣了一愣:"什么!你也这样说?好吧,不管谁对谁错,反正现在我们这样过很好,用不着看见这些人。是不是,孩子?"

"不,爸爸,有些人来往一下,我认为是愉快的。"

少校不作声了,装作没听见女儿的话。他虽表面上不愿意表现出来,但并不是没有感受到克里斯多夫给他的影响。慢慢地,克里斯多夫的理由在他心中发生作用了。当然,他是不肯承认的。有一天,克里斯多夫发现他躲闪着看一本书。后来赛丽纳送克里斯多夫出门时,说:"你知道他在看谁的书吗?是韦尔先生的著作。"

克里斯多夫听了很高兴。

"那么他说什么了没?"

"他说:这畜生……可是他不舍得把书丢下。"

克里斯多夫下次见到少校时对那件事绝口不提。倒是他先问:"你怎么不再拿你的犹太人来烦我了?"

"不用了。"克里斯多夫说。

"为什么?"少校追问。

克里斯多夫没回答他,边笑边走了。

奥里维说得很对。一个人对其他人的影响,是靠精神而不是靠言语来完成。克里斯多夫在散布着活泼的生命。

跟克里斯多夫和奥里维住同一幢楼里的四层楼上的奚尔曼太太,两年内相继死了丈夫和七八岁的女儿。她和婆婆从来都不跟人往来。在整幢楼里的房客中,她和克里斯多夫最生疏了。他们几乎碰不到,并且从来不搭讪。

奚尔曼太太失去了心爱的女儿后,生命都枯涸了。她最受不了看到别人家的孩子,心里想:"这些孩子为什么没有死?"

起初,她听到克里斯多夫的琴声,就会愤愤地关上窗子,心里恨极了。慢慢的她开始等待琴声,并不由自主地把音乐听完。音乐像雨水一样渗透了她枯萎的心,使它活了过来,让她心中有了对生命的兴趣,对人类的同情。

一天晚上,克里斯多夫回来时发现屋子里乱哄哄的,貌似出了事。别人告诉他华德莱先生突发心绞痛死了。克里斯多夫想起那个他收养的女孩,不禁为之凄然。至于华德莱先生是否有亲属,没人知道。所以那女孩子几乎是毫无依靠了。克里斯多夫迅速爬到四楼,华德莱公寓的门是开着的,他冲进去,看见高尔乃伊神甫守在灵前,女孩子泪流满面地叫着爸爸。克里斯多夫过去抱起孩子和她说些温柔的话。她伤心地勾着他的脖子,他把她放在臂抱中轻轻地摇摆。孩子呜咽着睡着了。克里斯多夫把她放在床上,替她解开鞋带。天快黑时,有一个人影闪进来。克里斯多夫认出是奚尔曼太太。她在门口站着,喉咙哽塞着说:"我是来……你愿意……把她交给我吗?"

克里斯多夫握着奚尔曼太太的手。她哭了,接着坐在床头,忽然说:"就让我来照顾她吧……"

第二天早上,克里斯多夫再来到华德莱公寓时,发现女孩子搂着奚尔曼太太的脖子,她愿意跟着新朋友走。

华德莱先生下葬几星期后,奚尔曼太太带着孩子到乡下去了,离开了巴黎。走的时候,克里斯多夫和奥里维都在。他们俩从没见过她那个发自内心的欢悦的表情。她一点也没注意到他们,要走时才发现了克里斯多夫,过来握住他的手说:"是你救了我。"

克里斯多夫听后感到很奇怪,他和奥里维回到楼上时,说:"这个疯疯癫癫的女人是什么意思?"

过了几天,他收到一张陌生女孩子的照片,她很乖地坐在一张圆凳上,两只小手交叉放在膝盖上,眼神明亮而忧郁。在照片的下面写有一行字:"我的亡女感谢你。"

在那些人中间,就是这样吹过一缕新生的气息。在六层楼上燃烧着一座热情的炉灶,它的光芒慢慢渗入整幢楼里。

有天下午,克里斯多夫边洗脸边和隔壁房间的奥里维高高兴兴地说话,门底下塞进来一封信。他看到是母亲的笔迹,拆开信,只有几句话……啊,她的字抖得好厉害呀……

亲爱的孩子:

我身体不大好。要是可能,我还想见你一面。我拥抱你。

妈妈

克里斯多夫哭了。奥里维吃了一惊,急忙跑来。克里斯多夫说不出话,只指着桌子上的信。他继续哭着,听不到奥里维看完信后对他的安慰。然后他跑到床前,抓起外衣急匆匆穿了,便往外走。奥里维追上并拦住他问路费有着落了没,他们俩搜遍了全身也才凑了三十法朗左右。为了帮克里斯多夫解决路费问题,奥里维平生第一次进当铺,当了一块表,又去旧书摊卖掉了几本书。他把得来的钱都交给了克里斯多夫,又像照顾孩子似的照顾着朋友,把他送上车站,直到车子开动后才和他分手。

东方才发白,他就已到达本乡。因通缉令还没撤销,他得小心着不要被别人认出。他凝神屏气地走着,一到家就迫不及待地爬上二楼。母亲的房门关着,屋子里就像没人住一样。

路易莎孤零零地躺在床上,觉得自己不行了。其他的两个儿子也不在这里:经商的洛陶夫在汉堡成了家。恩斯德去美洲了,杳无音讯。没有人关切她,只有邻居家的一个女人每天来看她两次,看看她有什么需要,待上一会,就回自己家做事了。

现在,她只要一闭上眼睛就能看见克里斯多夫。她心爱的克里斯多夫,她多希望他现在就挨在她身边。她又在梦里梦见他了。

她睁开眼睛了。他果然在她身边,在她面前。

她见到他并不惊奇,只是微微笑着。那是无法形容的笑容。他扑上她的脖子拥抱她;她也拥抱他,大颗大颗的眼泪从腮上流下来,轻声说了句:"等一等……"

他见她气喘得厉害。

两人一动不动。她摸着他的头,不住地流着眼泪。他边哭边亲她的手,用被单遮住脸。

等安静下来,她想说话,可是说不出来。那也没关系,

反正他们已经见面了,还是那么相爱:那就够了。

他扶着她从床上坐起来,满脸流着汗。她勉强笑着,心想现在能握着儿子的手,很知足了,在这个世界别无他求了。

突然,克里斯多夫觉得母亲的手抽搐起来。路易莎张着嘴怜爱地看着儿子,溘然长逝了。

奥里维当天晚上赶到了。他的到来使克里斯多夫精神上得到很大的支撑。

天刚亮,克里斯多夫就被邻居告知他已经被人告发,如果不想被捕,最好马上就走。克里斯多夫想把母亲送入坟墓再离开。可是奥里维答应帮他办理一切后事,硬逼着克里斯多夫走出屋子,为避免他反悔,还把他送上车站。

为了路易莎的丧事,奥里维一直待到第二天早上。克里斯多夫的兄弟洛陶夫,当天才来参加丧礼。送过殡便马上搭车走了,没感谢奥里维为母亲办后事,更没有一句问起哥哥近况的话。

那天下午,奥里维和克里斯多夫在约定的边界车站上相会了。他们并没有乘下一班开往巴黎的火车,而是决意走到下一个城市。他们需要孤独,便走进静悄悄的森林。

黑夜来临了。克里斯多夫从幻梦中醒来,看到的又是朋友那张忠实的脸。他朝奥里维笑,拥抱了他。然后,他们俩穿过树林,重新上路,克里斯多夫在前面帮奥里维开路。

孤零零的,默不作声,
一个在前,一个在后,
大路上有两个年轻的弟兄走来了……

卷八
女朋友们

　　克里斯多夫虽然在法国以外有了点声望,但他们的境况并没有好转。每隔一段时间,就会有些艰苦的日子迫使他们非得束紧裤带不可。

　　此刻的他们处在穷困时期。克里斯多夫熬夜帮艾曲托完成了一件乏味的改谱工作,天亮了才上床。奥里维很早就出门,去巴黎城的另一头教课。八点左右,送信上楼的门房没像平时一样把信塞在门下,而是一直在敲门。克里斯多夫叽咕着去开门,完全没在意门房唠叨着和他讲的报上的一篇文章,他拿了信,没瞧一眼,门都没关严就上了床,很快又睡着了。

　　过了一小时,屋子里的脚步声把他给惊醒了:克里斯多夫看见床前有个陌生人正在对他很郑重地行礼，很是诧异。原来是个新闻记者，因为门没关便不客气地走了进来，克里斯多夫气愤地嚷道："你来干什么？"

客人自称为《民族报》的记者，因《大日报》上的一篇文章特意来拜访克拉夫脱先生。

"什么文章？"

"你还没看到吗？"记者说着，便把那篇文字的大体内容告诉他。

克里斯多夫重新躺下，装作睡觉。可来客很固执，提高声音，开始念文章了。听得克里斯多夫把假装睡觉的事给忘了，从床上坐起，说道："他们疯了。他们是着了魔吗？"

记者趁机停止了朗诵，问了克里斯多夫一大串问题，克里斯多夫全部不假思索地一一作答了。没过多久，第二个记者又跑进房子里来。这下克里斯多夫可真恼了。他推着他们的肩膀，送他们出门，然后赶紧上了锁。

然而命中注定这是不得安静的一天。还没梳洗完，又有人敲门了，而且用只有几个最亲密的朋友才知道的方式敲着。克里斯多夫开门发现又是个陌生人，便决意直接把他打发走，不料来人立马分辩说，今天报上那篇文字就是他写的。这位记者也不管他是否愿意，特意来叫他出去，说大名鼎鼎的阿赛纳·伽玛希等要见他，汽车已等在楼下。克里斯多夫虽推却了一番，但面对人家好意的邀请，最终还是不由自主地听人摆布了。

十分钟后,他就被介绍给谁见了谁害怕的无冕之王。这一天,他是来"制造"克里斯多夫的。

这件事其实是无心的奥里维发动的。奥里维在杂志上写文章时,会跟许多批评家和爱好音乐的人接触,一有机会他就会提到克里斯多夫。所以奥里维和《大日报》那篇文字也是有关联的。他常利用别人对克里斯多夫的关切,很巧妙地透露些信息,来刺激大众的情绪。

他是在上课的路上读到《大日报》上的文字的,不禁吓坏了。这是他没料到的,他一直天真地认为报纸会把材料收齐后才会写文章的,可事实并非如此。奥里维看着报,羞得脸红了,对自己说:"都是我做的好事!"

他上完了课,立刻赶回家。听说克里斯多夫已经和新闻记者出去了,他简直吓呆了。奥里维焦急地等着他,心里想:"他会被他们逗着说出多少傻话啊!"

三点左右,克里斯多夫才高高兴兴地回来。被香槟灌得糊里糊涂的他,一点都不懂奥里维的忧虑,不明白他为什么会很放心不下地追问自己做了什么事,说了什么话。

"你想知道我做了什么事?吃了一顿好饭。我好久没这样大嚼了。"

他背菜单给奥里维听:"还有酒……我喝下了各种颜色的。"

奥里维打断了他的话,问他一起吃饭的是些什么人。

"一起的?……我不知道。有伽玛希,还有那篇文章的作者格劳杜米,还有几个我不认识的记者。都是些最好的好人。"

奥里维好像不大相信。克里斯多夫认为他的冷淡有点古怪,便问:"那篇文字你没看吗?"

"看到了,就是因为这个啊。你,你有仔细看过吗?"

"看的……就是瞄了一眼。我没有时间。"

"那你好好去念一遍吧。"

克里斯多夫刚看了开头几行就乐死了:"啊!简直是混账东西!"

他腰都笑弯了,接着又说:"嘿!批评家都是这路货:什么都不懂!"

"我要给他们写信。"克里斯多夫说。

奥里维劝他:"不,现在不要写!你太兴奋了。明天,等你头脑冷静下来时再写……"

克里斯多夫很固执。有话要说就不能等,只答应把信让奥里维看一遍。这一点是相当重要的。然后,克里斯多夫急忙把信送往邮局。

"这样,"克里斯多夫回来说,"总算把事情挽回了一半,明天就能登出我的信来。"

奥里维摇摇头。随后,他还是很不放心地问道:"你中

午吃饭时,没说什么冒失的话吧?"

"没有。"克里斯多夫笑着回答。

"真的没有?"

"当然是真的,胆小鬼。"

奥里维心稍微宽了些,可克里斯多夫并没有。他想起自己说了很多胡说八道的话。

事实果然和克里斯多夫预料的完全一样。更正的信没有登出来,他所泄漏的私事却全被发表了。

奥里维总是不放心把他一个人放在家里。因为来访问的人一直不断。而尽管克里斯多夫答应小心行事,结果还是把脑子里想到的一句句说出来。有些女记者甚至自称为他的朋友,诱他讲出他的恋爱经验。也有些人利用他来毁谤别人。奥里维回家时,经常发现克里斯多夫狼狈不堪。

"你是不是又胡闹了?"他问。

"是呀。"克里斯多夫垂头丧气地回答。

"你就没法改掉这个脾气吗?"

"我真该让人关起来才好……可是,我向你赌咒,这一定是最后一次了。"

"哼!下次还是一样……"

"不,不,我决不会再犯了。"

第二天,克里斯多夫很得意地告诉奥里维:"又来过一个。被我撵走了。"

"别过分了,需要小心对付他们。这畜生凶得很……只要你一抵抗,他就会攻击你……他们想报复简直太容易了!哪怕只是一句很平常的话,也会有把柄被他们找到。"

"啊,天哪!"克里斯多夫用手捧着脑门。

"怎么了?"

"我关门时和他说……"

"说什么了?"

"说了句德皇的话。"

"德皇的?"

"是的,如果不是德皇的,那就是皇族的……"

"该死!明天一定会在报纸的第一版上登出。"

克里斯多夫急得直发抖。但他明天看到的,却是对他的屋子的描写,虽然那记者根本连脚也没踏进去,外加一段完全杜撰的对话。

消息越传越离谱。外国报纸又加上很多误会。法国报上说的是克里斯多夫穷得没办法时帮人把有名的曲子改成吉他琴谱,到了一家英国的日报就被说成他弹着吉他沿街卖唱。

奥里维特别想告诉他们:"只有吃饱了肚子才好工作。谁会给他面包呢?"

克里斯多夫厌倦透了这些长舌妇的胡说八道。他心里不清楚这种情形是否会无休止地继续下去。可半个月后事情就完了。他不再在报纸上出现,但他已经出名了。奥里维也发现了这点,因为他看到克里斯多夫收到很多信,就连他自己也间接的收到不少,最初的敌人摇身一变成为新朋友,还特意来信表示亲善。有些妇女忙着寄来请帖。虽然心里不在意,但那些宴会的邀请,克里斯多夫这个粗人居然也接受了。奥里维简直难以相信自己的眼睛。

"你,你竟然也去那些地方?"

"是的,"克里斯多夫咕噜着回答。"不要以为只有你会去看太太们,告诉你,现在也轮到我了,我也要去玩玩!"

"可怜的朋友!你去玩玩?"

克里斯多夫的成功使奥里维沾到了好处。此刻他也比较出名了,不是因为他六年来所写的文章,而是因为是他发现了克里斯多夫。所以在克里斯多夫被邀请时也会有他的份。他和克里斯多夫同去,也存有暗中监督的意思。也许因为他太专心这个任务了,无暇顾到自己。爱神在旁边经过时,把他给带走了。

她叫雅葛丽纳·朗依哀,还不到二十岁。父亲是工程师,很聪明,胸襟宽广,能接受新思想。母亲在金融界里是一个十足巴黎化的漂亮女人,关于他们的婚姻,说是爱情的结合可以,说是金钱的结合也可以,在这些人心里,这才是真正爱情的结合。但金钱是保留了,爱情却完了。

女儿成为他们中间的桥梁,也是暗中争夺的对象:他们都非常疼爱她。当然她也像其他的儿童一样很自私,但因她

太有钱太受宠了,并且从没遇到过阻碍,所以她的自私有点带病态的意味。

朗依哀夫妇虽然很是疼女儿,可为她牺牲一些他们个人的方便那是绝不可能的。在白天,大部分的时间,他们让孩子一个人玩。人们在她面前也毫无顾忌地说些不加检点的话,她很早熟。她有一位年龄差不多的女朋友,叫西蒙纳·亚当,她们常常一起讨论这些重大的问题。幸好她的无邪与纯洁的本能,让她没有受到什么坏的影响。她从下流的队伍中穿过,如同一只小猫从脏水洼里跳出来,竟然没有沾到泥浆。

她就读的是富家子弟上学的学校。她经常出去交际。有很多青年都为她着迷,处处都有人巴结她,爱她的也不在少数。可她一个都不爱,却跟所有的男人调情。因此,雅葛丽纳和多数的女孩子一样,在别人的感情的残灰余烬中过生活,虽然那些灰烬帮她维持着骚动的心情,同时也让她看不见事物的真相。尽管她自以为认识它们。她并不缺乏意志。她尽可能地看书,听别人的谈话,东鳞西爪地获得了很多知识,甚至还对自己的心进行努力地省察。她比周围的人都高明,因为她更真。

有一个女子对她有很好的影响,只可惜时间太短。她叫做玛德·朗依哀,是她父亲的一个没有出嫁的姐妹;年龄在四十到五十之间。她只有在某些没外客的日子里才会在朗依哀家露面。

在雅葛丽纳无愁无虑的快乐的时候,基本注意不到姑母。但她到了某一个年龄,身心全都骚动起来,像被淹在水里的孩子不敢喊救命的时候,在她身旁,就只有玛德姑母对她伸出手了。雅葛丽纳认为姑母了解她。

于是她信赖姑母了,只要心中一不好过就会去访问这位好朋友。无论什么时间去,她都有把握能遇到同样宽容的眼神。她并没有和姑母提起她幻想的罗曼史,那会使她觉得害羞。她也感到那肯定不是真的。但她会说出她渺茫的,深刻的,实实在在的苦闷。

"姑妈,"她有时叹口气说,"我多么想幸福啊!"

"我可怜的孩子!"姑妈微微笑了笑。

"将来我会幸福吗?姑妈,告诉我,我会幸福吗?"雅葛丽纳说。

"我不清楚,亲爱的。一半要靠你自己……一个人想幸福的时候就一定会幸福的。"

雅葛丽纳表示怀疑。

"那你幸福吗?你?"

玛德凄凉地笑笑:"幸福的。"

"是真的?你可是真的幸福?"

"你难道不信吗?"

"信。可是……"雅葛丽纳停住了。

"怎么样?"

"我要的幸福可不是像你那样的。"

"我也希望如此,可怜的孩子!"玛德说。

"真的,"雅葛丽纳坚决地摇摇头,继续说,"我受不了像你那样。"

"我也没想到自己会受得了。可是人生会教你办到很多你认为办不到的事。"

雅葛丽纳听后不大放心,回答说:"噢!我可不想学这一套,我一定要合我心意的那种幸福。"

"可是别人问你究竟想要什么样的幸福,你就答不出了。"

"我要什么我很知道。"

她要的事多得很。可要她列举出来,她翻来覆去只找到一件:"第一,人家要爱我。"

玛德做着针线,不出一声。过了一会,她说:"如果你不爱人家,只人家爱你又有什么用?"

雅葛丽纳愣了下,回答:"可是,姑妈,我说的只限于我所爱的人!其余的都不在内。"

"那你一无所爱又怎么办呢?"

"一个人总会有所爱的,你这话好怪!"

玛德怀疑地摇摇头。"一个人心里要有爱。爱是上帝赐给你的一种恩惠,最大的恩惠。你要求他赐给你。"

"如果人家不爱我呢?"

"就是人家不爱你,你也要这样。因为你会因之更幸福。"

雅葛丽纳拉长着脸,装出生气的模样:"可我不愿意,对这个我一点都不感兴趣。"

玛德很亲热地笑了,看着雅葛丽纳叹了口气,随后又继续做她的活儿。

"可怜的孩子!"她又说了一遍。

"你怎么老说可怜的孩子?"雅葛丽纳不大放心地问。"我可不想做个可怜的孩子。我多么想幸福呀!"

"就因这样我才说:可怜的孩子!"

雅葛丽纳一点都没觉察到姑母的脸色越来越惨白,只发现她出门的次数越来越少了,还以为那是因她的怪脾气喜欢待在家里,雅葛丽纳还常因之取笑她。有那么一两次她去探望的时候,在门口碰到医生。她就问姑母:"你生病了吗?"

姑母回答:"恩,一点儿小病。"

可她原先每周都会去朗侬哀家吃一顿饭,现在都不去了。雅葛丽纳很气愤地去质问她。

"好孩子,"玛德却很温和地说,"我累了。"

雅葛丽纳表示怀疑,以为是推托。

"哼,每周来我们家两小时就感到累了吗?你不喜欢我。你就只喜欢在你那个火炉旁边待着。"

她回家很得意地讲出这些刻薄的话,没想到立刻被父亲训了几句:"别烦你姑妈!难道你不知道她病得很严重吗?"

雅葛丽纳听后脸都吓白了,她用颤抖的声音追问姑母害了什么病。别人不肯告诉她。她最后才得知是肠癌,据说姑母已经没有几个月的寿命了。

分别的日子还是来了。姑母躺在几周来都没离开过的床上,和小朋友告别,说了很多安慰的话。然后她就关起门来等死。

雅葛丽纳有几个月的时间非常痛苦。姑母死时,她精神上正经历着最苦闷的时期,原来,在这种情形之下,只有姑母一人能支持她。此刻的她孤独到了极点。

就是在这个又孤独又狂乱、又厌世又热烈的时期,抱着等待的神秘的心情、伸手向一个无名的救世主求援的时候,雅葛丽纳和奥里维相遇了。

克里斯多夫知道两人彼此倾心后,一直在帮助他们。他现在一心一意只关切奥里维的成功,像慈母一样地照顾他,留心他的服饰。爱情使奥里维胆怯,不敢信任自己,所以他非常愿意向克里斯多夫请教,把会面的经过讲给他听。克里斯多夫会和他一样激动,有时会在夜里几小时地搜肠刮肚,为朋友的恋爱出谋划策。

在巴黎近郊,亚当岛森林附近的一个小地方,朗依哀家的大花园里,奥里维和雅葛丽纳进行了一次确定终身的谈话。

以后的几天,克里斯多夫劝奥里维向雅葛丽纳的父母求婚。可奥里维不敢，害怕遭受到意料之中的拒绝。

有天早上，奥里维出来开门，看见雅葛丽纳像一阵狂风似的跑进屋子，脸色苍白，非常坚决地和他说："你带我走吧！爸妈不答应。而我却非要不可。我不回去了。"

奥里维即惊骇又感动，并没想和她从长计议。还好克里斯多夫在家。平常最没理性的他，那天倒反劝他们要讲理性。他说他们这样容易闹出丑事来，以后更痛苦。雅葛丽纳怒不可遏地回答说："我们以后自杀就完了。"

克里斯多夫劝说两个疯子先耐着性子，雅葛丽纳先回家，由他做说客去看朗依哀先生。

古怪的说客才刚说了几句，就差点被朗依哀先生撵出门。但来客的诚实，严肃，深信不疑的态度，让听的人慢慢地动容了；可朗依哀始终表示不动心，还继续说着讥讽的话。当朗依哀先生听见自杀的计划，心里的确震动了。他不由得一阵心酸……"她自己想要吗？那么好吧，傻孩子活该倒霉……"主要是两人相爱。朗依哀先生也知道奥里维是个正人君子，并且还有点才气……因此他同意了。

结婚的前一天，两个朋友相守了半夜没睡觉。他们都想好好领略一番那个可爱的过去的最后几个钟点。可眼前的这个时间已经是过去了。好像那些凄凉的离别，大家执意留在月台上等车子开行，虽彼此说着话，但心早已离去。朋友已经远去了……克里斯多夫一句话说了一半，发现奥里维心不在焉的眼神,便停下来,笑着说:"你已不在这儿了!"

奥里维惶恐地道歉,为自己在最后一段亲密的时间还这样分心感到很难过。但克里斯多夫握住他的手,说:

"算了吧,不要勉强。我很快活。孩子,你做你的梦吧。"

他们在窗口下偎依着站着,看着黑暗中的花园。过了一会儿,克里斯多夫对奥里维说:

"你想要逃开我吗?你觉得可以躲掉我吗?你想着你的雅葛丽纳。可我也想着她,我会追上来的。"

"好朋友,"奥里维回答,"我怎会不想你!即使……"说到这儿他停住了。

克里斯多夫笑着接下他的话:"……即使要想着我是多么不容易!"

参加婚礼时,克里斯多夫穿得很体面,可以说是很漂亮了。整个婚礼下来,唯有克里斯多夫很激动,他仿佛一人兼了父母、区长和结婚当事人这许多角色。他目不转睛地盯着奥里维,可奥里维并不瞧他。

晚上,新人动身去意大利。克里斯多夫和朗依哀先生把他们送到车站。黑夜里他们被火车带走了。克里斯多夫很难过,是那种又甜蜜又悲伤的感觉。他回家后自个儿在卧室里想道:"如今我生命中最高尚的那部分得到幸福了。"

他常常给奥里维写信。回信却很少,内容也大多是心不在焉的,在精神上朋友渐渐跟他疏远了。他很失望,但还是硬要自己相信这是理应如此的；对他们友谊的前途他并不操心。

他又去探望近来被疏远了的亚诺夫妇。他去亚诺家吃饭，也经常在黄昏时到他们家去坐一会。他发现这对夫妇还是如此亲密，维持着同样温柔且悒郁的气氛，比以前更灰色了。

那时又来了另外一个女朋友，更确切地说，是克里斯多夫去找来的。因她虽然想认识他，可决不会自动来找他。那是一个年纪在二十五岁左右的女子，音乐家，得过国立音乐院的钢琴头奖，名叫赛西尔·弗洛梨。她很孝顺，和母亲住在一起。

有一晚克里斯多夫听到了她的表演，很是赞赏。会后他向她握手道贺，她很感激。那以后克里斯多夫经常看到赛西尔。这个精神安定、身子结实的女子对他有种特别的吸引力。她租的屋子在巴黎近郊，跟母亲两人住着。坐二十分钟火车就可以到。克里斯多夫去探望她时，常常要她弹琴。他看到她对于音乐作品的深切的领悟感到很高兴。他发觉她嗓子很好，那是连她自己都没想到的。他教她唱他自己的作品或德国的老歌谣，她很感兴趣地唱着，技巧方面也有进步，这使他们俩都很惊奇。她有极高的天分。夜莺（他这样称呼她），偶尔也谈起音乐，但一直用实际的观点，从来不涉及感情方面，她关心的仿佛只有歌唱与钢琴方面的技巧。她和克里斯多夫在一起不弄音乐时，就谈论些俗事：要么是家务，要么是烹饪或者日常生活。平时的克里斯多夫和一个资产阶级女人谈这些题目，一分钟都会不耐烦的，但和夜莺却谈得津津有味。

他们在一起这样消磨夜晚，彼此真诚地相爱，用着一种恬静的，近乎冷淡的感情。他有天晚上来吃晚饭，比平时晚了些，突然来了一场阵雨。等他想去车站赶最后一班火车时，外面正在刮大风下大雨，她和他说："算了吧！明天早上再走吧。"

他睡在小客厅里的一张临时搭起来的床上。只有一道薄薄的板壁在客厅和赛西尔的卧室之间，门也关不严的。他躺在床上能听到另一张床格格地响，也能听到赛西尔平静的呼吸。五分钟后，她已经睡熟了，很快他也跟着入梦，没有任何一点骚乱的念头惊扰他们。

克里斯多夫和还住在外省的奥里维通信，想通过书信来继续他们原先产量丰富的合作。但此刻的奥里维把很多东西都不放在心上！他可以不需要克里斯多夫，不需要艺术。他那时只想着雅葛丽纳。

沉醉在新婚的醉意中，两颗交融的生命全心全意地只想互相吸收……

他们在意大利旅行了几周后，在法国西部的一个城里居住下来，在那儿奥里维有个中学教员的工作。他们几乎谢绝宾客,不关心任何东西。等到不得不出去拜客时,对别人也是毫无顾忌的冷淡,让有些人不快,有些人微笑。但所有的闲言闲语只滑过他们身上,却毫无作用。他们的傲慢和一般的新婚夫妇一样,那神气仿佛说:"哼,你们,你们才不知道呢……"

他们俩一分钟都不能分离,竟闭门谢客了,推掉所有的应酬。他们厌烦别人对他们的感情,厌烦自己的工作,凡是打扰到他们爱情的事都觉得讨厌。奥利维和克里斯多夫的通信也减少了。他自认为爱克里斯多夫的心自始至终都不会减,但此刻他却不是了。对一颗年轻的心来说,爱情这股味道实在太浓了:和它相比,任何信仰都会显得很渺小。而雅葛丽纳也和他一样,除了爱情,竭力摧毁一切生活的意义,殊不知只要大树一倒,藤萝般的爱情也就会没有了依傍。这样,他们俩就会在爱情中彼此毁灭。

终于他们尝到了安乐的烦闷,越来越需要刺激的感觉。甜蜜的光阴把速度减低了,变得软弱无力,就像干枯的花一般黯然失色了。他们孤独了,正如他们所希望的那样。可他们却不胜悲伤。

空虚的情绪,烦恼都出现了。他们不清楚是怎么回事,只是迷糊地感到不安。雅葛丽纳会无端端地流眼泪,虽然她觉得是爱极而泣,其实并不是这样。结婚前的几年,她那么紧张,苦恼,热烈。而目的一朝达到并且超过了,突然她的

生命力就停止活动了,而一切新的活动忽然显得毫无意义:这种情形使她感到莫名其妙的困惑与消沉。

没有她那么狂热却更温柔的奥里维,不容易被这些烦闷侵扰。他只是觉得自己偶然有点儿说不出的颤抖。但既然他非常敏感,那么爱人心中有的动静就会自然而然的在他心中引起反应,也就是说雅葛丽纳暗地里的困惑会传染给他。

终于到了一个时间,他们俩胸中的苦闷不能再隐藏下去了。他们认为一切都是因为枯索的内地生活。朗依哀先生得知女儿厌倦了困苦的生活,并不怎么惊奇。他请政界的朋友帮忙把女婿调到巴黎来。

听到这好消息,雅葛丽纳快活得跳了起来,觉得从前的幸福又回来了。动身的前一晚,雅葛丽纳哭了。奥里维问她原因。她不愿意回答。他们在一张纸上写道:(平时他们用这个办法,是怕自己说话的语调会引起误会。)

"亲爱的奥里维……"

"亲爱的雅葛丽纳……"

"我因要离开而很难过。"

"离开哪儿呢?"

"我们相爱的地方。"

"去哪儿呢?"

"到我们要更老的地方去。"

"到我们白头偕老的地方去。"

"只是不会再这样的相爱了。"

"唯有更爱。"

"谁知道呢?"

"我知道。"

"我一定更相爱。"

随后他们在纸尾画上两个圆圈,代表两人拥抱。然后她抹掉眼泪,笑了。

回到巴黎,又遇到了他们的亲朋旧故,觉得这些人和先前不同了。一听到奥里维回来的消息,克里斯多夫立马异常高兴地赶来。奥里维也同样地高兴。可见到后,他们都意想不到地发窘。他俩都想提起精神来,但是没用。奥里维虽然很亲热,但多少有点改变了。克里斯多夫感觉得很清楚,一个结了婚的朋友,再怎样也不是从前的朋友了。克里斯多夫还是继续到他家里去。雅葛丽纳经常无邪地朝他放几下冷箭,他也不以为意,但回去以后他会很难过。

初到巴黎的几个月,对雅葛丽纳和奥里维来说是相当快乐的时期。他们找了一所可爱的公寓,位于巴西区的一条老街上,窗外有一方小花园。雅葛丽纳拿出全副精神,精心布置。然后她重新认识了一番父亲,母亲,朋友。有时她私下想,此刻她在巴黎朋友身上所欣赏的优点,如果奥里维身上也有一些,甚至是缺点,那岂不是更好?她嘴上绝不会和奥里维提起,但奥里维感觉到她打量他的目光很苛刻,心里觉得既不安又屈辱。

虽如此，他对雅葛丽纳还是没有失去爱情给他的优势。如果他们的境况没有被特殊的事故改变，勉强维持在那里的平衡没有被破坏的话，青年夫妇的温柔和勤勉的生活还是可以继续得相当长久的。

我们这才觉得财神是最大的敌人……

朗依哀太太的一个姐妹过世了。她是一个有钱的实业家的无儿无女的寡妇，把所有的财产都转移到了朗依哀家里。雅葛丽纳增加了一倍以上的财富。遗产来时，奥里维想起了克里斯多夫那番有关于财富的话，便说："就是没有这笔财产，我们也会过得很好，也许钱多了反而会有害处。"

雅葛丽纳取笑他："傻瓜！这也会有害吗？况且我们可以不改变生活。"

表面上生活照旧，但事实上收入多了三倍，还是花个精光，却不知道花在了哪里。

奥里维没有力量再去奋斗了。他也变了。他把教职给辞掉了，再没有了必须做的工作。他只是写作，生活的平衡也因之有了变动。到目前为止，他痛苦于不能完全献身于艺术。现在他终于可以完全献身于艺术时，却缥缈得像在云雾中一样。他的信念也不再像从前那么坚定了。可是雅葛丽纳的转变比他的更迅速。女人有一种可怕的特长，能一下子完全改变。

　　从前，雅葛丽纳相信以共同的信仰作为基础的结合，相信一起奋斗、一起受苦、一起建造便是幸福。但这个信心，只有在被爱情的阳光照射的时间里，她才相信。当太阳慢慢地落下去时，她的信心瓦解了。雅葛丽纳觉得再也没有力气继续她的行程了。她还是爱着奥里维的，但她要把他的信仰完全破坏掉，因为她把那些信仰看成是她的敌人。她用讥讽与肉欲作为武器，她把自己的琐碎的心事和欲望像藤萝一般地缠绕他，希望把他变为自己的影子。奥里维没有成名，她觉得对她是一种屈辱，从来不关心他的不成名是对还是错：因为她始终相信，一个人有没有出息，有没有才气，完全是由名片决定的。那种盲目的情形使她竭力想摧毁奥里维的力量，不知道这力量就是她的力量，还是他们俩的保障，就连支持这股力量的友谊也被她加以破坏。

　　自从他们得了遗产后，克里斯多夫觉得和他们在一起有点格格不入。雅葛丽纳在谈话之间故意表现出平凡和冒充风雅的实际观念。有时克里斯多夫愤慨之下，说些刻薄的话，让对方听了生气。但两位朋友凭很深的交情，从来不会因之有什么芥蒂。奥里维无论怎样都不想牺牲克里斯多夫，但又不能强制雅葛丽纳和自己一样。为了爱情，他绝不忍心让她痛苦。克里斯多夫看出奥里维的苦衷，就自动引退了。

　　克里斯多夫没有恨他。他想，通常说女人是半个男人，此话是不错的。因为婚后的男人就只剩半个男人了。

　　亚诺太太和夜莺一直对他很好。但在那时，这些精神安定的朋友对他是不够的。

　　她们俩仿佛猜到了克里斯多夫的哀伤，暗中很同情他。有天晚上亚诺太太到他家来，让克里斯多夫感到很奇怪，这是她破天荒第一次来看他，她神色有点骚动。克里斯多夫以为她胆怯，也没多加注意。两人谈话中不自觉地提到奥里维，克里斯多夫很开心地谈着，绝不提他们之间的情形。但亚诺太太还是禁不住用怜悯的神气问他"你们是不是好久没见面了"。

　　他当成她是过来安慰他的，一下就恼了：他最不喜欢别人干涉他的事，便回答："我们想不见就不见。"

　　她脸都红了，说："哦！那句话我并没有打听你们的意思。"

　　他为自己的粗暴感到后悔，就握着她的手说："很抱歉！我一直怕别人会攻击他。真是可怜的孩子！他其实和我一样地痛苦……对，我们不见面了。"

　　"他写过信给你吗？"

　　"没有。"克里斯多夫觉有点不好意思。

　　"人生真可悲呀！"过了一会亚诺太太又说。

　　克里斯多夫抬起头："不，人生并不可悲。只是会有一些可悲的时间而已。"

亚诺太太幽幽地说:"大家相爱了,又不爱了,看来爱也是空的。"

"已经相爱过就可以了。"

她又说:"你为他做出了牺牲,如果你做出的牺牲对所有的人有好处,倒也罢。可他并不会因之更幸福。"

"我并没有牺牲。"克里斯多夫恼恼地说。"即使我牺牲,那也是因为我愿意。这是没有问题的。一个人就应该做他应该做的事。如果不那么做,他会痛苦的。牺牲这两个字简直荒谬透了!如果牺牲对你只有悲哀而没有快乐,那么还是不要做出牺牲,你根本不配。一个人的牺牲,并不是替别人做苦工,而是为了你自己。假如你在献身的时候并没有觉得快活,那还是算了吧!你不配生活。"

亚诺太太听着克里斯多夫所说的,望都不敢望他。突然站起来说:"再见了。"

此时他才想起她前来肯定有什么心里的话想告诉他,便说:"噢!对不起,我真自私,老在讲自己的事。再坐一会吧,好不好?"

"不坐了……谢谢你……"她说完就走了。

他和亚诺太太隔了很长时间没再见面。她没给他消息,他也不去她家,也不去夜莺家。他很喜欢她们,但怕谈到让他悲哀的事。再说她们那种安静平凡的生活,暂时对他也不相宜。他需要看到一些新人物，一件需要关心的事，或者是什么新的爱情让自己振作起来。

为了排遣心中的愁闷，他又到久别的戏院去。他觉得，一个音乐家如果想观察热情和记录热情，戏院是一所非常有意思的学校。往往演员比剧本让他更感兴趣。

在戏院走红的明星中，有个叫法朗梭阿士·乌东的女演员，引起了克里斯多夫的注意。近年来大家都为她着迷。她不管演什么都显得出神入化。克里斯多夫认为比她所演的作品更让人动心的，倒是这个完全有一颗陌生的灵魂塑成的、女性的肉体之谜。

有一天，克里斯多夫乘火车去探望夜莺，一开车厢门，就看见那女演员已经先在那儿了。她好像非常骚动，痛苦。她因克里斯多夫的出现大为不快，立马背过身去，老望着窗外。克里斯多夫见她神色有异，便直盯着她，那种同情的天真的神气简直令人发窘。她不耐烦了，狠狠地瞪了他一眼，让他觉得莫名其妙。到下一站时，她换了一个车厢。那时他才觉察到是自己把她吓跑了，为此很不痛快。

几天后，同一路线上他预备搭车回巴黎，坐在月台上那张独一无二的凳子上时，她又出现了，走过时在他旁边坐下了。他站起来想走开，她却说了声："你坐下吧。"

那时没有其他人在场。于是他便对那天让她更换车厢的事道歉，他说如果早想到自己让她发窘，他一定会下车的。

她冷冷笑道:"是的,那天你一直盯着我,讨厌透了。"

"对不起,"他说,"我压制不住自己……你那天好像很痛苦。"

"那又怎样?"

"我那是不由自主。如果看见一个人淹在河里,你不伸手救他吗?"

"我呀,才不呢。我会把他的脑袋压在水里,让他早点儿完蛋。"

说这些话时,她用有点儿牢骚,又有点儿嬉笑怒骂的口吻。他愕然望着她,她便笑了。

火车到了。只有最后一辆了,其他列车都已经客满。她上去了。他们被车守催着。克里斯多夫不想再重演上次的故事,便想另找一间车厢。可她说:"上来吧。"

他上去后,她又补了一句:"我今天无所谓了。"

他们说着话。克里斯多夫正儿八经地和她解释,说一个人不该对别人漠不关心;互相帮助,互相安慰,大家都能从中得益……

"安慰对我没作用……"她说。

克里斯多夫仍坚持着,她却傲慢地笑了笑,回答说:"是的,安慰别人的角色当然有益。"

他想了下,才明白对方是怀疑他别有用心,便气愤地站起来,打开车门,就想往下跳。她好不容易才把他挡住了。

他愤怒地关上了门,重新坐下,火车那时刚进地道。

"你瞧,"她说,"跳下去不是就没命了?"

"我不管。"

他不想再和她说话。

"人真是太愚蠢了,"他说,"大家彼此折磨,又把自己折磨,别人想帮助他时,他倒反猜疑。真是可恶!这种人真没人性。"

她笑着抚慰他,把戴有手套的手放在他的手上,亲切地和他谈着,叫出他的名字。

"怎么,你认识我?"他说。

"你,你也是红人一个哪,怎么会不认识?我刚才不该对你说那种话。我看得出,你是个好人。好了,别生气了。咱们讲和吧!"

他们握手言和,友好地谈着话,她说:"可是那也不能怪我。我有太多和一般人接触的经验,不得不提防。"

"我也常常被欺骗,"克里斯多夫说,"但我却老是相信他们。"

"这我看得出来,你大概天生是个傻瓜吧。"

他笑了:"是的,我一生尝过不少甜酸苦辣;可对我都没有什么害处。我有很强的胃,饱也好,饿也罢,必要时还可以把那些来攻击我的可怜虫吞下,反而我身体更好了。"

"那是你的运气,你哪,是个男人。"

"而你,是个女人。"

"那又怎样。"

"做个女人,那是很有意思的!"

她听着笑了。"哼!"她说,"可是别人是怎么对付女人的?"

"要自卫呀。"

"也就是说所谓的善心也维持不久的了。"

"那是因为一个人还不够慈悲。"

"也许吧。可是也不能吃太多的苦,否则一个人的心会干枯的。"

他刚对她表示同情,忽然想起她刚才的态度……

"你又想说安慰别人的人是别有用心了……"

"不,"她说,"这个话我不会说了。我觉得你很真诚,心地好。我很感激。可是请你什么话都不要和我说。你不知道……谢谢你的好意。"

到了巴黎,他们分手了,双方没留地址,也没说什么请去谈谈的话。

一两个月后,她跑来敲克里斯多夫的门。

"我来找你,是想和你谈谈。自从上次见面后,我不时地想起你。"她说着坐下了。"只需要一会儿工夫,不会打搅你太久的。"

他开始和她谈话。她说:"请等一会,好吗?"

他们不出声了。过了一会她笑着说:"我刚才支持不住了。现在好些了。"

他想问她。

"不,"她说,"不要问我这个!"

她向四下里看了一眼,看过了各种东西,估量了一下,忽然看见路易莎的照片。

"这是你妈妈吗?"

"是的。"

她拿起照片,很同情地瞧着。"多好的老太太!"她说。"你运气真好!"

"可惜她已经不在了。"

"那有什么关系。反正这样的一位母亲你是有过的。"

"那你呢?"

她拧了拧眉头,把话扯开了。她不喜欢别人问起她的事。

"跟我说说你的事吧。告诉我……告诉我关于你生活方向的一些事……"

"这和你有什么关系?"

"不用管,你讲吧……"

他不想讲,可还是不由自主地对她的问话作了回答:因为她非常巧妙地在问着。而他所叙述的正是让他悲伤的事,关于他的友谊的故事,和他分离了的奥里维。她听着,带着同情又嘲弄的笑意……突然她问:"什么时间了?啊!天哪!我都来了两个钟点了!对不起……啊!我的心情此刻安定多了……"

接着她又说:"我希望可以再来……不是常常……而是偶尔……这对我有些好处。可是我不想让你厌烦,浪费你的时间……偶尔只需要谈几分钟就行了……"

"我可以到你家去。"克里斯多夫说。

"我不想让你去我家。我更喜欢在你这儿谈……"

可是她很长时间没有来。

有天晚上,无意中他得知她病得很重,停演已经有几星期了,也就不管她从前拦阻的话,直接跑去看她。人家答复他说她不见客。但里面的人知道了他的名字后,又从楼梯上把他叫回去。他埋怨她没通知他。

"通知你让你来吗?那才不会呢!"

"我相信你根本没想到我。"

"那就是你的运气了,"她悲哀又俏皮地笑着说。"生病后我从来没想到你,今天刚想到。行了吧,你不用难过。在我生病时谁都不想的。我只要求人家让我清静。我面朝墙等着,愿意孤零零死掉。"

"可自己痛苦究竟是难受的。"

"习惯了。我受了那么多年的折磨,一个帮我的人也没有,如今已经成了习惯。而且这样倒更好。你倒霉了,谁都无能为力，只不过是在屋子里闹出些声音，给你一些不识趣的关怀，毫无诚意地叹息一阵……我宁可一个人安安静静死去。"

"你真能隐忍！"

"隐忍？这个字是什么意思我都不知道。我只是咬紧牙关，恨使我痛苦的那个病。"

他问是否没人来看过她，关怀她。她说那些戏院里的同事都是好人，对她很殷勤，很好，尽管是表面的。

"告诉你，是我不想见他们。我不是一个容易相交的人。"

"我可不怕。"他说。

她用可怜他的眼神望着他："你！这种话你也会说吗？"

"对不起……天哪！我竟变成了巴黎人！真是惭愧……我发誓，我说的话简直想都没想过……"

他用被单蒙着脸。她不自觉的大声笑了出来，轻拍了一下他的头："啊！这可不是巴黎人说的话！还好！我又认识到你的本来面目了。好，抬起头来吧。别把我的被单哭湿了。"

"那你原谅我了？"

"当然。别提啦。"

他们又谈了一会，问他在做些什么，随后她感觉累了，厌烦了，就打发他走了。

她让他下周再来。到了他下周正要出门时，忽然接到她的电报,让他别去:正逢她心情恶劣的日子。后来,一天后,她又通知让他去。她已基本痊愈,靠窗躺着。她说前天一个人都不想见:即便是克里斯多夫也和别人一样让她厌恶。

"那今天呢?"

"今天,我觉得自己很年轻,新鲜,对周围所有年轻和新鲜的人——譬如你,都有好感。"

"可我已经不再年轻新鲜了。"

"你至死都是的。"

他们谈着在别后他所做的事,谈着她即将又要去登台的剧院。说到这,她和他说对于戏剧的意见,她厌恶它,却又舍不得它。

她不想再让他去她家里,答应以后继续去探望他,但怕打搅他。于是,他们约定敲门的暗号,告诉她比较不会妨害他工作的时间,他将随着自己的心绪来决定开还是不开……

她绝不把这种约会滥用。可是有一次她去赴一个由她担任诗歌朗诵的晚会,临时忽然不想去了,就半路上打电话辞掉了,转车去了克里斯多夫的寓所。她原本只想和他打下招呼就走。可是那晚上她却把一生的历史统统讲出来了。

一天晚上,她出了剧院后,就到克里斯多夫家去谈天。她看见他正在工作,两人谈了几句,就发觉上回那样的兴致彼此都没有了。她想走,可是太晚了。不是克里斯多夫阻止她，是她自己的意志不让她走。于是她留下了，他们都动了欲念。

这个自由而美妙的结合却没法持久。他们在一起有些生活很丰满的时间，但性格实在相差太远了。

她被人邀请到美国去登台，她答应了，以此来强迫自己动身。她和他分手，让他心里感到非常屈辱。同样的感觉她自己也有。可叹他们竟不能使彼此幸福！

《大日报》方面的保护人终于被克里斯多夫变成了仇敌。那也是早在意料之中的事。克里斯多夫觉得不能为了别人的援助就要降低自己的人格，自由也不能放弃，那和降低人格一样。他的恩主们可不这样见解。他们觉得受恩必报是天经地义的，所以在报馆主办的一个带有广告性质的游艺会中，克里斯多夫拒绝帮一支荒谬的颂歌写音乐，在他们心里简直是岂有此理。他们对克里斯多夫暗示过说他的行为不对。可克里斯多夫对之置之不理。不久他还很不客气地对报纸所宣传的他的主张进行否认，让那些恩主们更加恼羞成怒。

于是他开始被报纸上的各种武器攻击。德国有一些嫉妒他的艺术家还经常把武器提供给克里斯多夫的敌人，必要时还能发明些武器。在法国也有很多这种人。他厌恶之余，绝不加声辩。他有一次在一份大报上读到一个批评家对他的宣判，他耸耸肩说："好吧，你就批判吧。我也批判你。看你们一百年后还投不投降！"

可是眼下处处都是对他的毁谤，而群众则是照例有一句信一句，就连最卑鄙最荒谬的控诉都信以为真。

克里斯多夫似乎没觉得自己的处境很困难，竟然选这个时期和他的出版家反目。有一天，克里斯多夫意外地发现他的七重奏被改为四重奏，事先都没通知他，就把一支普通的钢琴曲改为——改得很笨拙——四手的钢琴曲。他就跑去见艾曲托，把乱改的乐谱丢在他面前，问："这个你知道吗？"

"当然知道。"

"你竟然敢……竟然敢不经我允许私自改我的作品！"

"什么允许？"艾曲托静静地说，"你的作品是属于我的。"

"也属于我的！"

"不是的。"艾曲托语气很温和地说。

克里斯多夫跳起来："我的作品怎么会不属于我？"

"它们被你卖掉了。"

"你这是和我开玩笑吧！我是把纸卖给你。你想拿它去赚钱，尽管去赚好了。但写在纸上的是我的血，它是属于我的。"

"你把什么都卖给我了。初版以每份三十生丁计算，我已预付你三百法郎，来作为你卖绝的代价。在这种条件下，作品的全部权利你都让给我了，任何限制、任何保留都没有。"

"把它毁掉的权利也在内吗？"

艾曲托耸耸肩，按了铃，和一个职员说："拿来克拉夫脱先生的案卷。"

他把契约条文静静地念给克里斯多夫听，那是当时克里斯多夫一遍都没看过就签了字的，订的规则也是根据音乐出版家的普通契约："艾曲托君取得作家全部的权利，由艾曲托独家出版，发行，镌版，印刷，翻译，出租，出售，在音乐会，咖啡店音乐会，舞场，戏院等处演奏，加以修正，改削，以便适合任何乐器，或增加歌词，或更换题目，或……均由艾曲托自由处理，与任何人无涉……"

"你瞧，"他说，"我还是很客气的呢。"

"是的，"克里斯多夫说，"我得谢谢你。咖啡店音乐会里的小调你都可以拿我的七重奏来改。"

他不作声了，很狼狈地用手捧着头，再三说："我的灵魂被我出卖了。"

"放心吧，"艾曲托用讥讽的口气，"我绝对不会滥用我的权利。"

"这种交易你们的共和国竟也允许有吗？你们一直说人是自由的。事实是你们却在拍卖思想。"

"你已经得到了代价。"艾曲托回答。

"对，三十生丁。"克里斯多夫说。"拿回去罢。"

他想从口袋里掏出三百法郎来还给艾曲托，但是拿不出。艾曲托微笑着,带有轻蔑的神气。这笑容让克里斯多夫更加有气。

"我要我的作品,"他说,"我要向你赎回来。"

"赎回的权利你是没有的,"艾曲托回答。"不过我一向不愿意勉强人,只要你能赔偿我的损失,我就答应你赎回。"

"好吧,为此就是把我自己卖掉都行。"

半个月后艾曲托提出的条件,他毫不争论地接受了。他傻劲上来了,决意把全部作品的版权收回来,代价是他从前收入的五十倍,这赔偿的数目不能说夸张:因为那是艾曲托依据实际的利润进行精密计算得出来的。克里斯多夫一时无法偿还,而这早在艾曲托的意料之中。

可是他太固执,退掉了有那么多可纪念的屋子,另租了一所便宜的,卖掉很多东西,——他很惊奇地发现竟没有一件值钱的,借着钱,想向好心的莫克求助,不幸他那时正闹着关节炎,不能出门。他又去找别的出版家,可条件都和艾曲托的一样不公平,甚至有的还不愿意接受。

突然,一切改变了。攻击忽然停止了。不但如此:两三星期后,那份日报的批评家还在一个偶然的机会写下了几行赞美的文字,好像证实他们已经讲和了。一个有名的莱比锡出版商来信要求承印他的作品,至于契约的条件对他很有利。有一封盖有奥国大使馆印章的恭维信,表示在使馆的庆祝会中很愿意演奏他的曲子。克里斯多夫所赏识的夜莺也被请去参加演奏。这种突如其来的好感是从哪里来的呢？似乎有个人在暗中照顾他，帮他排除障碍，帮他开路。在克里斯多夫询问之下，大使说，克里斯多夫的两位朋友，裴莱尼伯爵和伯爵夫人对他非常钦佩。克里斯多夫连都没听过这两个姓氏，而在他去使馆的那晚，也没有机会见到他们。他并不确定要认识他们。这个时期他厌恶所有的人，像对敌人一样的不信任朋友。他觉得友和敌都一样靠不住，只要一阵风吹过，他们就会随之改变的。我们不要依赖他们，而要像十七世纪的那位名人所说的：

"上帝给了我朋友；又把他们收回去了。他们把我遗弃。我也把他们丢了，从此只字不提。"

在某个时期内，雅葛丽纳和奥里维互相接近了些。雅葛丽纳的父亲去世了。在真正的痛苦面前，她才感到别的痛苦都是无聊的，而奥里维的温情也让她重新燃烧起对他的感情。医生劝她离开巴黎一下，免得永远忘不了丧事。她便和奥里维进行了一次旅行，在他们初婚那年住的地方转了一圈，结果更加感动了。生命的旅程拐了弯，先前认为已经消失的爱情，他们又看到了，看着它来，也知道它仍旧要消失。

雅葛丽纳回到巴黎，感觉身上多了一个爱情燃烧起来的

小生命。可惜爱情已经过去了。这个逐渐加重起来的负担,并没有让她和奥里维靠得更紧。她并没有感到意料之中的快乐,而总是很不放心地追问自己。以往她苦闷时,以为生个孩子就可以救她,可现在孩子来了,救星却没有来。

一听见它出世后的第一声哭泣,看到那个可怜而动人的小身体,她的整个心都溶化掉了,一刹那间尝到了作为母亲的光荣的欢乐,世上最强烈的欢乐:在痛苦中用自己的血肉创造出的生物,一个人。奥里维激动得浑身发抖,看着孩子。他对雅葛丽纳微笑着,想了解在他们俩和这个可怜的生物之间,有什么神秘的生命关系。

一件偶然的事故加速了奥里维和雅葛丽纳感情的演变。

一年以来,赛西尔·弗洛梨经常到耶南家走动。最初奥里维是在克里斯多夫那里碰到她的。以后,雅葛丽纳请她到家里来,赛西尔便常去探望他们,就是在克里斯多夫和他们分手之后还是一样。雅葛丽纳对她很好,虽然自己不大懂音乐,也认为赛西尔很平凡,但还是喜欢她的歌唱,觉得一看到她,精神上就会很舒服。奥里维很高兴同她一起拂琴唱歌。时间久了,赛西尔成为了他们的朋友。

雅葛丽纳出门的一段时期,奥里维和赛西尔见面的次数更多了,他心中的悲伤不能对她瞒着,于是就不假思索地尽量诉说。赛西尔听后很感动,拿些慈爱的话安慰他。她替他们俩感到惋惜,便鼓励奥里维不要灰心。奥里维素来把自己的感情看得雪亮，所以这次他对赛西尔究竟是哪种感情，胸中早已了然。他是绝对不会和赛西尔说的，但还是禁不住写下自己所感到的。

但不巧的是，这些文字竟然落在了雅葛丽纳眼里。她发现了奥里维写给夜莺的那些信……于是一切都完了。她觉得精神上的欺骗严重于行为方面的欺骗。雅葛丽纳并不想再把奥里维争取回来。那已经太晚了！她对他的爱已没有从前那么深切了，或是太爱他了……但这绝不是嫉妒，而是全部信心的崩溃，是对他所有的信仰和希望的破灭。她那天所感到的痛苦是奥里维永远无法知道的。但他一见她的面，也觉得什么都完了。

从那以后，他们不再交谈，除非在别人面前。他们互相观察，就像两头被追逐的野兽，提心吊胆，很害怕。奥里维被压倒了，他不想再奋斗，他站在一边，丢下控制雅葛丽纳心灵的舵。把舵的人没有了，她对着她的自由头晕眼花，她需要有个让她反抗的主宰：如果没有，就得自己造一个出来。

这一次，固执的念头照样属于一个玩弄感情的人。可悲的雅葛丽纳竟然爱上一个风月场中的老手。他是一个巴黎作家，唯一的价值是当时非常走红，唯一的本领是践踏了一大批女性。她知道他自私自利：他在作品中公然拿来炫耀。但雅葛丽纳是个疯子，她如果爱一个人，便会毫无顾忌地往火坑里跳。

亚诺太太一个人在家,亚诺先生整天在外面,他早上和傍晚都有功课。她做完了事,独自吃过中饭,办妥需要上街料理的事,一天的工作就结束了,大概四点回到家里,她靠近壁炉或靠着窗安顿下来,接下来陪着她的就只有她的活计和猫:那时她最得意了。

亚诺太太独自在家里……天快黑了。

一阵铃声把她惊醒,打断了梦想。她仔细收拾好活计,走去开门。进来的是克里斯多夫,他神色非常紧张。她抓着他的手很亲热地问:"怎么了,朋友?"

"唉,奥里维回来了。"

"回来了?"

"他今天早上来了,对我说:救救我,克里斯多夫!我把他拥抱了。他哭着说:她走了,我只有你了……"

亚诺太太大吃一惊,双手合十说:"可怜!"

"她走了,"克里斯多夫又补上一句,"和她的情夫走了。"

"那她的孩子呢?"

"丈夫,孩子,她都不要了。"

"可怜的女人!"亚诺太太叹道。

"他一直爱着她,只爱着她,"克里斯多夫说,"他被这打击得爬不起来了。老和我说着:'克里斯多夫,她骗了我……我最好的朋友骗了我。'我和他说:既然她骗了你,那她就是你的敌人，不再是你的朋友。把她忘了吧，或者干脆杀了她！"

"噢！克里斯多夫，你说什么呢？这话太残忍了！"

"恩，我知道，你们认为杀人是原始时代的野蛮行为：我很想听到你们巴黎社会漂亮地攻击这种兽性，觉得一个男人不应该杀死骗他的女人，同时你们还会说出那个女人被宽恕的理由！呵！慈悲的使徒！这些乱叫的狗竟然义愤填膺地反对兽性，真是太奇妙了！人生都被他们摧残了，剥夺了它所有的价值，还诚惶诚恐地来崇拜人生……怎么！这个没心没肝没廉耻的生命，这个肉包着血的臭皮囊，在他们眼中原来是值得尊重的东西！对这块屠场上的肉他们无微不至地恭敬着，去触犯它的人便是罪大恶极。灵魂被杀死倒没什么关系，但肉体是神圣的……"

亚诺太太回答："杀死灵魂的凶手固然是最可恶的凶手，但杀害肉体也是罪恶的，这一点你应该很明白。"

"对的，朋友。你说得对。我只是脱口而出，根本没想过……谁知道呢！我也许真会那么做。"

"不会的，你这是在诽谤自己。你的心那么好。"

"当被热情控制时，我会和其他人一样残忍。你瞧我刚才都紧张成什么样了！一个人看到自己所爱的朋友痛哭，怎么能不恨让他痛哭的人？而且对付的是一个抛弃儿子，跟着情夫跑掉的女人，还会嫌太严厉吗？"

"不要这么说,克里斯多夫。你有所不知。"

"怎么,你要为她辩护吗?"

"我是可怜她。"

"那些痛苦的人我可怜,使人痛苦的人我是不会可怜的。"

"唉!你觉得她不痛苦?以为她是有心抛弃自己的孩子,毁坏自己的生活吗?你要知道她也把她自己的生活毁了。我不大了解她,克里斯多夫。我们只见过两次,都是偶然碰到的,她一句好听的话都没和我说过,对我并无好感。但我比你更了解她。我断定她不是一个坏人。可怜!她心中经历的情形我能猜到……"

"朋友,你!生活这么严肃,这么有理性的人……"

"是的,克里斯多夫。你不知道,你心虽然好,但你是个男人,有着所有男人一样的冷酷,尽管慈悲也没用——对自身以外的事你都不闻不问。你们从来不知道为身边的女人着想,只管用你们自己的方式去爱她们,决不费心去了解她们。对自己你们太容易满足了,自以为了解我们……可怜!你知道有时候我们是多么痛苦,因为看到你们——并不是不爱我们,而是看到你们爱我们的方式,看到最爱我们的人把我们当成什么样的人!有时,克里斯多夫,我们不得不把指甲深深地掐在肉里,以免叫起来:噢!不要爱我们吧,不要爱我们!怎样都可以,只要别这样爱我们!有个诗人说过下面那样的话,你知道吗?'就是在自己家里,在自己儿女中间,尽管表面上安富尊荣,女人也要受到轻蔑,这种轻蔑比最不幸的苦难还要难忍千百倍。'你把这些想想吧,克里斯多夫……"

"你的这番话把我弄糊涂了。我不大明白。但依我所看到的……你自己……"

"这些苦闷我也经历过。"

"真的吗?可是无论怎样,你都不能让我相信,你会做出和那个女人一样的行为。"

"我没有孩子,克里斯多夫,我不知道处在她的地位我会怎么办。"

"不,那是不可能的,我相信你,敬重你,我敢打赌那是不可能的。"

"不要打赌!我差点儿和她一样……我很悲哀将要毁掉你对我的好印象。可是你应该学学怎样认识我们,假如你不想对人不公平的话。是的,我差一点就做出这样疯狂的事,而且多少还是借助了你的力量。两年以前,有个时期我极苦闷,觉得自己一无是处,没人重视我,没人需要我,丈夫没有我也没关系,我简直是多余的……有一天我正想跑出去,天知道将做些什么!我到楼上去看你……你记得吗?当时你并不知道我的意思。其实我是来和你告别的……后来,不知道经历过些什么,也不知道你和我说了些什么,我记不清

了……但我记得你有几句话……你完全出于无心……对我好比一道光明……那时只要一丁点儿小事就能让我得救或陷落……等我走出你的屋子,回到家里,我关上大门,哭了一天,过后就好了,那阵苦闷过去了。"

"今天,"克里斯多夫问,"对那件事你后悔吗?"

"今天?啊!如果做了那件疯狂的事,我早已在塞纳河里了。那种耻辱我绝对受不了,也受不了我给丈夫带来的痛苦。"

"那你现在是快乐的了?"

"是的,在这个世界上,一个人能怎么快乐,我就怎么快乐。两个人能彼此了解,彼此尊重,知道彼此都可靠,不是靠一种单纯的爱情的信仰,而是靠多年来共同生活的经验,那些灰色的,平凡的岁月,还有度过的那些难忘的回忆。年龄慢慢老去,情形会变得好起来……这些都是不容易的。"

她突然停下,脸红了:"天哪!我怎么说出来的?我怎么了呢?克里斯多夫,求求你,这番话和谁都不要说……"

"放心,"克里斯多夫握着她的手回答,"这件事我看作是神圣的。"

亚诺太太因说出了这些秘密而很难为情,把身子转向一边,后来又说:

"按理我不该和你说这些……可是这是为了要你知道,

就是在结合得最好的夫妇之间，就是在你……你所敬重的女人心里，也会有些时间……不只是像你所说的一时糊涂，而是实实在在的，无法忍受的痛苦，能把你带上疯狂的路，毁掉整个生命，甚至是两个人的生命。所以我们不应该太严厉。大家即使是在最相爱时也会使彼此痛苦的。"

"那应该各管各的，孤独地生活？"

"对我们那更糟。让一个女人过孤独的生活，和男人一样的奋斗，在大家对这种观念都抱有反感的社会里，是最可怕的……"

她不出声了，微微探着身子，眼睛看着壁炉里的火焰。随后，她断断续续地往下说：

"这并不是我们的过失：一个女人并不是因为任性而孤独，而是因为迫不得已。她必须自己谋生，不依靠男人，因为如果她没有钱就不会有男人要她。她不得不孤独，而一点孤独的好处也得不到：因为，在我们这儿，她如果像男子一样的独来独往，就会引起批评。对她来说一切都是禁止的。"

"可怜的朋友，这种命运并不是女子独有的，这些斗争的滋味我们都尝得到。可是我也知道避难的地方。"

"避难的地方在哪里？"

"艺术呀。"

"这是为你们的，而不是为我们的。即便是在男人中间，也没几个人能够得到它的好处。"

"譬如我们的朋友赛西尔。她是幸福的。"

"你知道些什么呀？啊！你太容易对一个人下结论了！因为她勇敢，因为她并不老是抓着她的伤心事，因为她瞒着别人，你就说她是幸福的！是，因为她强壮，因为她能够奋斗而幸福。但你是不知道她的斗争的。这种艺术的骗人的生活你以为她天生是配过的吗？哼，艺术！有些可怜的女子想靠写作、唱歌、演戏来成名，以为那就是幸福的顶点！那么，是否因此她们的别的一切就都可以被剥夺了，让她们不知道把自己的感情该交给什么？艺术！如果我们没有了其余的一切，光有艺术对我们有何用？世界上只有一样东西能让人把其他的一切都忘掉：就是可爱的小娃娃。"

"可是有了娃娃，你又会觉得不够了。"

"是的，有了孩子也不一定能够……女人总是不大幸福的。做女人真是难，比做男人难多了。你们很少想到这些。你们，你们可以为了思想为了活动而把一切都忘掉。你们让自己变成残废，反而觉得快乐。可是这种情形会使一个健全的女子痛苦的。压制自己一部分是违反人性的。我们哪，在某种方式下我们幸福时，又会因为得不到另外一种方式的幸福而悔恨。我们有多个灵魂。你们却只有一个，而且更强，但往往是粗暴的，甚至是残酷的。我非常佩服你们。但你们也不能太自私！你们自私的程度是你们没想到的。你们总是无意间给人很大的痛苦。"

"那有什么办法呢?又不是我们的过失。"

"是的,克里斯多夫,那不是你们的过失,但也不是我们的。归根结底,人生并不是一件简单的事。人们常说只要自然的生活就行了。但究竟什么才是自然的呢?"

"对,我们的生活中可以说没有一件事是自然的。独身和结婚都不是自然的。自由结合只能使弱者被强者欺负。我们的社会是我们造出来的,本身就不是自然的。都说人类是合群的动物。简直是胡说!那只是为了生存而情非得已。人的合群是为了便利,为了保卫自己,为了求伟大,为了求享乐。是这些需要逼迫他签了某些契约。但这些人为的约束自然会起来反抗的。自然对我们来说并不适宜。我们设法去征服它。那是一种斗争:结果是我们经常被打败也不足为奇。如何才能跳出这个樊笼呢?只有坚强。"

"唯有慈悲。"

"噢,上帝!我们要慈悲,要摆脱自私,要爱光明,爱生命,甚至要爱自己卑微的任务,还要爱那一小方用来种我们的根的土地!如果不能往横的方面发展,那就得努力向深的、高的方面去发展,就像一株局促一隅的树那样向着太阳上升!"

"是的。咱们先要互相相爱。但愿男子不要把女人当成俘虏或主宰,而是把她们当成弟兄!希望男人和女人都能排斥骄傲,多想一些别人,少想一些自己!我们都是弱者,应该彼此帮助。一定不要对倒在地上的人说：我不认识你。应该说：朋友，拿出勇气来。咱们会闯过难关的。"

他们不再说话，对着壁炉坐着，一动不动，望着火出神。她奇怪自己怎么会这样的吐露心扉。她还从没说过这么多话，以后也不会了。

她把手放在克里斯多夫的手上，问："那孩子怎么办呢？"

她从开始就有这个念头。那天她虽像喝醉酒似的滔滔不绝地说着话，但心里只想着这个问题。刚听克里斯多夫说几句话，她就惦念着那个惨遭母亲遗弃的孩子，想到抚育他的快乐，但紧跟着她又想道："这是不对的，我不该拿别人的苦难来造就自己的幸福。"

可是她无论怎样都压不下这个念头。

克里斯多夫回答说："是的，我们当然想到了这个问题。可怜的孩子！奥里维和我都不能抚育。需要有个女人来照顾。我想有个女朋友也许能帮助我们……"

亚诺太太屏住气等着。

克里斯多夫继续说："我本想来和你商量这件事。正好赛西尔到我们那，就是一会儿前。她知道这件事后，一看到孩子，就很感动，表示很高兴，和我说：克里斯多夫……"

亚诺太太血流都停止了，她无法听见下文了，眼前一切都变模糊了。她真想对他嚷道："喂，把他给我吧！"

克里斯多夫还说着话，可她什么都听不见了，但是勉强振作了一下，想起赛西尔以前对她吐露的心事，便对自己说："赛西尔比我更需要。我有亲爱的亚诺……还有家里这些东西……而且，她比我年轻……"

于是她笑了笑，说："很好。"

炉火熄了，她脸上不再有红光。疲倦的脸上只有平时那种慈爱的隐忍的表情。

"我被我的朋友欺骗了。"奥里维被这种思想压倒了。克里斯多夫好意地尽量反激他也没用。

"那有什么办法呢？"他说，"朋友的欺骗也是日常的一种磨难。你应当把自己武装起来。如果支持不住，那肯定是个可怜的男子。"

"啊！我就是个可怜的男子。在这等地方我顾不得什么骄傲了……一个可怜的男子，对，一个需要温情的，没了温情就会死的男子。"

"还可以去爱别的人，你的生命并没有完。"

"我根本没朋友了，对谁都不信任了。"

"奥里维！"

"抱歉。我并没有怀疑你，我虽然有时怀疑一切……怀疑我自己……但你是强者，你不需要任何人，你也可以不需要我。"

"她比我更不需要你呢。"

"你真残忍,克里斯多夫!"

"好朋友,我对你的粗暴是为了激励你,让你反抗。为了个取笑你的人把爱你的人和你的生命一起牺牲掉,值得吗?不是可耻吗?"

"那些爱我的人关我什么事!我爱的是她啊!"

"做你的工作吧!那是你从前感兴趣的……"

"可现在不行了。我厌倦极了,仿佛已经离开了人生。对谁我都没有恨,没有怨:只觉得一切都让我厌烦,一切都成空的了。写作吗?为什么要写作?有谁懂得你呢?我只为一个人写作,我的整个人生都是为了一个人……如今什么都完了。克里斯多夫,我疲惫不堪,只想睡觉。"

"那就睡吧,朋友。让我来看护你。"

克里斯多夫不得不再出席奥国大使馆的一个晚会。他避开众人,躲在一间位置冷僻的小客厅里。对面壁上,有一面大镜子把隔壁客厅里的灯光和人物都映出来。突然他莫名其妙地哆嗦起来,脸色苍白,静静地过了几秒钟。随后,他发现前面镜子里有一个"女朋友"望着他……女朋友?她会是谁呢?他除了知道她是朋友,是他认识的人外,别的什么都不知道,眼睛看着她的眼睛,靠在墙上继续哆嗦。她微微笑着。

这笑容突然唤起克里斯多夫心头的一件童年往事……在六至七岁期间,他在学校里很可怜,被年长有力的同学羞辱，殴打，嘲笑，还受到老师不公平的责罚，于是，别的孩子在玩时，他垂头丧气地蹲在一边悄悄哭泣。一个神态幽怨的，不和别的同学玩的女孩子来到他身旁，看着他哭。接着，就她一个人把手放在克里斯多夫头上，匆匆忙忙地，怯生生地，满怀好意地堆着笑容说："不要哭啦……"

于是克里斯多夫忍不住了，号啕大哭起来。她却又用颤抖而温婉的声音说了声："不要哭啦……"

克里斯多夫走进客厅，在人堆里找到她。然后她抬起头，看到了他，一点都不诧异。这时他才发觉她的微笑是对他发出的。他向她行着礼，异常感动地走近她。

"您认不出我了吗？"她问。

就在这时，他认出她，叫了声："葛拉齐亚……"

葛拉齐亚二十二岁，一年前嫁给了奥国大使馆的一个青年随员。

她没有把好朋友克里斯多夫忘记。当年那个默默地抱着天真的爱的女孩子，当然已经不存在了，现在的葛拉齐亚非常理性，没有什么荒唐的幻想，觉得自己幼年时代的夸大的感情又甜蜜又可笑。她一直暗暗地留神他的工作，甚至对他的生活状况也探听下。最近便是她的力量使报纸上对克里斯多夫抨击的笔战突然停止的。淳朴的葛拉齐亚和报界并没有什么交际。但为了帮助朋友，她能够运用一些狡猾的手段，去笼络那些她讨厌的人。

他们谈着过去。但究竟谈了些什么，克里斯多夫并不大知道。对所爱的人，他既看不见也听不见。一个人有真爱的时候，甚至连自己爱着对方都想不到。克里斯多夫就是这样。只要她在面前：这就够了。其余的就都不存在了……

葛拉齐亚停止了说话。一个很高大的青年，带着一副厌烦而轻蔑的神气，透过眼镜打量着克里斯多夫，一边又礼貌又高傲地弯着身子。

"这是我丈夫。"她说。

心里的光明被熄灭了。克里斯多夫顿时心中冰冷，默默地答着礼，马上告退。

他隔了很长时间没去看她。一直被奥里维的痛苦和健康问题纠缠着。终于有一天，他找到了她留下的地址，决心去了。

克里斯多夫被带到一间客厅里，地毯已经被拿掉了，卷在一边。葛拉齐亚笑容满面地迎上前来，既快乐又兴奋地伸出手。他同样快乐又激动地握着她的手，吻了一下。

"啊！"她说，"你能够来，我太快活了！我真怕没再见你一面就走了！"

"走？你要走了？"

阴影又罩了下来。

"你看，"她指着室内凌乱的情形；"本周末，我们就要离开巴黎了。"

"离开多长时间呢?"

她做了个手势:"谁知道呢?"

他迸足了气力问,喉管已经在抽搐了。

"去哪儿?"

"美国。我丈夫被调到驻美大使馆去当一等秘书。"

"那么,那么,那么……"他嘴唇发抖了,"……就此完了吗?"

"朋友!"她被他的声音感动了。"不,并不是完了。"

"我刚找到你就又把你失掉了!"

他眼中含着泪。

"朋友!"她又叫了一声。

他转过身去,用手蒙着眼睛,想遮掩他的情感。

"不要难过啊。"她把手放在他的手上。

这时他又想起那个德国小姑娘。他们俩都不出声了。

"你为什么来得这么晚?"她终于问道。"我想法要见你。可你从来没回音。"

"我一点儿都不知道,一点儿都不知道……告诉我,你帮了我多少次是我没有猜到的?是你做了我的好天使一直在暗中保护我吗?"

她回答:"能为你尽些力我很高兴。我应当报答你很多呢!"

"什么?我从来没帮过你忙。"

"你给了我多少好处你都不知道。"

他们天真地谈着话,觉得很亲切,非常快乐。克里斯多夫边说边握着葛拉齐亚的手。突然他们俩都不出声了:葛拉齐亚发现克里斯多夫爱着她,而克里斯多夫自己也发现了……

从前葛拉齐亚爱着克里斯多夫,而克里斯多夫却完全没注意到。现在克里斯多夫爱着葛拉齐亚,而葛拉齐亚对他只有友谊了:她爱着另外一个人。

葛拉齐亚把手缩回去,克里斯多夫也不勉强抓着。他们默默地呆坐了一会。

然后葛拉齐亚说了声:"再见。"

克里斯多夫又叹道:"就这样完了吗?"

"也许这样倒更好。"

"你动身以前,我们还能再见吗?"

"不能了。"她说。

"那我们什么时候能再相会呢?"

她作了一个困惑的手势。

"那这次我们相见有什么意思呢?"克里斯多夫说。

但一看到她埋怨的目光,他马上补充:"啊,抱歉,这话我不应该说的。"

"我会永远想念你的。"她说。

"可怜!我连想念你都不能。你的生活我一点儿都不

知道。"

她平心静气地用几句话告诉了他自己平时的生活，描述她过日子的方式。提到她和她的丈夫，脸上始终堆着那副美丽亲切的笑容。

"啊！"他心中有点嫉妒地说，"你爱他吗？"

"爱的。"她回答。

他站起身来。

"再见了。"

她也站起来。他这时才发觉她怀着身孕，心中立刻有一种说不出的厌恶，妒忌，温柔，以及热烈的怜悯。她送他到小客厅门口。他转过身来，把她的手亲了长时间。她一动不动，半闭着眼睛。他终于抬起身子，看也不看一眼，快步走了出去。

诸圣节那天，外边是阴沉的天和寒冷的风，克里斯多夫在赛西尔家。赛西尔在孩子的摇篮旁边站着，顺路来探望的亚诺太太探着身子看着。克里斯多夫一个人在那里出神。他觉得自己把幸福错过了，可并不想抱怨：他清楚幸福是存在的……

奥里维这时走进来。他动作很安详，蓝眼睛里发出一道新的、清明的光彩。他对着孩子微微笑着，和赛西尔以及亚诺太太握了握手，开始安静地谈话。他们都用亲热而诧异的眼神打量着他。他一切都不同了。朋友们都看着他，不知道他做了些什么事,也不敢问。但他们觉得他解脱了,他心中对任何人、事都不再有遗憾或悲苦了。

克里斯多夫站起来,走向钢琴,对奥里维说:"你要不要听我唱老勃拉姆斯的歌?"

"勃拉姆斯?"奥里维说,"现在你死冤家的作品也弹了?"

"今天是诸圣节,应当宽恕任何人。"克里斯多夫说。

为了不惊醒孩子,他放低声音唱着一支老歌谣中的几句:

> 我感谢你曾经爱过我,
> 希望你在别处更幸福……

"克里斯多夫!"奥里维叫起来。

克里斯多夫把他紧紧地搂在怀里,"好了,我的孩子,我们运气不错。"

他们四个都在睡熟的孩子周围坐着,不出一声。如果有人问他们想些什么,那么,他们脸上所表现的谦卑的神气,只回答一个字:

——爱。

卷九

燃烧的荆棘

第一章

雅葛丽纳走了以后，两位朋友并没有住在一起。可他们每天都见面，比任何时候都更密切。两人在一起时很少说话，一个完全沉溺在他的艺术里，一个沉溺在他的回忆里。但精神的沟通并不需要语言，只要两颗充满着爱的心就够了。

奥里维对别人的疾苦一向不怎么关心，这并不是自私，而是他一直生活在自己的世界里，远离大众。但自从他亲眼目睹了一件平凡的琐事后，一切都不同了。

奥里维住在蒙罗区一个很朴素的公寓里，离克里斯多夫和赛西尔的住处很近。那是个贫民区，住在那里的都是些雇员、工人或靠少数存款生活的人。

有一天他外出的时候，看到一堆人在屋子前面，围着叽

里呱啦的女门房。他向来不管闲事，便自顾自地继续往前走，快要走过去时，那个看门女人拦住了他，问他是否知道可怜的罗赛家出了事。"可怜的罗赛"是谁奥里维根本不知道，只是漫不经心地，礼貌地听着。但当听到了那个工人家庭的夫妇俩连同五个孩子一起自杀了的时候，他像别人一样一边听着女门房不厌其烦的唠叨，一边抬头看看墙壁。他慢慢想起他是见过那些人的：男的是面包师傅，气色苍白，初冬时害了肺炎，被生活压得透不过气来。女的身子被关节炎搞坏了，还得拼命忙家里的事，整天在外面跑，向救济处求一些姗姗来迟的微薄的资助……

他没心思再去散步，便回到房里。但想到这些悲惨的事就发生在自己的周边，便无法再安安静静的在家里待着。

于是他去找克里斯多夫，觉得心里非常难受，世上有那么多人受的苦难比自己多千百倍，而自己却因失恋成天自嗟自叹，实在太无聊。他当时非常激动，把克里斯多夫也感染了。听着奥里维的叙述，他把刚写的一页乐谱撕了，认为自己搞这些毫无意义。但他很快意识到，减少一件艺术品并不能增加一个快乐的人。对他来说饥寒交迫并不是稀奇的事，他从小就生活在这种环境下，还得让自己不会堕落。他甚至厌恶自杀。痛苦与战斗，不是很平常的吗？这是宇宙的支柱。

奥里维也经历过类似的磨难，但他从来不肯逆来顺受，为自己为别人都是一样。他向来痛恨贫穷,因为他心爱的安多纳德就是因此受尽折磨而死的。但自从娶了雅葛丽纳后,财富和爱情把他的志气消磨完了,如今爱情没了,这些形象便重新浮现了。社会简直就是一所医院,处处都是受苦的人:失去温情的孩子,没有前途的女儿,遭受欺凌压迫的妇女……他不停地和克里斯多夫说着,克里斯多夫被扰乱了心绪,说:"别烦了!让我工作。"

奥里维赶紧道歉。

"孩子,"克里斯多夫说,"不要老望着窟窿。否则你会活不下去的。"

"可我们应该救那些掉在窟窿里的人呀。"

"当然。可怎么救呢?我们也跟着跳下去?你不要只看见人生可悲的事,这只能让人泄气。要想使别人快活,就得先让自己快活!"

"快活!看到那么多的苦难还会有这种心情吗?只有努力减少别人的苦难,才会快活。"

"对。但是没目标的战斗是没有用的。我要用我的艺术去安慰他们,给他们力量,让他们快乐。你知道不,一首美丽的歌能使多少人在苦难中得到支持?我的责任就是做好我的事,制作一种健全的音乐,让阳光照射到你们心里去。"

要把阳光散布到别人心里,自己心里先得有阳光。而奥里维恰好缺少这些。像时下一些最优秀的人一样,他不能独

自发挥力量,只有跟别人联合起来才可以。可是跟谁联合呢?他被所有的政治党派与宗教党派摒弃门外,只有被压迫的人才吸引他。

奥里维开始研究社会的灾难,在此期间,他认识了一批朋友:出身于有钱的资产阶级家庭的比哀尔·加奈,青年犹太医生玛奴斯·埃曼。奥里维跟着他们参加过一次民众集会,思想的平凡,措词的单调和野蛮,幼稚的逻辑,抽象的理论和乱七八糟的事实,简直让他作呕。

克里斯多夫对群众集会并不像奥里维那样感到厌恶,会场上的演说让他觉得好玩,对语言的可笑也不敏感,觉得所有多嘴的家伙都是半斤八两。虽然他没费心去了解那套辞令,却在演说家与听众的心里捉摸到说话的音乐。演说家的力量一朝引起听众的共鸣,这让克里斯多夫感到好奇,并因此结识了演说家赛巴斯蒂安·高加。他们经常到一个叫奥兰丽的主妇开的饭店里去,讨论社会问题。

奥里维陪克里斯多夫去过两三次,觉得混在这些人中间很不自在。单独和克里斯多夫在一起时,经常激动地说应该亲民,可当面对他们时却无法亲近。倒是常取笑他的克里斯多夫,竟能很轻松和随便地和在街上遇到的工人称兄道弟。奥里维勉强学习他们,可他们对他并不友好,在他们眼里,他是一个形迹可疑的人,只有他走了,他们才可以放松。

奥里维和克里斯多夫很快就发现自己不适合做劳工运动

的支持者,他们并不适合做这件事,但他们仍然关注这项运动。

和奥里维的家隔着几间门面,有一家小小的靴店,老板是位老人。老人有一个徒弟,也就是他的孙子,名叫爱麦虞限,十三岁,驼背。母亲在他六岁时去世了。祖父便把他接回了家。老人很喜欢他,但他有自己喜欢的一套方式:对孩子很凶,百般辱骂,一天到晚的扯耳朵,打嘴巴,为的是教他手艺。

鞋匠有时会带着徒弟去奥兰丽的酒店。奥里维就是在那里注意到这个小驼子的。他看着孩子,发现他缩到黑影里,垂着头,双手哆嗦,低着眼睛。他便走过去和那孩子很温柔很客气地说话,只一个笑容,只要几句话,就让爱麦虞限暗中向奥里维倾心,认他为知己。以后只要奥里维从铺子前经过,他就和他打招呼,如果奥里维心不在焉没听到,他就会很不开心。

有一天,奥里维到鞋店去定做一双靴子,爱麦虞限快活极了。靴子完工了,他便趁奥里维在家时给送过去,想借此见见他。奥里维正想着事情,没有理会,付了钱,没说一句话。孩子好像在等着什么,东张西望,很遗憾地预备走了。他的心思被奥里维猜到了,尽管觉得和平民谈话是桩苦事,但还是笑着跟他搭讪起来。而这回他竟然找到了简单而直接的话。出于一种本能的信赖,孩子很自然的跟他很亲近了。

他很乐意回答奥里维的问话，但偶尔还有一些骄傲的野性露出来，说话也找不到词。奥里维小心地发掘这颗暧昧的，吞吞吐吐的灵魂。

出于好奇心，奥里维逢到周日就念几段书给孩子听。

奥里维觉得对这个孩子又亲切又惶惑。孩子非常热烈地爱着奥里维。

奥里维推荐爱麦虞限到一家印刷所去当学徒。这是孩子的愿望，祖父也不反对。

有一天，爱麦虞限和工场里的伙伴在一起。那天大家谈着革命和将来的世界。他很兴奋，说话很可笑。一个同伴恶毒地挖苦他说："行了吧，你太丑了。将来的社会上没有驼子。像你这种人一生下来就应该给淹死的。"

这让他一下从雄辩的高峰上跌下来，狼狈不堪地闭嘴了。大家都笑弯了腰。他整个下午都咬紧牙关，一声不出。傍晚回家去，急于想躲在一角自个儿痛苦。奥里维路上遇见他，发现他面如土色，不禁吃了一惊。

"啊，你怎么了？"

爱麦虞限不愿意回答。他很亲热地追问，孩子一直不开口，像要哭了。奥里维搂着他的胳膊，把他带到家里。

"是有人和你过不去？"

"恩。"

"怎么回事呢？"

这下孩子终于忍不住了。他说因为长得丑,同伴说他们的革命他没有份。

"他们也没有份,同时我们也没有份,"奥里维回答。"那不是一朝一夕的事。我们是为后人干的。"

孩子听到革命需要这么久,不免很失望。

"为了像你这样的成千上万的少年,成千上万的人谋取幸福而工作,难道你不愿意吗?"

爱麦虞限叹了口气:"可自己能有一些幸福终究是舒服的。"

"孩子,要知足。你住在世界上最美的城市,生在最奇妙的时代。你又不傻,眼力也很好。你想呀,周围值得你去看,去爱的事多了。"

他给他指出了几桩。

孩子听着,摇摇头:"不错,可我背着的这个躯壳是永远摆脱不掉的!"

"你会摆脱的。"

"到那时,一切都完了。"

"你怎么知道一切都完了?"

孩子听了这话愣住了。他以为只有教士才相信灵魂不死,因知道奥里维不是这等人,便问他说这句话是否当真。奥里维握着他的手,说了很多理想主义者的信仰,还半玩笑半正经地讲着万物的轮回和递归。奥里维看到孩子这样专心地听着，也感动了，禁不住对自己的叙述悠然神往。

他对奥里维的议论完全不懂，甚至也没怎么在耳里。但这些传说和这些形象，在奥里维看来只是些美丽的寓言和譬喻，但在爱麦虞限的心中却是有血有肉的现实。

孩子回家去了，走在黑洞洞的街上，煤气灯还没亮起来。奥里维的话在他脑子里嗡嗡响。

奥里维在爱麦虞限那孩子身上多费了一些精神；他差不多每天晚上都来。自从那次神秘的谈话以来，爱麦虞限精神上有了很大的变动。狂热的求知欲使他钻到了书本里，等到再抬起头来时，简直发呆了，好像没从前聪明了，话也更少了。奥里维想尽方法也只能逼出他几个字，问他什么，他又乱七八糟乱答一阵。奥里维很灰心，以为自己看错了，原来这孩子是个笨蛋。他没有看见这颗灵魂正进行着狂热的孵化工作。他不是个高明的教育家，只知道拿一把良好的种子往田间随意散播，却不会耕地，犁地。遇到克里斯多夫在场，他更惶惑，认为让对方看到一个这样的信徒很难堪。而爱麦虞限在克里斯多夫面前也显得更蠢，让奥里维更羞愧。那时，孩子咬紧牙关，一句话也不说。因为奥里维爱克里斯多夫，所以他恨克里斯多夫；他不允许除了自己以外的任何人在他老师心中占有地位。克里斯多夫和奥里维都没想到孩子心里会有这种偏激的爱与嫉妒。

五一节近了。巴黎出现了一些可怕的谣言。劳工总会的领导者尽量地推波助澜。他们在报纸上宣告大审的日子到了，要把有钱人和中产阶级统统推倒。胆小的巴黎人有的下乡，有的忙着囤积粮食。整个巴黎处于慌乱中。

　　克里斯多夫对这普遍的胆怯病加以嘲笑，相信不会发生什么事的。奥里维却没有这个把握。

　　四月的下半月，奥里维患着感冒，那是几乎每年到这个时候要发作的老毛病，同时还得触发支气管炎。克里斯多夫在他家里住了两三天。这次病势很轻，很快就过去了。但热度退了以后，奥里维还是很疲倦。他躺在床上，几小时不想动，呆呆地看着克里斯多夫背对着他，趴在书桌上写东西。

　　克里斯多夫在那专心写东西：写得厌倦了，便站起来，过去弹一会琴，倒不是弹他刚刚写下的曲子，而是信手弹奏。于是一个很古怪的现象出现了：他写出来的东西明明和他从前的风格是一贯的，此刻弹的却像是另一个人的作品：狂乱，粗暴，支离破碎，完全没有他其他作品里的那种严谨的逻辑。克里斯多夫自己倒没觉得，但奥里维听着、看着克里斯多夫，隐约感到不安。在病体虚弱的情形下，他特别能预知未来，洞察幽微，窥见谁也没注意到的事。

　　克里斯多夫按了最后一个和弦，面目狰狞，满头大汗地停住了，他用惊惶不定的眼睛向四周扫了一圈，碰到了奥里维的眼睛，笑了下，回到他的书桌上。

　　"你弹的什么呀，克里斯多夫？"奥里维问。

"没什么。我只是把水搅动一下,想捉些鱼。"

"你想要写下来吗?"

"写什么?"

"你刚才弹的。"

"我已不记得弹了些什么了。"

"那你刚才在想些什么?"

"不知道。"克里斯多夫说着,用手按着脑门。

他继续写他的东西。屋子里又安静下来。奥里维始终看着克里斯多夫。克里斯多夫觉察到了,便转过身来,发现奥里维眼里含着无限的温情。

"你这个懒虫!"他嘻嘻哈哈地说。

奥里维叹了口气。

"怎么啦?"克里斯多夫问。

"唉,克里斯多夫,还有多少东西在你胸中!眼看你在这儿,紧靠着我,可是将来你给别人多少宝物,都不会有我的份了……"

"你疯了吗?你怎么了?"

"你将来的生活会是怎么样的呢?还要经历怎样的危险,怎样的难关呢?我想和你在一起……可是我什么都看不见了。我糊里糊涂地搁浅在半路上了。"

"要说糊涂,现在你就是糊涂。就是你要赖在半路上,我也不会让你那么做。"

"你会忘记我的。"奥里维回答。

克里斯多夫站起来,走过去靠近奥里维坐在床上,握着他出着虚汗的手腕。

"亲爱的克里斯多夫,"奥里维温柔地说,"这一辈子,我也有过美满的幸福了!"

"哎,你是什么意思?你不是和我一样,身体很好吗?"

"是的。"

"那你干吗说这些傻话?"

"对,这是我不应该。"奥里维羞愧地笑着。"应该是这次的感冒让我精神萎靡了。"

"你得振作起来呀。哎,喂!起来吧。"

"让我歇歇再说。"

他依旧躺在床上胡思乱想。他第二天起来了,在壁炉旁边坐着继续出神。

晚上,小驼子来了。奥里维胸中装满了故事,不由得又给他讲了一桩,奥里维微微笑着,出神了。他经常这样说着话,眼睛看着前面。孩子一声不出。后来他忘了还有孩子在场……故事讲到一半,克里斯多夫闯进来听到了,觉得很美妙,让奥里维再从头来一遍。奥里维却不愿意:"我和你一样,已经忘了。"

"不会的,"克里斯多夫说,"你是个古怪的法国人,对自己说的,做的,心里都有数。你从来都不会忘掉什么事。"

"这就是我的不幸。"

"因为你忘不了,我才让你把刚才的故事再讲一遍。"

"烦死了。再说有什么用?"

克里斯多夫恼了。

"这是错的,"他说,"那你的思想对你有什么用?如果统统丢掉你自己所有的,那会是永远的损失。"

"什么都不会损失的。"奥里维回答。

奥里维讲着他的梦境时,小驼子一直坐在那里纹丝不动,此刻才醒过来,对着窗子睁着迷忽的眼睛,沉着脸,神气凶恶,不知道在想些什么。他站起来说了句:"明天一定是好天气。"

克里斯多夫听了对奥里维说:"我坚信你说的他一个字也没听进去。"

"明天是五月一日。"爱麦虞限补充着,沉闷的脸上有了光辉。

"这是他的故事,"奥里维说,"嘿,你明天来讲给我听。"

"胡说八道!"克里斯多夫说。

第二天,克里斯多夫来找奥里维一起到城里去散步。奥里维的病虽然已经完全好了,但总异乎寻常的困倦。他不想出去,心里隐约感到恐惧,又不喜欢和群众混在一起。那天早上,他本不想和任何人接触,只想整天在家里躲着。克里斯多夫取笑他,埋怨他,不顾一切地让他出去振作一下:他已有十天没上街换换空气了。奥里维只当听不见,克里斯多夫便说:"好吧,那我一个人去。我要去看看他们的五一节。如果我今晚没回来,就是说我被抓进去了。"

他走了。在楼梯上,奥里维追了上来。他不想让克里斯多夫独自出门。

街上人很少。两个朋友挽着手臂,不大说话,但心里非常相爱,偶尔交换个只言片语,唤起一些亲切的往事。

过了塞纳河,人渐渐多起来。有安静散步的人,服装和脸色都是过假期的模样;有父母带着孩子闲逛的;有工人们在悠闲地散步。有些在钮孔上带着红蔷薇冒充革命分子的人也混在其中,表情很和善,表面上看起来,一切都很正常。

他们俩越往前进,人就越来越挤。一些形迹可疑的人混在人堆里等机会。在靠近奥兰丽饭店的地方,有警察和士兵拦着去路。机会果然来了,革命党人首先发出喊叫声和口哨声,鼓动人们向前推进。群众越来越多,彼此挤来挤去,用难听的话辱骂警察。情形不知不觉中发生了变化,他们渐渐急躁起来。站在后面的人因看不到前面的情形而不耐烦,又因躲在人群后面危险性比较低而表示得格外激烈。站在前面的人进退不得,越来越受不了的局面让他们很是气愤,心情变得很烦躁。不久便有人开始扔石子。很多人在临街的窗口张望,好像在看戏。他们一边刺激着群众,一边焦急地等军队开火。

克里斯多夫手脚并用地往这个密集的人堆闯,像楔子一样硬挨进去。奥里维紧跟着他。人墙稍微让出了一点儿隙缝,让他们过去,随即又阖上了。克里斯多夫兴高采烈。不管他跟法国的群众和他们的要求是多么的不相干,他一旦卷进这股潮水,便立刻被融化了;无论群众要什么,他只知道跟着要;不管自己去哪儿,他只知道往前,呼吸着这股狂乱的空气……

奥里维被克里斯多夫牵引着,跟在后面,毫无兴致,头脑很清醒,至于他同胞的热情,至于把他推着拥着的那股热情,比克里斯多夫冷淡很多。同时,这些紧挤在一起的人身上蒸发出来的气息让他作呕。

"克里斯多夫。"他用哀求的口吻叫了一声。

克里斯多夫不理他。

"克里斯多夫!"

"怎么了?"

"我们回去罢。"

"你害怕了?"克里斯多夫问。

他继续向前。奥里维只好苦笑着跟在后面。

在几排前的危险地带内,奥里维发现他的小驼子爬在一所卖报亭的顶上。他也看到了奥里维,眉飞色舞地瞟了他一眼,然后又重新眺望广场那边,睁大眼睛等着……等什么呢?等即将来到的事……而且不止他一个,周围很多人都等着奇迹！奥里维看了眼克里斯多夫，发觉他也在等待……

奥里维招呼孩子，要他下来。爱麦虞限装作听不见，不再看他。他也看到了克里斯多夫。在骚乱中露面他很高兴，一方是面向奥里维表示勇敢，另一方面是让他着急，算是对他和克里斯多夫在一起的惩罚。

在人堆里奥里维还看到了黄胡子高加，他正期待着冲突发生。高加向克里斯多夫走去。克里斯多夫一见到他，讥讽的脾气又来了："我早说过的吧，闹不起什么事来的。"

"等着看吧！"高加说，"随时都会出乱子的，不要待在这儿了。"

"不要胡扯！"克里斯多夫回答。

那时骑兵已经被人家扔石子扔得不耐烦了，想上前来清通到广场的入口，人群被冲散了，秩序变得很混乱。愤怒的群众不想受窘，便向士兵辱骂，还没放枪就已把他们叫做"凶手！"。高加看情形不对，抓着克里斯多夫的手臂，说："走吧，咱们到奥兰丽的铺子去。"后面跟着的奥里维一想到那气味恶劣的酒店和那些疯子的狂叫就让他觉得恶心，便和克里斯多夫说："我回去了。"

"好吧，一个钟点后我来找你。"

"不要再出去了，克里斯多夫！"

"胆怯鬼！"克里斯多夫笑着回答。

说罢他便走进酒店。

奥里维刚要拐过铺子的转角，再走几步就可以拐进和骚乱的场面隔离的另一条小巷了。但他脑中忽然浮现出那个小朋友的形象，便回去东张西望地找，正好看到爱麦虞限从他的瞭望台上摔下来，被奔逃的群众踩在地上，警察又在后面追来。奥里维不假思索地立刻奔过去救护。一个马路小工发现情形非常危急：大兵们拔出了腰刀，奥里维想伸出手去把孩子拉起来，却被势如潮涌的警察把他俩一起冲倒了。小工大叫一声，也冲了进去。同伴们也跟在他后面相继奔过来。站在酒店门口的人和已经进了酒店的人，听见了呼救声都先后奔出来。两队人像狗一般扭在一起。——奥里维这个贵族的小资产阶级，一个比谁都厌恶斗争的人，竟这样把斗争的机钮拨动了⋯⋯

克里斯多夫也被工人们牵引着加入了混战，可不知道是谁发动的。他怎么也不会想到有奥里维在内。他以为他已经走了，已经在绝对安全的地方了。当时根本无法看出战斗的情形。每个人都弄不清自己被谁攻击。在漩涡中奥里维不见了：船沉到水底下去了⋯⋯不知哪儿飞来的一拳打在了他的左胸上，他立刻倒下去了，被一窝蜂的群众踩在脚下。克里斯多夫已被挤到战场的另一头。在他心里没有一丝仇恨，只是兴奋地和大家推来撞去，仿佛在乡村里赶集似的。他并没有想到事情的严重，所以当被一个警察抓着手腕，拦腰抱住时，他还开玩笑地说："要跳个华尔兹吗，小姐？"

可第二个警察又骑上他的背时,他便像野猪一样抖擞了一下,抡着拳头在那俩人身上乱捶乱打,他怎么肯被人制服呢?他把骑在他背上的敌人摔在地上了。另一个狂怒之下,拔出了刀。克里斯多夫看见刀尖离自己的胸脯只有两寸,立刻闪过身子,抓住敌人的手腕,拼命想夺下武器。他一下搞不明白了——至此为止,他一直把事情当作游戏……但那时他跟敌人扭成一团,互相打着嘴巴。他已没有时间思索。对方眼里呈现出杀性,而他心里也起了杀性。眼看他自己要像一头绵羊一样被人宰割了,便冷不防把敌人的手腕和刀一起扭转来,向敌人的胸脯刺进去,他感觉自己要杀人了,真的杀了。从他眼睛里看出来的东西都不一样了,他如醉若狂地大叫起来。

奥里维被抬到奥兰丽酒店里时,已经失去知觉。别人把他放在铺面后间的一张床上。床脚下蹲着那个垂头丧气的驼子,奥兰丽替他包扎伤口。

玛奴斯和加奈也在那。玛奴斯把奥里维诊察了一遍,立马断定没希望了。虽然他对奥里维很有好感,但他却不是一个看着无可挽救的事发呆的人,便想到克里斯多夫而不再关心奥里维了。

如果克里斯多夫知道奥里维死了,他会疯掉,还要乱杀人,直到送掉自己的命为止。玛奴斯对加奈说:"如果克里斯多夫不马上离开,一定完了。我去把他带走。"

"怎么带他走呢？"

"用你的车送他到拉洛什，"玛奴斯说，"还赶得上蓬塔利埃的快车。你把他送上去瑞士的车。"

"他不会同意的。"

"我有办法。我可以和他说，奥里维会去瑞士和他会合，甚至可以说他已经走了。"

玛奴斯不再听加奈的意见，径自去找克里斯多夫。他找到时，克里斯多夫正爬在仰天翻倒的街车上头，在一个轮子上趴着，拿手枪向天空放着玩。玛奴斯大声喊克里斯多夫。克里斯多夫背对着他，没有听见。玛奴斯爬上去拉他的衣袖，被他差点推下来。玛奴斯挺了挺身子，嚷道："奥里维……"

喧闹声淹没了下半句。克里斯多夫突然住嘴了，手枪掉在地下，从车轮上爬下来，跑到玛奴斯面前。玛奴斯拉着他就走。

"你要赶快溜了。"

"奥里维在哪儿？"

"赶快溜吧。"玛奴斯又说了一遍。

"为什么？"

"不用一个钟点，这儿就会被军队攻下。你今晚上就得被捕。"

"我又没做什么！"

"看看你的手吧……别糊涂了!你赖不掉的,他们不会饶你的。大家已经认出你来了。快点儿,一分钟都不要耽误。"

"奥里维在哪儿?"

"在他家里。"

"我去找他。"

"不行。警察正在门口等着你。他让我来通知你。你快走吧。"

"你要我去哪儿呢?"

"去瑞士。加奈用车送你。"

"那奥里维呢?"

"我没时间多说了……"

"没见到他我是不会走的。"

"你在那边可以见到他呀。他明天搭头班车到瑞士找你。快点!别的事等会再和你说。"

他一把抓着克里斯多夫。克里斯多夫已被喧闹声和刚才那发疯似的冲动弄得迷迷糊糊,他既不了解自己做的事,也不了解别人让他做的事,只是莫名其妙地被别人拉着跑。玛奴斯一只手抓着克里斯多夫,另一只手抓着加奈,把他们送上汽车。玛奴斯向来知道加奈的脾气,不放心他的胆小,于是正要和他们分手而汽车已经发动时,玛奴斯突然改变主意,也上了汽车。

奥里维神志依旧昏迷,身边只有奥兰丽和爱麦虞限两个人。奥里维清醒的一刹那,感觉到爱麦虞限在亲吻自己的手,他有气无力地笑了笑,挣扎着抬起手放在孩子头上。啊,他的手多么沉重啊!他又昏迷过去了……

第二章

  他们出了巴黎。十年前,克里斯多夫也是在这样的一个黄昏到巴黎的。他那时已经开始逃亡了。但那时他所爱的朋友是活着的,而克里斯多夫是在不知不觉中逃到朋友那里去的……

  他并没有因离开巴黎而难过:虽然世界大得很,但人到处都是一样的。去哪儿都没关系,只要能和朋友在一起。他想着和奥里维第二天早上就能和会合的事……

  他们到了拉洛什。等火车开了,玛奴斯和加奈才和他分手。对于在什么地方下车,住什么旅馆,信件从哪个邮局领取这几个问题,克里斯多夫向他们问了好几遍。他们和他作别时,脸上表示很难过。克里斯多夫却高兴地和他们握着手,说道:"行了,不要这么哭丧着脸。后会有期!这算不了什么事。明天我就会给你们写信。"

火车开走了，他们看着他远去了。

"可怜的家伙！"玛奴斯叹了声。

他们回到车上，什么也不说。过了一会，加奈说："我觉得我们这是在犯罪。"

玛奴斯先是不作声，接着回答道："唉！死的总归是死了。应该救活的。"

刚到站，克里斯多夫就向车门外张望，看看月台上是否有那张熟识的亲爱的脸……下车后，又向四周探望。有那么一两次，他有点儿眼花，好像……噢，不，不是他。他到约定的旅馆去，奥里维不在。这当然不足为奇：奥里维不可能比他先到。但从此克里斯多夫开始了焦急的等待。

第二天早上。克里斯多夫吃了饭后便上街闲逛，装做轻松的样子，欣赏一下湖，看看铺子里的陈设，翻着画报……无聊得很。时间过得真慢。好不容易到了晚上七点，克里斯多夫不知怎样好，便吃了晚饭上楼去了，他吩咐仆人，等朋友　到，马上把他带到房间里来。他背对着房门，坐在桌子前，无所事事，耳朵一直听着走廊里的脚声。整天等待的疲倦和整晚都没有睡觉，使他神经过敏到了极点。

他突然听见房门开了。一种异样的感觉使他没有马上把头转过去。他感觉有一只手放在他的肩上，便转过身来，看到奥里维在微微笑着。他并没有感到惊奇，只是说："啊！

你终于来了!"

就那么一刹那工夫,幻景便消灭了……

克里斯多夫猛地站起,把桌子推开,椅子翻倒在地下。他呆了一会,毛骨悚然,牙齿打得很响,脸像死人一样……

从那时起,他已经把将要发生的事都预感到了。

他没法再在房间里待下去,便到街上走了一会。回到旅馆时,他从看门的那里拿到他的一封信。他哆嗦着双手接过来,奔到楼上,打开信,一读到奥里维的死耗,立马晕了过去。

信是玛奴斯写来的,说昨天瞒着他催他离开,完全是奥里维的想法。信上还说克里斯多夫留在那里除了送命外,别无他用。但克里斯多夫为了纪念他的亡友、其余的朋友、自己的光荣,应该活下去……奥兰丽也附了两三行,说她会料理那位可怜的先生的后事的……

克里斯多夫一醒过来,就大发神经,只想把玛奴斯杀死,立马奔向车站。他只有一个念头:"杀玛奴斯!杀!"他要回巴黎。夜快车一小时前已开出,必须等到第二天早上。那怎么行!于是他随便搭了一班开往巴黎方向的火车。谁知车子到达法国第二站时,便停止不前了。克里斯多夫暴跳如雷,下了车,询问另外一班车,困倦的职员们根本不理他。但无论他怎么办,都已经太晚了。对奥里维而言是太晚了。可能甚至连玛奴斯也来不及找到,就先被捕了。求生的本能

把他拦住了，劝他回瑞士。两三点钟内，没有去任何方向的车，他在候车室里待不住，便走出了车站，在黑夜里捡了条小路直闯。他走过了田野，进了林子，没走几步就趴在地上号啕大哭，嚷着："啊，奥里维！"

过了好久，听见火车的长啸声，他爬起来，想回车站，却走错了路，走了整整一夜。黎明时，他走进法国的一个小村子。在一个农家的牛棚里住了一宿，第二天早上在农夫的指引下，往边境方向走去。

他过了边境，远远地看见一个钟楼高耸。忽然想起这里有个当医生的同乡，叫哀列克·勃罗姆，去年还来过信，祝贺他的成功。不管勃罗姆的为人多平凡，也不管他们之间的关系多疏阔，克里斯多夫像一只受伤的野兽，拼尽全力去投奔他，觉得要倒下，也得在一个不完全陌生的人家里倒下。

终于，要寻访的姓名，他在一所屋子的门上看到了，便开始敲门。

开门的是一个女人。他说要见哀列克·勃罗姆医生，并报了自己的姓名，每个字都是艰难地从喉咙里吐出来的。那女人听后一声不出，进去了。克里斯多夫随她走进一间窗户紧闭的屋子。她让他自己待在黑房里，出去带上了门。他把身子靠着墙，耳朵里嗡嗡乱响，只觉得天旋地转。

挪动椅子的声音从楼上传来，有人惊讶地叫了几声，接着是砰砰的关门声。沉重的步子从楼梯上走下来了。

"他在哪?"一个熟人的声音问。

房间的门被打开了。

"怎么让客人待在黑房里!该死!阿娜,怎么没拿个灯来?"

克里斯多夫虚弱到极点,也狼狈到极点,听见这个喧闹但诚恳的声音,觉得很是安慰。他抓住了主人伸过来的手。这时灯火也来了。两个人对望着。勃罗姆长得奇丑无比,但克里斯多夫看着他,握着他的手,心里很舒服。勃罗姆吃惊地叫起来:"天啊!你变得真厉害!怎么搞成这个样的?"

"我从巴黎逃出来的。"克里斯多夫说。

"我知道,报上说你被捕了。呵,还算运气!"

他打断了话,指着那个不声不响地招待克里斯多夫进门的女人,说:"这是内人。"

她站在房门口,手里拿着一盏灯。他看也不看地和她握了握手,已经支撑不住了。

"我是来……"他结巴着想说明来意。"我想你也许……如果我没有太打搅你们的话……也许愿意……收留我一两天……"

勃罗姆马上接过话:"什么一两天!二十天,五十天,你想待多久就多久。只要你在这个地方,就住在我们家,我还希望你能多住些日子呢。这是在给我们面子,让我们高兴的。"

克里斯多夫对这些亲热的话很是感动,竟扑在勃罗姆的臂弯里。

"好朋友,好朋友,"勃罗姆说着,"啊,他哭了……怎么回事?阿娜!阿娜!快!他晕过去了……"

等他再睁开眼时,已经躺在一张大床上。一股潮湿的泥土味从打开的窗子里传来。勃罗姆在床边躬着身子。

"啊,对不起。"克里斯多夫结巴地说着,想坐起来。

"他这是饿坏了!"勃罗姆叫了一声。

他太太出去,端来一杯东西给他喝。勃罗姆扶着他的头。克里斯多夫喝完后才有了点生气,可是疲倦比饥饿还要厉害,头一触到床,他就睡熟了。勃罗姆夫妇在旁边守着,发现他除了睡觉外没有其他的需要,就出去了。

第二夜情形比较安定。他困倦之极,痛苦的感觉不再有,丑恶的生命的痕迹不再有——可是一醒过来,更窒息了。他把那天琐碎的情形都记起来了,想到奥里维不想出门,再三说想回去,于是他悲痛地对自己说:"是我要了他的命。"

人生的苦难是不能得一知己。这死的打击对于克里斯多夫格外可怕。接连好几个星期,他努力让亡友重生,他和他谈话,给他写信:"我的灵魂,今天我没有收到你的来信。你在哪里呢?回来吧,回来吧,和我说话呀,给我写信呀!"

终于有一夜,他睡得很熟,到第二天下午才醒。屋子里没有一个人。勃罗姆夫妇外出了。窗子开着,明媚的天空笑着。克里斯多夫觉得一副重担卸掉了。他起来走到花园里。克里斯多夫在花棚下坐着,背对着墙,仰着头,从蔷薇和葡萄藤的空隙中望着晴朗的天。他仿佛刚从噩梦中醒来。忽然一朵最好看的花谢了,落英缤纷,在空中散开,仿佛一个无邪的美丽的生命就这样平淡地消逝了……这一下让克里斯多夫哀伤之极,透不过气来,他用手捧着脸哭了……

克里斯多夫又重新上路了,步子好像和从前一样的稳健了,他关起心房,让痛苦无法闯进去。他对别人不提他的痛苦,自己也避免和痛苦照面:他似乎很平静了。

他和人生重新结合后,就需要找个生计。他的傲气迫使他不想给朋友增加负担。虽然勃罗姆竭力推辞,不肯收一个钱,他却非要找几处教琴的事,能付给屋主一笔固定的膳宿费,才觉得安心。

由于勃罗姆的请求,克里斯多夫又开始常常弹琴了,在大客厅里一直弹到深夜,让勃罗姆在一旁听得出神……阿娜坐在屋子的最里头,膝上放着活计,一声不出,好像在那里工作,但她直瞪着眼,手指也不动。有时她会在曲子的半中间无声息地走出去,不再露面。

日子一天天过去。克里斯多夫又有了精力。勃罗姆的过分却真诚的好意,清静的屋子,有规律的日常生活,特别是丰盛的日耳曼式的饮食,让他那结实的身体恢复了。虽然肉体已和从前一样的健康，精神上还是病着。新长出来的力气只会加强骚乱的心绪，因为它始终没有恢复平衡，就像一条装载不平衡的船，只要受到一点微小的震动就会跳起来。

他完全孤独了，和勃罗姆谈不到精神上的相契，和阿娜的交际只是早晚的招呼，对学生又绝无好感可言：因为他公然表示，就以他们的才气，最好还是把音乐放弃。在城里，他不认得一个人。而这并不是完全是他的过失。自从奥里维死后，他虽然总是很孤独地待在一边，但周围的人也根本不允许他接近。

他唯一的朋友，能听到他吐露思想的知己，是在城里穿过的那条河，也就是在北方灌溉他故乡的莱茵。在它旁边，他又想起了童年的梦境。但是在心如死灰的情形下，那些梦境也就像莱茵一样染着阴惨惨的色调。

一天晚上，克里斯多夫即兴在钢琴上弹着，阿娜站起身来出去了，克里斯多夫弹琴的时候，她经常这样做。好像她讨厌音乐。克里斯多夫对这些早已不注意，也不在乎她心里是怎么想的。他继续弹着；后来忽然想记下所弹的东西，就跑到房里去拿纸。他打开隔壁的门，便低着头往暗里直冲，没想到在门口突然撞到个僵直不动的身体。原来是阿娜……这么突如其来的一撞把她吓得叫起来。克里斯多夫怕把她撞痛了，便亲切地握着她的两只手。手是冰冷的，人也好像在发抖——应该是受了惊吓吧？

"我是在饭厅里找……"她结巴着解释。

她说找什么他没听见,或许她根本就没说出来。他只是很奇怪她怎么在黑暗里找东西。但他早已习惯了阿娜古怪的行为,也不以为意。

一小时后,他回到小客厅和勃罗姆夫妇在一起坐着,伏在桌上写音乐。三个人都不说话。但克里斯多夫觉得阿娜似乎在望他,起初并不在意,后来这个念头老是在脑子里转,便抬起眼睛看了下镜子……果然阿娜望着他,用一副让他呆住的目光,暗蓝的巨大的瞳子,严峻却火辣辣的目光,正悄悄地热情地在那里搜索他的内心。突然他转过身来……她把眼睛低下去了。他和她搭讪,想迫使她正面看他。可是她不动声色地回了话,始终低着头做活,没有抬头。如果不是克里斯多夫头脑清楚,非常有把握的话,他会以为那是个幻象的。但他肯定他是看到的……

然后他又开始集中精神工作,既然对阿娜没有兴趣,对这个奇怪的现象也就不去多推敲了。

一周后,他在琴上试着一支新作的歌。勃罗姆要太太唱歌,阿娜竟一反常态,没有拒绝,而是收起活儿,站起身来走向钢琴。这支歌她连看都没看过,她竟自己唱了起来,而唱的结果可以堪称奇迹。声音沉着,一开始就把音唱准了,既不慌张,也不费力,把音乐表现得极有气魄,并且很纯粹,很动人,她自己也达到了热情奔放的境界,这让克里斯多夫大为激动，觉得她把他的心声唱出来了。她唱着，他看着她呆住了，这是他第一次把她看清楚。

从那天起，克里斯多夫开始对阿娜留神观察。她又恢复了不声不响，冷淡麻木的态度，只管不停地做活，丈夫看了都气恼。事实上她是借工作来把骚乱的天性压制住，不让那些暧昧的思想抬头。克里斯多夫看来看去，只觉得她还是原先那个动作发僵的人。她有时什么事都不做，瞪着眼睛在那出神。你现在发觉她这样，一刻钟后还是这样，一点也没动过。丈夫问她在想些什么时，她便惊醒过来，微微一笑，说什么都没想。而这也是事实。

克里斯多夫不想再听阿娜唱歌了。他怕……说不清是怕失望还是怕别的什么。阿娜也同样地害怕。只要他开始弹琴，她就不会待在客厅里。

可是在十一月里的一天晚上，他正坐在火炉旁边看书，发现阿娜又坐在那出神。她惘然望着空处，克里斯多夫觉得她眼睛里又有一股和那晚一样的特殊的热情。他便把书阖上。她觉得克里斯多夫在注意她，便重新开始缝东西，尽管低着头，还是把什么都看得很清楚。他站起来说了声："你来吧。"

她瞪了他一下，懂得了，便起来跟着他走了。

"你们去哪儿？"勃罗姆问。

"去弹琴。"克里斯多夫回答。

他弹着,她唱着。他立马就发现了她第一次那样的感情。她一下就达到了雄壮的境界,好像那是她固有的天地。他想继续试验,便弹了第二首曲子,接着又弹了一首更激昂的曲子,把她胸中那无穷的热情都给解放了出来,使她越来越兴奋,他也跟着兴奋,到了最高潮时,他突然停下,盯着她的眼睛,问:"你到底是谁呢?"

　　"我不知道。"阿娜回答。

　　他又很不客气地说:"那你心里有什么,能够使你唱成这样的?"

　　"只有你给我唱的东西能让我这样。"

　　"真的?那我的东西没放错地方。我竟有点疑心这到底是谁创造的,是你还是我?难道你对事情真是这样想的吗?"

　　"我不知道。我觉得我唱歌时已经不是我自己了。"

　　"可是我觉得这倒是真正的你。"

　　他们不再说话了。她脸上微微冒着汗,眼睛盯着火光,心不在焉地用手指剥着烛台上的溶蜡。他一边看着她,一边随便按着键子。他们互相用生硬的语气说了几句局促的话,随后又随便交换了些俗套,然后大家沉默,都不敢再往深处试探⋯⋯

　　阿娜为唱歌入迷,勃罗姆感到有些奇怪,但他也不想去推究原因。这些小小的音乐会他也参与,摇头晃脑地打着拍子,时时发表些意见,觉得很快活,但心里更喜欢比较柔和的音乐，觉得消耗这么多精力未免过分。克里斯多夫感觉到有些危险，但他头脑迷忽，经历最近一场痛苦之后，精神衰弱，无法抗拒了。他不清楚自己心里有些什么，也不想知道阿娜心里有些什么。有一天下午，一支歌唱到一半时，正在热情骚动的段落上，她突然停下，默默离开了客厅。克里斯多夫等着她，可她始终没回来。过了半小时，他走过阿娜的卧房时，发现门半开着，看见她在屋子的最里头，脸上冷冰冰地做着祈祷。

他们之间有了一点儿，很少的一点信任。他让她讲从前的历史，可她只泛泛地回答几句，克里斯多夫费了很大力气，才零碎地套出一部分细节。因为勃罗姆很老实，说话很随便，克里斯多夫居然知道了她一生的秘密。

她是本地人，姓桑弗，名叫阿娜—玛丽亚，父亲叫玛丁·桑弗。这是一个世代经商的旧家，上百年的百万富翁，在他家里阶级的骄傲和奉教的严格是根深蒂固的。可玛丁竟不顾家族的反对娶了一个庄稼人的女儿，声名不是很好，先是做了他的情妇然后才嫁给他的。结果是家族方面一致把他摒弃门外。经济方面，不但他自己的一份家产荡尽，同时一个差事也找不到，到处都对他闭门不纳。铁面无情的社会给他的羞辱，让他抱着一腔怒气，精力全被消磨完了。婚后五个月，他就中风死了。他太太心很好，可是太软弱，没头脑，嫁过来后没有一天不哭，丈夫去世后四个月，生下了小阿娜,就在产褥中咽气了。

玛丁的母亲还活着。可她什么都不肯原谅,即便是当事人死后也不原谅,既不原谅儿子,更不原谅那个她不想承认的媳妇。玛丁的老太太是个热心宗教却非常狭窄的女人,她不把儿子的女儿当孙女,而只是当作发善心而收留的孤儿,所以孩子是应该像奴仆一样报答她的。话虽如此,她还是让她受到不错的教育,但始终本着严厉与猜疑的态度,好像觉得孩子是她父母的罪恶的产物,所以想在孩子身上继续拼命追究那个罪恶。到了能帮助祖母的年龄,她便在黑洞洞的绸铺里从早到晚地做事。看着周围的榜样,她自然而然学会了那套作风:做事要有秩序,处处讲究节省和不必要的刻苦,淡漠无情,还有郁郁寡欢和瞧不起一切的人生观。

勃罗姆和她是在别人的婚筵上遇到的。她那次去吃喜酒是例外,大家一向觉得她出身低贱而不敢请她。她那时二十二岁。勃罗姆对她留了心,他去拜访了祖母,第二次再去时,就提了婚,祖母同意了,没有一个钱陪嫁。

这年轻的女人对丈夫从没有过爱情。但她知道勃罗姆是个好心人,也感激他不顾她的出身而跟她结婚。对于妇道她看得很重,结婚七年,夫妇之间从没有过风波。他们守在一起,既不了解,也不会因此而有什么不安。在众人眼里,他们是一对模范夫妻。夫妇俩难得出门。勃罗姆的亲朋虽然相当多,但没法让妻子踏进那个社会。别人不喜欢她,她出身的污点还没有完全抹掉。她也从来不主动和别人亲近。

几星期来，阿娜好像闹着病，脸都瘦下去了。她躲着不和克里斯多夫与勃罗姆见面，成天把自己关在卧房里胡思乱想。别人和她说话，她也不作答。勃罗姆照例不会因女人这种任性的行为而着慌的，他还跟克里斯多夫解释呢。虽如此，他也开始为阿娜的健康操心了，认为她的憔悴是因为她的生活方式，老关在家里，从来不出城，也很少出大门的缘故。于是他要她去散散步。

在勃罗姆的一再劝说下，阿娜终于答应去近郊玩一天。散步定在一个周日。可到最后一刹那，因这件事欢喜得像个孩子似的医生，竟然为了一个急症不能分身，只好由克里斯多夫陪着阿娜出发。

他们乘坐区间小火车，往远山如黛的地方驶去。车厢里人很拥挤，他俩分开坐着，没说一句话。

他们下了火车，向邻近的村庄出发。在一家乡村客店吃饭时，阿娜狼吞虎咽的胃口，是克里斯多夫从没见过的。他们兴致极高，喝了点儿白酒。饭后，他们像两个好伙计似的，到田里玩儿去了。他们心里很安静，只想着走路的乐趣，和他们胸中激动的热血与刺激他们的空气。阿娜松口了，不再存心提防，想到什么都说。

她讲着童年的往事。谈到她当年那没有阳光的卧室，津津有味地回想着；在那儿她整夜的不睡觉，编着故事……

"什么故事?"

"想入非非的故事。"

"讲给我听吧。"

她摇摇头,表示不愿意。

"为什么?"

她红着脸笑着补充:"还有白天我工作的时候。"

她想了下,又笑起来,下了个结论:"都是些疯癫的、不好的事。"

他取笑她说:"你难道不害怕吗?"

"怕什么?"

"罚入地狱呀。"

她的脸顿时冷了下来,说道:"哦!这个你不应该提到。"

他把话扯开了。她又恢复了信赖的表情,说起她小姑娘时代的大胆。有一回她突然把一个比她高出一个头的小朋友捶了一拳,希望他还手。想不到他边嚷着边逃了。另外一次,她跳上一头旁边走过的黑母牛的背,母牛吃了一惊,把她摔下来,撞到了树上,差点送了命。她也曾经从二层楼的窗口跳下去,因为她想证实自己敢这样做;结果除了摔得青肿之外竟然没有什么。她独自在家时,还发明各种古怪而危险的运动,要她的身体受各种奇特的考验。

"想不到你是这样的呢,"他说,"平常你是那么严肃……"

"噢,你是没看见有些日子我自个儿在房里的模样呢!"

"怎么,这一套你现在还玩吗?"

她笑了,随后又扯到另外一个话题,问他打猎不。他回答说不。她说她有一次对一只黑鸟开了一枪,竟然打中了。他听了很愤慨。

"呵!"她说,"那有什么关系呢?"

"难道你没心肝吗?"

"我不知道。"

"你不认为禽兽和我们一样是生物吗?"

"我是这样想的。对啦,我问你:你相信禽兽也有一颗灵魂吗?"

"我相信有的。"

"牧师说没有。但我认为它们有。"她又很严肃地补上一句:"并且我相信我前生就是禽兽。"

他听着笑了。

"可笑吗?"她也跟着笑了,"小时候我就给自己编造这样的故事。我想象我是各种动物。我感到有它们的欲望,特别想和它们一样长着毛或是翅膀,试试是什么感觉,好像我真的试过了。唉,你不懂吗?"

"不错,你是个古怪的动物。可是既然你觉得和禽兽是同类,又为什么虐待它们呢?"

"一个人总是要伤害别人的。别人伤害我,我也去伤害别人。这是必然的事。我从不抱怨。对人不能太柔和!我让自己很是受了些痛苦,纯粹是为了玩!"

"你伤害自己吗?"

"对。你瞧,有一天我把一只钉敲在这只手里。"

"为什么?"

"不为什么。"

"给我你的手。"她说。

"干吗?"

"给我便是了。"

他把手伸给她。她拼命地掐,他不自觉地叫起来。他们像两个乡下人那样比赛,看谁能让谁更痛,玩得很高兴,心里没别的念头。

黄昏来了。他们俩孤零零地重新穿过田野,重新走着早上所走的路。他们到了车站。

车中的乘客还是很拥挤,他们没法谈话。他跟她对面坐着,目不转睛地盯着她。他竭力想和她说话。她只冷冷地回个一言半语,头一直向着别处。他硬要自己相信这是因为疲倦引起的变化,但心里清楚真正的原因是别有所在。下车时,她没有接受他伸给她的手。他们不声不响地回到了家里。

过了几天,下午四点左右,勃罗姆出去了,只有他俩在家。他们又弹唱了一首曲子,曲子完了。一片静默……她唱歌时把一只手放在克里斯多夫肩上。两人都不敢动，浑身哆嗦……突然之间，像闪电一样快，她弯下身子，他仰起头，两人的嘴唇碰到了，呼吸交融了……

她推开他，马上溜走。他待在黑影里不动。勃罗姆回家了，大家一起坐上桌子吃饭。克里斯多夫已不能再思想。阿娜好像心不在焉，眼睛看向别处。吃完晚饭，她就立马回到卧室。克里斯多夫不能和勃罗姆单独相对，便也告退了。

半夜时分，已睡下的医生被请去出诊。克里斯多夫毫无睡意，觉得有种恐怖的情绪，越来越严重。忽然有种细微的声音，把他吓得直打寒战。声音逐渐逼近，停下了。很显然有人在门外等着……然后静默了几秒钟，或是几分钟……克里斯多夫透不过气来了，浑身是汗。有只手摸索着把门推开了，一个影子慢慢地走过来，他们彼此的目光在黑影里探索，可是看不见……她倒在了他身上。两人悄悄地发疯似的互相抱着，没有一句话……

过了一小时，两小时，或许是过了一世纪，楼下的大门开了。阿娜挣脱身子，离开了克里斯多夫，和来时一样没有一句话。她回到房里。勃罗姆看到她躺着，似乎睡得很熟。可是挨在丈夫身边的她，屏着气，一动不动，睁着眼过了一夜。她已不知这样熬过多少夜了！

克里斯多夫也睡不着，心里难过到极点。对于爱情，特别是婚姻，他素来抱着严肃的态度，最讨厌那些诲淫的作家。通奸更是他深恶痛绝的。对别人的妻子,他一方面极尊敬,另一方面从生理上感到厌恶。欧洲某些上层阶级的杂交让他恶心。曾经有过多少次,他对这种罪人进行毫不留情的痛斥!又有过多少次他和这类自暴自弃的朋友绝交!现在他竟做出同样下贱的事!而他尤其是罪无可恕。他奔到这儿来,若不是朋友把他收留了,可能他如今已经不在这个世界了。而他却剥夺朋友的幸福,污辱朋友的名誉作为报答。精神上的错乱使他发了一场寒热。

克里斯多夫托辞旅行,他决意不回来了,拼命用疲劳来折磨自己:走着长路,作着极辛苦的运动,爬山,划船。可是心头的欲火任凭什么都压不下。他一无结果地挣扎了十五天以后,又回到阿娜家里。他不能离开她了。他精神上闷死了。

但他继续奋斗。回来当晚,他们俩都避免见面,饭都不在一块儿吃。夜里,两人战战兢兢地锁在各自的房里——但是没用。到了半夜,她光脚跑来敲他的门,他开了,她爬到他床上,竭力想让自己静下来,可心中太痛苦了,压制不住。她把嘴贴在克里斯多夫的颈上,号啕大哭。看到她这样难过,他吓得把自己的痛苦给忘了,只拿些温柔的话来安慰她。她呻吟着说:"我受不了,我宁愿死……"

他听后心如刀割,想拥抱她,却被她推开。"我恨你!你为什么跑到这儿来?"

她恨他恨得要死。克里斯多夫垂头丧气，不说一句话。阿娜听到他呼吸困难，便转过身来，勾着他的脖子，说："可怜的克里斯多夫！是我让你受罪了……"

他破天荒地第一次听到她有这种怜悯的口吻。

"原谅我吧。"她说。

"咱们俩彼此都是一样的。"他回答。

她抬起身子，几乎不能呼吸了，无比丧气地说："我完了……这是上帝要我完的。把我交给敌人……我如何反抗他呢？"

她坐了好久，才重新睡下。天快亮了，屋里射进一道朦胧的光。朦胧中，他看见她痛苦的脸偎着他的脸。轻轻地说了声："天亮了。"

她一动不动。

于是他说："好吧，管他呢！"

她睁开眼，下了床：神气疲倦得要死。她用毫无生气的音调说："我今晚上预备把他杀了。"

他吓了一跳，叫了声："阿娜！"

她沉着脸，看着窗子。

"阿娜，"他又说，"天地良心……他不该被杀呀！这样一个好人……"

她跟着说："是的，不应该杀他。"

第二天早上，他见到了勃罗姆，欺骗朋友之后这还是第一次和他单独相见。饭吃了一半,阿娜感觉透不过气来,就把饭巾扔在桌上,出去了。两个男人默默无声地继续吃着,或是假装吃着,头都不敢抬起来。吃完了,克里斯多夫正想离开时,突然勃罗姆两手抓着他的胳膊,叫了声:"克里斯多夫……"

克里斯多夫心慌意乱地看着他。

"克里斯多夫,"勃罗姆的声音发抖,"你知道这是怎么回事吗?"

克里斯多夫感觉像给人当胸扎了一刀,一时回答不上来。勃罗姆怯生生地看着他,立刻补充:"你是常见到她的,她很信任你……"

克里斯多夫几乎要求他原谅了。勃罗姆发现克里斯多夫神色慌张,吓得不想再看,只用哀求的目光,结巴着说:"你什么都不知道,是不是?"

"是的,我什么都不知道。"克里斯多夫不胜狼狈地回答。

"好吧,谢谢你……"勃罗姆说。

他站在那,双手抓着克里斯多夫的衣袖,好像还想问什么而又不敢出口,躲着克里斯多夫的目光。随后他叹了口气,松了手,走了。

克里斯多夫因又说了一次谎,难过到极点,跑去找阿娜,慌张地把刚才的情形告诉了她。阿娜无精打采地听着,

回答说:"那就让他知道好了!有什么关系?"

"你怎么能这样说呢?"克里斯多夫叫起来,"无论怎样,我不想让他痛苦!"

阿娜也发脾气了:"他痛苦难道我就不痛苦吗?他也得痛苦才行!"

他们彼此说了些难堪的话。

她虽话说得很凶,但心里是跟克里斯多夫一样想着勃罗姆。她也比克里斯多夫更明白:勃罗姆很快就会知道的。

无论勃罗姆的家怎样的与世隔绝,无论资产阶级的悲剧怎样的深藏,总会有一些风声透到外边去。

阿娜连续两周没去教堂,便引起了大家的猜疑。平时她参加礼拜时是没有一个人注意她的。他们以各种理由来到阿娜家中,眼睛四下里乱转,在屋子里搜索。有那么两三次,他们装作很无心地问到克拉夫脱先生的近况。过了两三天,牧师也亲自来了,隐约说到一些交坏朋友危险等讽示的话,气得阿娜心都凉了。

终于一个大家可以公然毁谤的时间到了。狂欢节近了。

阿娜心里当时就存着这种恐惧——其实并没有根据。她没有必要害怕。在当地的舆论界中,她的地位是微不足道的,人家不会想到去攻击她。但是在与世隔绝的情形下,加上近几周的失眠所引起的神经过敏和极度疲乏,使她能想象出最无理由的恐怖。

阿娜的老妈子年纪四十多岁,名叫巴比。她永远挂着笑容,是一个模范仆人,同时也是一个在家里埋伏着的标准敌人。阿娜凭着女性的本能,把巴比看得清清楚楚。

克里斯多夫回来那夜,阿娜极度痛苦,虽打定主意不再见他,仍旧赤着脚偷偷地在黑夜里摸着墙壁走过去。正准备进克里斯多夫卧房时,她忽然觉得脚底下踩着一层暖暖的,软绵绵的灰,而不是平时那光滑冰冷的地板。她蹲下去用手一摸,心里全都明白了:原来通道里有二三米的地方,被洒上了一层薄薄的细灰。是巴比的狡计。当时阿娜毫不迟疑,一方面瞧不起这种诡计,另一方面想表示什么都不怕,便继续向前走,走进克里斯多夫的卧房,没对他提这件令人不安的事,只是在回去时,拿一把壁炉的扫帚,仔细扫平了灰上的脚印——第二天早上阿娜和巴比相见时,仍是一个冷冷地沉着脸,一个照例满脸堆着笑容。

巴比有一个年纪比她大一些的亲戚经常来看她,名叫萨米·维兹希。最近萨米来的次数比较多,并且总是神不知鬼不觉地进来。

铺灰的诡计被阿娜识破后的第二天,阿娜走进厨房,发现萨米正拿着她夜里用来扫脚印的小帚。原来她是从克里斯多夫房里拿的,此时才想起忘了放回原处,竟放在了自己屋里,被巴比那双尖锐的眼睛发现了,此时正和萨米在推敲这个故事。阿娜不动声色,巴比顺着她的目光瞧着扫帚,假意

笑了下，解释道："扫帚坏了，我让萨米修理一下。"

阿娜不屑把这个无聊的谎言给揭穿，只当没听见；她看了下巴比的活儿，批评了几句，就若无其事地走了出来。可是一关上门，她的傲气就全都没有了，不自觉地躲在走廊的拐角儿上偷听。他们的谈话唧唧哝哝，轻得简直听不见。但当时的她已经吓昏了，自以为听到了她怕听到的话。没错，他们是想把铺灰的故事说出去……可能是她听错了。但她已经神经过敏到病态的程度，这半个月来她老有被公众羞辱的念头，所以她不但把不确定的事当做可能，而且当作是必然的了。

从此她就下定了决心。当天晚上，勃罗姆被请到离城二十里左右的地方去出诊，第二天早上才能回来。阿娜把自己关在屋里，不出来吃饭。她预备就在今晚实行她的计划。但她决定自己实行，不告诉克里斯多夫。

克里斯多夫正想利用这一晚和阿娜彻底谈一谈。他想吃过晚饭就溜进阿娜的卧房。但巴比一直跟在他背后。直到他熄灯才上楼，还预备在暗中继续监视，故意把房门半开着，以便能听到屋里的声音。不幸的是她不能熬夜，一上床就睡熟了，而且是一觉睡到天亮，哪怕是天上打雷，哪怕是存着极大的好奇心，也不会醒的。这一点瞒不了任何人，她的打鼾声隔了一层楼都听得见。

克里斯多夫一听到这熟悉的声音，便往阿娜房里走。他心里很不安,需要和她谈话,他走到门口,不料门扣上了,就轻轻敲了一会:没有回音。于是他先是低声地,继而是迫切地哀求……毫无动静。他以为阿娜睡着了,但又觉得自己心里有说不出的难受。他竭力想要听房间里的声音,便把脸紧贴在门上:一股好像从门内透出来的煤气味使他大吃一惊。他顿时浑身冰冷,拼命地推房门,也顾不上是否会惊醒巴比了。可是房门一动不动……他想起来了:和阿娜卧室相连的盥洗室里有一个小煤气灶,一定是被旋开了龙头。非砸开房门不可。克里斯多夫虽然慌乱,但头脑还清楚,知道无论怎样都不能让巴比听见。于是他把全身的重量都压在门上,悄悄地使劲一顶。那扇坚固的门还是不动。阿娜的卧室和勃罗姆的书房中的一扇门相通。他便绕进书房,不料那扇门也从外面锁着,他想把锁拉下来,可是不容易。他只好用身边的一把小刀撬去木头里的四只大螺丝钉。终于锁拿下来了,掉下很多木屑。克里斯多夫冲进房间,打开窗子,在黑暗中找到了床,摸到了阿娜的身子。还好煤气还没有发生作用。克里斯多夫把她搂入怀中。她却气愤地挣扎着,嚷道:"去你的……你来干什么?"

她把他乱打一阵,终于倒在枕上,大哭着说:"哎哟!得重新再来了!"

克里斯多夫抓着她的手,温柔而又严厉地说:"你死!你一个人死!不和我一块儿死!"

"哼！你！"她这话是想表示一肚子的怨恨，意思是说："你，你是要活的。"

他责备她，想用威吓的方法让她改变主意："疯子！你这不是要把屋子炸掉吗？"

"我就要这样。"她气哼哼地嚷着。

他挑动她宗教方面的恐惧，果然中了她的要害。他刚说了两句，她就让他住嘴。他却不顾一切地说下去，觉得只有这样，才能唤醒她求生的意志。她不作声了，只是抽抽搭搭的。他说完了，她恨恨地回答："你现在快活了吧？都是你做的好事！把我收拾完了，让我怎么办？"

"活下去。"他说。

"活下去！你觉得可能吗？你一点儿都不知道，什么都不知道！"

"什么事？"他问。

她耸了耸肩膀："你听着。"

于是她断断续续地，简短地把她瞒着的事统统说了出来：铺灰的经过，巴比的刺探，萨米的事，狂欢节，没法避免的羞辱等等。他听着，狼狈不堪。他怎么也不会想到别人在暗地里盯着他们。他想了解这个情形，却一句话都说不上来：这一类敌人是没办法对付的，他是气疯了，唯一的念头是想打人。

"你为什么不把巴比打发走呢？"他问。

她不屑回答。克里斯多夫也知道自己问得无聊。很多思想在他脑子里冲突,他想拿定一个主意,马上有所行动。他握着抽搐的拳头说:"我去杀了他们。"

"谁?"她觉得这些废话不值一笑。

他没有勇气了。周围埋伏着奸细,却一个也抓不到,每个人都是奸党。

"真是些卑鄙的东西!"他垂头丧气地说。

她看到他和自己一样的失魂落魄,心里痛快了些,随后用很凶但又很困倦的语气吩咐:"去点支蜡烛来!"

他点了火。阿娜牙齿在格格作响,蜷着身子,手臂放在胸口,下巴放在膝盖上。他把窗子关了,坐在床上,握着阿娜那冰冷的脚,用手和嘴巴焐着。她看得感动了。

"克里斯多夫!"她叫了一声,神情惨到极点。

"阿娜!"

"我们怎么办呢?"

他看着她回答:"死哟。"

她快活得叫起来:"哦!是真的吗?你也想死吗?那么我不孤独了!"说完,她拥抱了他。

"你觉得我会丢掉你吗?"

"是。"她低声回答。

他听了这句话,才体会到她痛苦的程度。

过了一会,他用眼睛向她询问着,她明白了,回答说:

"书桌右边最下面的那个抽屉里。"

果然有把手枪在抽屉的最里头,那是勃罗姆念大学时买的,从来没用过。克里斯多夫又从一只破匣子里找到几颗子弹,全部拿到床前。阿娜看了一眼,立刻转过头去。克里斯多夫等了一会,问:"你是不是不愿意了?"

阿娜猛地回过身来:"怎么会不愿意!快点儿!"

她心里想:"我得永远掉在窟窿里了。早些晚些都一样,反正是这么回事!"

克里斯多夫装好了子弹。

"阿娜,"他声音发抖了,"我们俩必有一个要看到另外一个先死。"

她夺过手枪,自私地说:"我先来。"

阿娜没有开枪。克里斯多夫想抓住阿娜的手臂,又怕这个动作会使阿娜决意开枪。他什么都听不见了,失去了知觉……听到一声哼唧,他仰起头来,发现阿娜脸色变了,手枪被扔在了床上,她在他面前哀号着说:"克里斯多夫!子弹放不出来呀!"

他拿起手枪看了下,原来是生锈了,机关还是好的也有可能是子弹不中用了——阿娜又伸手拿枪。

"算了吧!"他哀求她。

"给我子弹!"她用命令的口吻。

他递给了她。她仔细挑了一颗,浑身哆嗦着上了膛,重新用枪口抵住胸部,扳着机钮——还是没放出来。

阿娜一下把手枪扔了,嚷着:"啊!我受不了!竟不让我死!"

她在床上打滚,像疯了一般。他想靠近,她叫嚷着把他推开,大发神经。克里斯多夫一直陪她到天亮。最后她安静下来,几乎没有气了,眼睛闭着:像死了一样。

克里斯多夫收拾好乱七八糟的床,捡起手枪,把拆下的锁装回原处,整个屋子都整理妥当后,走了。时间已经七点,巴比快回来了。

勃罗姆早上回家时,阿娜还处在虚脱状态。他明知道有一些不寻常的事发生了,但又不知道该问谁。阿娜整天没动,眼睛闭着,脉搏微弱到极点,有时甚至完全停止。勃罗姆很悲痛地以为她的心已经不会跳了,整天守在她身边。

星期五,阿娜的眼睛睁开了。勃罗姆和她说话,她却一动不动,好像没有他这个人似的。中午,勃罗姆喂她吃了些东西,她完全任人摆布。晚上又说了些没头没脑的话,迷迷糊糊地始终没放弃自杀的念头,想出很多种古怪的死法,却老是死不了。当她注意到巴比时,很清楚地吩咐她第二天需要洗的衣服。夜里,她昏昏地睡着了。

星期六早上约九点钟,她醒过来,不发一言,伸腿就想下床。勃罗姆让她睡下,她却非下床不可。问她干什么,她回答说:"去做礼拜。"

他和她说今天不是周日，教堂不开门。她不声不响，坐在床边的椅子上，手指颤抖着穿衣服。勃罗姆看劝不下，就对阿娜说和她一起去。她先是拒绝，要自己出门。但她在房里没走几步就开始摇摇晃晃，便一声不响地抓着勃罗姆的手臂出去了。到了教堂，就像预知的一样，大门关着。阿娜在门口的一条板凳上坐着，打着寒战，直坐到中午，才挎着勃罗姆的胳膊，悄悄往回走。晚上她又要去教堂。勃罗姆苦劝没用，只好重新出门。

克里斯多夫那两天是完全孤独的。他把自己关在屋里。忧急，悔恨，爱情，一片混沌的痛苦在他胸中交战。所有的罪过他都加在自己身上，痛恨自己。有好几次他想把事情向勃罗姆和盘托出——但又立马想到，那只能多添一个痛苦的人。他始终被情欲控制：老是在阿娜的门外徘徊，一听见脚声又立刻逃到自己屋里。

他忽然下了决心，急忙把散满一桌的纸张收起，用绳扣好，拿了帽子和外套，出去了。他直奔车站，踏上一班开往卢塞恩的火车，在第一站上给勃罗姆写了封信，说有件紧急的事需要离开几天，在这种情形之下和他分别实在抱歉，希望他和自己通信，还把一个地址给了他。到了卢塞恩，他又换乘开往戈塔的火车，半夜里在一个小站上跳下来，一个现在以后都不知道名字的地方。他在车站旁边的一家小客店歇了脚。

当夜和第二天,他全身心想着阿娜,把自己和她一起度过的最后几个月,一天天回想起来。所有的回忆折磨着他,他觉得让自己的伤痕加深有种痛苦的快感。白日将尽,苦闷却越来越严重,简直无法呼吸了。

他莫名其妙地站起来,走出卧房,把旅馆的账结了,搭上第一班开往阿娜城市的火车,半夜到了那儿,直奔勃罗姆家。克里斯多夫翻越墙头,跳进勃罗姆家,在他再跨一步就可以走进阿娜的屋子时,突然明白了自己的行动。七八小时内,他完全糊涂了,直到这时才醒过来,吓得浑身发抖。他竭力振作了一下,拔起那双仿佛钉在地上的脚,奔到墙边,爬过去,逃了。

他当夜就离城了,第二天便跑到山里隐在一个盖着白雪的小村子里……去催眠他的思想,埋葬他的心事,努力忘掉一切……

他躲在瑞士的汝拉山脉中一个孤独的农家。

他心里想死,事实上却尽可能地求生存。这时,他才想起奥里维的孩子,立刻把求生的意志全部寄托在他身上,拼命地抓住他。他想要这个孩子,于是就给抚养孩子的赛西尔写信,然后很焦心地等待回音。

有信来了。赛西尔告诉他,奥里维死后三个月,雅葛丽纳把孩子接走了。

如今的雅葛丽纳已经面目全非。她那次疯狂的爱情没过多久就结束了。情人还没有厌倦她,她就已经厌倦了情人。回到娘家,她丧气之极,厌恶一切,人也老了许多。因那桩闹得沸沸扬扬的桃色事件,很多朋友和她绝交了。连她的母亲都轻蔑她,使她住不下去。她看明白了社会上的虚伪。奥里维的死更是个沉重的打击。她那副失魂落魄的样子,使赛西尔不忍拒绝她的要求。

收到信的那个晚上,克里斯多夫想"如今什么都完了。"一点儿生存的意义都没有了,也没有奋斗的理由了。但黑夜过去,黎明到来,夜晚的暴风雨没把树木折断,也没有把克里斯多夫击倒。

一天夜里,克里斯多夫似睡非睡。远远的又起了一阵波涛:风又来了,但这一回却是飙风——是春天里的季候风,它吐出温暖的呼吸,让酣睡未醒,还打着寒噤的土地感到一点儿温暖。它把冰溶解了,把一路上的甘霖也都给带来了。克里斯多夫没有关严的窗子哗啦啦打开了,一阵热风迎面吹向他,吹到了他裸露的胸部。似乎有个活着的上帝冲进了他空虚的灵魂。这是复活!空气进入他的喉管,新的生命注入了他的身体。

卷十
复旦

第一章

　　克里斯多夫现在有了稳定的名声，同时也已经到了头发灰白的年龄了。但是他一点都不在意——他有一颗永远年轻的心。他的力量，他的信仰，都还和从前一样。

　　那段时间他的创作重心是钢琴曲和室内音乐。不过艺术大师们从潜入深海的旅行中获得的伟大果实，群众需要经过一段很长的时间才能接受、理解。所以克里斯多夫晚年那些大胆的作品很少有人能领悟。他至高的荣誉全是因为他早期的作品获得的。赫赫有名却不被世人理解，这比没有名气更让人难堪。在克里斯多夫唯一的知己去世后，这种难堪的情绪使他避世的思想更严重了。

　　德国的旧案已经被撤销了。发生在法国的那桩流血事件也早已被遗忘。现在他想去哪里都可以。但他怕到巴黎去勾起伤心的往事。至于德国，虽然回去过几个月，虽然还不时地去指挥自己的作品，可并不久住。那里让他看不上眼的事太多了。固然那些情形并不是德国独有而是到处都一样。但我们对本国总比对别国更苛求，对本国的弱点也觉得更痛苦。他更愿意待在瑞士，那让他找到新生力量的地方，那片土地一直让他念念不忘，回到那儿就会心存感激与信仰。

夏天的一个傍晚，克里斯多夫在村头的山坡上散步。脚下的路曲折而上，一处拐弯过后，他看到一位一袭黑衣的女人，她后面跟着一男一女两个六岁到八岁的小孩，边走边采花玩儿。走近后他们立刻认出了对方，彼此都闪烁着激动的眼神，但并没有发出惊讶的声音，只是从动作中流露出心里的诧异。他骚动不安，她的嘴唇也有一点颤抖。两人都停住脚步，轻声说道："葛拉齐亚！"

"你怎么在这儿！"

他们握着手，说不出一句话来。最后还是葛拉齐亚先开口。她说了自己的住址，又问他住的地方。他们互相打量着对方。孩子们过来了，她让他们向克里斯多夫问好。但克里斯多夫现在心里只想着她一个人，正目不转睛地注视着那张带些沧桑、苦痛，但是依然美丽的面孔。她被他看得有些尴尬了，便说道："你晚上过来看我好吗？"

她告诉了他旅馆的名字。

他问她丈夫的情况，葛拉齐亚指了指身上戴的孝。克里斯多夫激动极了,都不能把谈话进行下去,就匆忙地告别了葛拉齐亚。

晚上,他去旅馆找她。

"我是不是改变了很多?"葛拉齐亚问。

他忍不住动情地回答:"嗯,你受过太多苦了。"

"你也一样。"她看着他的脸说。

然后,两人又陷入了沉默。

他们轻言轻语、时断时续地说了说这些年各自经历的事情。裴莱尼伯爵是在几个月前的决斗中丧生的。克里斯多夫这才知道他们夫妻俩并不那么和睦幸福。第一个孩子也夭折了。不过她并没有流露出怨恨,不再深谈自己的事,转而询问克里斯多夫的情况,对他布满痛苦的过往格外同情。

教堂的钟声响起。那是一个星期天。每个人的生命都告了一个小段落……

她请他过两天再来。她这种对于下次见面并不急迫的态度使他很失落。他又是快乐又是难过。

之后的见面因为有旁人在,他没有机会和葛拉齐亚作些更亲切的交谈。但真正只有两人相对时,他还是不能把心里话讲给她听。因为她虽然十分温柔,可仍然不放下那种让人不太容易接近的矜持。

他给她写了一封信,让她非常感动。他说人生多短暂,他们两人都已不年轻,能够相聚的日子已很是有限。如果还不能抓住这样好的机会痛痛快快地谈一谈，是十分遗憾的，甚至是罪过的。

她很亲切地回复了他的信，说她因为之前伤心的经历，总是不自觉地怀有一种戒心；她很抱歉，可还是改不了矜持的习惯。但这一次的久别重逢，她也觉得非常珍贵，也跟他一样感到欣喜和安慰。最后她邀请他晚上去吃饭。

他读了信在旅馆里大哭了一场。积郁了十年的孤独都发泄了出来。奥里维去世以后，他一直处在孤独中。葛拉齐亚的信就是使他那颗渴望温情的心复活的呼声。温情！他以为自己早就放弃了，其实那是迫不得已。现在他才感觉出对温情的渴望有多么强烈，而他心中又沉淀着多少爱。

那是甜蜜的，圣洁的一晚……虽然也只是说些不太相干的话题。他弹着琴，她用目光鼓励他尽情倾吐，他便借着音乐说了许多抚慰的话。她没想到性情暴烈又骄傲的他会变得这么谦卑。分别时，两人默默地握着手，感觉到彼此的心又触碰在一起，再也不会背离了——外面正下着雨，克里斯多夫的心在欢唱……

她只能在瑞士停留几天了，并且绝对不考虑改变行程。他不敢要求，也不敢抱怨。最后一天，他们带着两个孩子去散步。他心里被爱和幸福所充满，差点要向她倾诉。可是她很温柔地拦住了他："好了！你想说的，我都知道了。"

她走了。他努力用旅行和工作占据全部心思。他给葛拉齐亚写信，可每次都要过两三个星期才会有一封短短的回信，信里所表达的也只是恬静的友情。

他们约好秋末的时候在罗马见面。如果不是因为想去看她，克里斯多夫绝不会有旅行的念头。长久的孤独已经使他习惯于闭门不出。

一到达罗马，他就赶去见葛拉齐亚。

她问："你走的是哪条路？有没有在米兰、佛罗伦萨待几天？"

"没有。为什么要在那些地方待几天？"

她笑了："那你觉得罗马怎样？"

"没感觉，我什么都没看见。"

"真的？"

"真的。我没来得及。一出旅馆，我到你这儿来了。"

"罗马哪里都可以看啊……"

"可我只看见你。"他说。

"你可真固执，只想着自己的念头。"

她家里总是有很多客人。克里斯多夫看见葛拉齐亚和那些时髦的人在一起就非常气恼。他恨他们，甚至也恨她。他生她的气，就好像生罗马的气一样。他去葛拉齐亚那儿的次数减少了，已经想要离开了。

但他并没有立即动身。

她感觉出了他的心思，于是有一天便很坦诚地跟他说：

"你不喜欢我的处世风格对不对？唉，你别把我想得太完美了，我只是一个普通的女人。"

"你怎么受得了那些混蛋的呢？"

"生活的教训使我不再苛求了。你不喜欢我这样对吗？请原谅我是这样平凡。不过我至少还能知道自己哪些地方最好，哪些地方不太好。而对你，我确实拿出出了最好的那一部分。"

"我想要的是整个你。"他自言自语道。

终于有一天他问她："难道你真的不愿意……"

"什么啊？"

"属于我。"

她微笑道："我们现在不就像你所说的了吗，朋友？"

"你知道我不是这意思。"

她有些慌乱，可还是坦白、温柔地回答他说："不，朋友。"

他说不出话来了。她看出他很伤心。

"对不起，我让你这么难受。"

"朋友！只能做个朋友吗？"他无比失落地说。

"你还要怎样呢？和我结婚？从前你眼里只有我的漂亮表姐的时候，我很难过，因为你不明白我对你的感情。不错，我们俩的人生完全可以是另外一个样子。不过我认为现在这样更好——我们没有让琐碎的生活把最纯洁的东西亵渎,不是更好吗?"

"如果这样说,那说明你不像从前那么爱我了。"

"噢!不,我一直都是那么爱你。"

"啊!你第一次这样对我说。"

"坦白讲,我已经对婚姻没有任何信心了。如果把两人联结在一起,他们中必有一个人的意志会受到摧残,甚至还会两败俱伤。"

克里斯多夫说:"恰恰相反,我认为婚姻是互敬互爱、两心相印的结合,是一件美妙的事情!"

"不可能的……如果有个不怎么聪明也不怎么美丽的老实女子,绝对忠诚于你可又不了解你,或许还有可能……"

"你太刻薄了!你不应该这样取笑!一个好心的女人,即便够不上风雅,也总归是好的。"

"对呀!那要不要我帮你介绍一个?"

"难道你一点儿都不爱我,所以可以大方地让我跟别的女子结婚吗?"

"正相反,因为爱你,所以我才要使你幸福。"

"你不用替我操心。我会幸福的!可是说老实话,你和我一起时有没有感觉到痛苦?"

"痛苦?不会的。我太敬重你,太欣赏你了,怎么会觉得痛苦呢……但正因为我对你怀着最圣洁的感情,所以我才那么不愿意让它受到损害。"

他听了之后很难过:"你是为了不让我难受才这么说的。我肯定有什么地方让你特别讨厌。"

"没有。你是一个很可爱的好男人。"

"那我真糊涂了。到底是什么让我们不能在一起呢?"

"因为我们两个人的性格都太自我,太鲜明了。"

"可就是这样我才爱你啊。"

"我也是。但也因为这个,我们在一起会发生冲突的。"

"不会的!"

"会的!"

克里斯多夫摇摇头:"总之,你心里还是不怎么爱我。"

她也很亲切地微笑了一下,叹了口气道:"也许你说得对。我不年轻了,我疲倦了。生活太磨人了,尤其对于一个没有你这样强大内心的人……有时我觉得你看上去还像一个十七八岁的大孩子呢。"

"大孩子!脸已经这么沧桑,皱纹已经这么多,皮肤已经这么憔悴了!"

"我知道你经历过很多苦痛,和我所经历的一样多,也许更多。但有时你看着我,那眼神还跟年轻人的一样,于是我就感觉到你心中还涌动着一股朝气。可我的则早已熄灭了。我也还有满怀热情的时候,人们说的黄金时代。可我多么不幸啊!我现在没有力气再经历那样一场了。啊!从前,从前……如果一个我熟悉的人对我有所表示的话……"

"你说,继续说啊……"

"唉,不要再提了……"

"这么说,如果我从前……噢,天哪!"

"可怜的克里斯多夫!我无论怎么说都让你伤心。还是不说了。"

"说吧,说吧……跟我说啊!"

"说什么呢?"

"说点儿好听的。"

她笑了。

"你不要伤心啊。"

"我怎么可能不伤心呢?"

"你不应该伤心,真的!"

"为什么?"

"因为你有了一个特别爱你的女朋友。"

"真的吗?"

"我都跟你说了,你还不相信?"

"再说一遍吧!"

他这样说的时候,那种源于爱情的激动把她逗笑了。他也笑了,重复道:"你再说一遍啊……"

她沉默了一会,看着他,然后突然靠近克里斯多夫的脸,亲了他一下。真是太突然了,他一下愣住了。等他想张开手臂拥抱她的时候,她已经挣脱开了,在客厅门口望着他，把一个手指放在嘴边，说了声："嘘！"——就走了。

从这一天起，克里斯多夫再也不和葛拉齐亚提到爱情，而他们俩的关系也不再那么拘束了。他们彻底理解了对方的思想。他们的心灵也互相渗透了。

葛拉齐亚被克里斯多夫那种蓬蓬勃勃的生机所感染，她对于精神生活的兴趣更浓厚，更积极了。不过两颗灵魂交融之后，还是克里斯多夫获益更多。葛拉齐亚为他打开了一扇新的艺术世界的门。他领会了拉斐尔与铁相的清明恬静的境界，看到了古典天才庄严的华彩，理解了威尼斯大师，还有那些拉丁天才。对于克里斯多夫来说，那些名作是比瓦格纳的音乐更丰富的音乐。一切都是智慧。一切都是爱。这几个月，克里斯多夫似乎忘记了音乐。他的灵魂感受着罗马气息，正在酝酿的阶段，每天都像喝醉了酒似的处于出神的状态。

四月，他收到来自巴黎的邀请，请他过去指挥几个音乐会。他想都没想就准备谢绝，不过又觉得应该先和葛拉齐亚交谈下。他觉得和她一起商量自己的生活是一件很快乐的事情。这样他就可以认为她是参与他的生活的。

可这一次他大失所望。她劝他接受！他非常难过，觉得这是她对他冷淡的表示。

葛拉齐亚这么劝他的时候或许心中也是有些遗憾的。不过她比克里斯多夫更明白，意大利的气息有种麻醉的力量，能够催眠人的意志。同时，尽管她对克里斯多夫怀有比对任何人都深切的友谊，但心底里并没有因为他要走而觉得难过。可怜的克里斯多夫！他使她厌倦了，而让她厌倦的恰恰是他所打动她的地方：他饱满的智慧，旺盛的生命力，这些扰乱了她平静的心境。厌倦还因为她总是感到爱情的威胁。虽然这爱情是甜蜜动人的，可是也带着苦苦纠缠的意味，还是离得远一点为好。不过她不会承认这些，而是认为自己的劝告完全是为克里斯多夫着想。

克里斯多夫没有勇气去怪她。她已经跟圣母一样，尽了她最大的使命。每个人的角色不同。克里斯多夫的角色是行动者。而她，只要世界上有这样一个人就可以了。他不能要求她更多……

他走了，走远了，但并没有离开她。正如那句古话："如果你心里不同意，你就永远不会离开你的朋友。"

第二章

克里斯多夫初到巴黎的时候心情很不好。奥里维死后,这是他第一次回来。最初几天,他总是躲在房里不出门。一想到那些往事就在门外等着他,他就感到一阵悲怆。他还特意挑了一个离从前住的地方很远的旅馆。第一次到街上散步的时候,去音乐厅指挥预奏会的时候,和巴黎生活又重新接触的时候,他闭起眼睛,不愿去看眼前的景象,一心只想着从前的样子。他对自己一遍遍说:"是的,这些我都认识,认识……"

可是实际上一切都改变了……他提笔给葛拉齐亚写了一封信。

朋友,请你原谅!你真好,不怪我这么长时间都不给你写信。收到你的来信使我非常快乐。几个星期以来，我心乱如麻。最让我怅然若失的是你不在我身边。那些和我生离死别的人，给我的周围留下了一片可怕的空虚。所有那些我跟你提起过的老朋友都不在了。和我同时代的名人，或者是去世，或者是销声匿迹了。

　　慈悲的女神，虽然我一直在跟你说我的事，但我心里只想着你。你不用多久就会重新见到我的。我不会在这儿待久的。音乐会举行过了，还能有什么事情？我亲你的两个小宝贝，亲他们可爱的脸蛋。那是你的出品。我亲吻了他们是不是就应该满足了？

克里斯多夫

"慈悲的女神"是这样回信的：

　　朋友，我收到你的信后，看一会儿，就让你的信休息一会儿，也让我自己像信那样休息一会儿！不要笑我！这样就可以让你的信显得更长。

　　你应该去看看高兰德表姐。你还恨她吗？她其实是个老实人，而且很敬佩你。你的音乐好像把巴黎的女子都倾倒了。瑞士的野人都要成为巴黎的红人了。有没有太太给你写情书啊?信里面连一个女人都没提起。可以讲给我听听,我决不会忌妒。

你的朋友G

哼!你以为我会因为你信上的最后一句话感激你吗?爱取笑的女神。你说的那些为我倾倒的巴黎女人,我对她们一点都不动心。

你为什么一定要我到你表姐高兰德那儿去呢?我不得不听从你的命令,但你这样就是滥用威权了。我之前拒绝了她三次邀请。她就到我的一次预奏会上来了。休息时,我看见她迎面走过来,嘴里嘟哝着:啊!真有点儿爱情的味道!我太喜欢这个音乐了!

她的外表改变了,胖了,结实了,很有血色,非常健康。我去过她家两次。但我以后不会去了。这已经足够证明我对你的服从。你总不至于要我的命吧?每次我从她家里回来都筋疲力尽,累得要死。有一次我回来,晚上做了一个噩梦:我成了她的丈夫,整个生活被她搞得天翻地覆……而她真正的丈夫可不会做这样荒唐的梦。因为我在她家里所见到的所有人中,他是跟她相处最少的人,即便是在一起,他们也只是聊聊运动。他们两人还真是投机呢。

　　我赞成你之前说过的：一个艺术家只要还有能力帮助别人，就不应该独善其身。所以我决定留在这儿了。再说……（我不愿说谎）……这个城市也渐渐能让我感到愉快了。再见啦，专制的王后，你得胜了。我不仅去做了你让我做的事，并且我还喜欢上了。

克里斯多夫

　　于是他就留在了巴黎，一方面是为了讨她喜欢，一方面也是因为他艺术家的直觉，被新生的艺术界景象迷住了。

　　一天，他在一家书店里顺手翻到了一本诗集，虽然是一个陌生作者写的，但却吸引了他，让他不忍释手。他慢慢读下去，仿佛辨认出了一个很熟的声音，可是又不能确定这种感觉到底是怎么回事。他便把书买了下来。回到家，他继续读下去，结果被书中执著的念头占据了思想。诗中剽悍强劲的气息，让他清清楚楚地想起那些伟大的古老灵魂。克里斯多夫在闪烁的光明中瞥见一道目光，一副笑容，是他所认识的、爱过的。可是当他正想去抓住的时候，幻景消失了。他因此而懊恼不已。没想到在翻过一页后，读到了一桩奥里维临去世时给他讲过的故事。

　　他十分惊讶，立即去找到了诗人的地址，然后又立刻奔到作者的家里。

他爬上巴底诺区的一座房子的顶层楼上，按照别人的指点敲开了一扇门。一个并不好看的年轻女人领他走进了简陋的屋子。一张破破烂烂的简易床上躺着一个男人。他抬起头来看克里斯多夫。那张闪烁着灵光的瘦削的脸，那对火热的、秀美的眼睛……克里斯多夫立马认了出来——那不是爱麦虞限吗？就是那身有残疾的小工人……爱麦虞限也倏地站了起来，认出了克里斯多夫。

他们俩沉默不语，但都同时看到了奥里维的影子。爱麦虞限站在那儿，怀着戒心和敌意——但是当他看到克里斯多夫那么感动，看到他们两人心里都在想着的名字快要从克里斯多夫嘴里脱口而出的时候，爱麦虞限不禁扑在了对他张开着的怀抱里。

"我知道你在巴黎，不过你是怎么找到我的？"

克里斯多夫回答："我读了你最近的诗集，我从中听到了他的声音。"

"你认出来他了对吗？我现在的一切都是他赐给我的。"他抓着克里斯多夫的手，请他坐在便榻上，靠近着他。

他们彼此把过去的经历都讲了一遍。从十四岁到二十五岁之间，爱麦虞限从事过不少行业：印刷工人，地毯工人，小贩，政客的秘书，新闻记者……无论做什么行业，他都想办法刻苦自修。渐渐地他居然学会了如何运用语言，并能用思想来控制形式，那是一些有条件受过十年高等教育的人也很难培养成的。他把这归功于奥里维。尽管别人给过他更实际的帮助，但在黑夜中为这颗心灵点起长明灯来的，的确是奥里维。其他人做的工作只不过是添加灯油。

爱麦虞限说："他去世后，我才开始了解他。但他跟我说过的话都刻在我的心里。他的光明从未离开过我。"

他说起他的作品，说起自认为是奥里维留给他的任务，谈到法兰西民族精神的觉醒。他想为这些制作出一个响亮的声音，来预告将来的胜利。他正为他复兴中的民族高唱着史诗。

他说着说着就兴奋起来，眼里有热情的火焰，苍白的脸上也有了几处红晕，嗓音也提高了。克里斯多夫不禁注意到这一堆气势逼人的烈火，和燃烧着这烈火的可怜躯体之间的对照。克里斯多夫打量着他，觉着他既可敬又可怜。不过他自然不愿意流露出来。爱麦虞限还是感觉到了克里斯多夫的恻隐之心，那是他认为比恨更不能接受的。他慷慨激昂的感情一下子陷落下去，转而沉默不语。克里斯多夫努力想挽回，可也只是徒然。心灵之门已经关上了。克里斯多夫看出来自己已经伤害了对方。

克里斯多夫又去爱麦虞限那儿看望了几次，但再也没有找到初次访问时那种亲密的感觉。之后，他也就不再去了。

转眼到了七月初。克里斯多夫总结了一下这几个月：新思想，挺多，朋友，很少。他很想得到一些人的理解，可是他们对他没有好感。他想去接近他们，他们也不理睬。无论他有多想做他们的盟友，也始终加入不了他们的队伍。他心平气和地跟葛拉齐亚诉说了自己的失意，说想回瑞士去。定好下星期就动身。可是他的行期却延迟了。

那天早上，他正在给他的女朋友写信，这时有人来敲门。是一个说要见克拉夫脱先生的十四五岁的男孩，黄头发，蓝眼睛，面庞清秀，瘦瘦的，站在克里斯多夫面前有点儿胆怯。不过一会儿他就定下神来，抬起清朗的眼睛仔细打量着克里斯多夫。克里斯多夫看着这可爱的脸笑了笑，孩子也笑了笑。

"说吧，你有什么事啊？"克里斯多夫问。

"我是……"

他停住了，眼睛好奇地在屋子里扫视了一圈，看见了壁炉架上摆着的一张奥里维的相片。克里斯多夫也随着他的目光望去。

孩了说："我是他的儿子。"

克里斯多夫大吃一惊，跳起来抓着孩子，把他拉到身边，紧紧搂着。他看着他，看着他，一遍遍说着：

"我的孩子……我可怜的孩子……"

等他恢复平静，带着亲切的笑容看着孩子："你多像他！"克里斯多夫说。"但我又不认得你。是哪里不同呢？"

"你叫什么名字?"他又接着问。

"乔治。"

"我记起来了。你叫克里斯多夫·奥里维·乔治。你多大啦?"

"十四岁。"

"十四岁!日子过得真快……谁让你到我这儿来的?"

"我自己。"

"你又怎么知道我的呢?"

"有人跟我说起过您。"

"谁啊?"

"我妈妈。"

"啊?你到我这里来她知道吗?"

"不知道。"

克里斯多夫沉默了一会,又问:"你们住在哪儿?"

"在蒙梭公园附近。"

"跟我说,你怎么会想起来看我呢?"

"因为爸爸最喜欢您了。"

"是她……"他又改口道:"是你母亲跟你说的吗?"

"嗯。"

克里斯多夫微微一笑,心里想:"她也在忌妒!他们都是那样爱他!可是他们为什么不早点流露出对他的爱呢?"

"您觉得我跟他不像吗?"那孩子说道,"那您觉得他会

不会不喜欢我?您也不喜欢我吗?"

"你为什么想要知道我喜不喜欢你呢?"

"因为我喜欢您啊。"

一刹那间,就像四月里的春风,把乌云的影子映照在田野里。克里斯多夫看着他,听着他,心里无比舒服,从前的种种烦恼都被一扫而空。那些可悲的经历,曾经受的折磨,他的还有奥里维的痛苦,都被抹去了。这孩子是从奥里维生命里生出来的嫩芽,而克里斯多夫自己也在这棵嫩芽身上复活了。

他们俩一直在聊。那孩子很起劲地讲述着自己的旅行还有阅读。他书读得很多,但多是匆匆浏览,浮光掠影地只读一半,总是被一种强烈而新鲜的好奇心所驱使,去别处找寻让自己兴奋的元素。他不断地从一个题目跳到另一个题目,眉飞色舞地讲着感动他的作品。

"这些是挺有意思,"克里斯多夫说,"但如果你不用功,是决不会有什么成就的。"

"噢!我不用这样。我们有钱。"

"你这话可就不对了。你愿意做一个一无是处、一事无成的人吗?"

"当然不啦!我什么都想干。一辈子只从事一个行业,太傻了。"

"可只有这样,一个人才能把自己的行业干出个名堂啊。

你看,我把我这一行琢磨了四十年,才刚摸到一点头脑。"

"光学本领就要花上四十年,那要什么时候才能动手做呢?"

克里斯多夫笑了起来。

"小家伙,你还挺会顶嘴呢!"

"我想成为一个音乐家。"乔治说。

"那现在开始学也不早了。要不要我教你啊?"

"好啊!那我太高兴啦!"

"你明天再来。我要看看你有多大能耐。假如你没天分,我就不准你碰钢琴。假如你有天分,我会好好教你,想办法让你有点儿成就。不过我可要先告诉你,你必须要用功。"

"我一定用功。"乔治快活地说道。

他们约定再过两天学琴。可是到了约定的那一天,克里斯多夫却空等了一场,大失所望。他一连等了好几天,乔治一直没有来,也没有写一封道歉的信。克里斯多夫忍着悲伤,努力想各种理由来原谅孩子。

日子一天天地过去了,还是没有一点消息。克里斯多夫每天等着,整个夏天都留在巴黎。

一直到十月末,乔治·耶南才又敲开了克里斯多夫的门。他若无其事地道了个歉,一点儿都没有惭愧的感觉。

"我来不了,"他说,"我们后来又去布列塔尼了。"

"你应该写封信告诉我啊。"

"我想写信来着。可老抽不出时间来,"他笑着说,"我也忘了,都不记得这些了。"

"你什么时候回来的?"

"十月初的时候。"

"这么说,你又过了三星期才来看我?实话跟我讲,是不是你母亲不愿意你来看我?"

"不!相反,今天还是她让我过来的。"

"怎么回事?"

"上次我来看过您,回去之后就都告诉她了。她赞成我做的,还问了很多关于您的事情。我们刚从布列塔尼回来的时候,她就让我过来看您。八天前,她又催促我了一次。今天早上,她得知我还没来,生气了,让我吃完午饭立即就过来,不准再拖了。"

"你说起这些,不觉得难为情吗?要别人逼你,你才肯到我这儿来吗?"

"不是的,不是的,您别这样想!您生我气了!对不起,可是别恨我啊。我很喜欢您。不然我也不会来的。没有人强迫我。别人只能强迫我做我愿意做的事。"

"坏蛋!"克里斯多夫说着,不由得笑起来,让他坐在钢琴前面,跟他聊起音乐来。他发现乔治根本不懂钢琴,不过他的音乐天分和敏锐的感觉把无知给填补了不少。他的性格和奥里维的很不一样。父亲的生命是就像一条深埋在地下的河,寂静无声地流着,而儿子的生命却像一条任性的小溪,全都展露在外面,在阳光下嬉戏着。但本质上都是一样纯洁的水,就像他们俩的眼睛一样。

之后的几天,他都来了。他对克里斯多夫有一种年轻人的热情,很起劲地学着。然后,高潮就低下去了,他来的次数越来越少,然后就不来了,几个星期几个星期的不见踪影。

冬天过去了。葛拉齐亚的来信也少了。她从不怀疑克里斯多夫的友谊,就像克里斯多夫从不怀疑她的友谊一样。但这种信念给他们带来的多半是光明而不是热度。

克里斯多夫并不怎么为这些新的失意感到难过。音乐方面的工作消磨着他的时光。看到这个都市里每个人都在努力工作,他受到很大的刺激。他忽然想要摆脱混沌的诱惑,重新去追求理性了。

不久,克里斯多夫收到葛拉齐亚一封信,说计划带着孩子到巴黎来。高兰德已经邀请过她很多次了。写信后没几天她就来到了高兰德家,她刚到,克里斯多夫就跑去看她。

不过他们两个想要安安静静地谈话可不是件容易的事。两人很难有单独相处的时间。高兰德陪他们陪得太殷勤了些。有一天,趁着高兰德走开,葛拉齐亚叹口气说:"可怜的高兰德!她人很好,可是有时也热情得让人心烦。"

"我也这么觉得。"克里斯多夫说。

葛拉齐亚笑了:"在这里都没办法好好谈话。你允不允许……我去你那里一次?"

克里斯多夫激动地欢迎着她的到来。他很高兴葛拉齐亚离他更近了。葛拉齐亚约定以后每星期在同一天到克里斯多夫那儿去。见面时,他们就像两个不拘形迹的好朋友。克里斯多夫克制着自己的热情,从没有一个字或一个举动引起葛拉齐亚的不安。

葛拉齐亚也想过和克里斯多夫结婚,可是她的儿子却使她不能如愿,每当她想向克里斯多夫靠近一步时,他就耍起他那任性的性子,甚至是用他那娇弱的健康来威胁她的母亲打消那样的想法。最终,她为了儿子牺牲掉了他们俩的幸福。

葛拉齐亚的两个孩子中,十一岁的女儿是姐姐,叫奥洛拉,弟弟小她两岁,叫雷翁那罗,从小体弱多病,有些神经质。她虽然尽量对两个孩子一视同仁,但是出于母亲的本能吧,对那个看起来很是需要照顾的弟弟,给予的爱总是不自觉的多些。这让奥洛拉感觉很不舒服,虽然她心里明白,但还是会因此感觉苦恼。克里斯多夫和她看穿了彼此的心事,两人在不知不觉中互相亲近了。

在雷翁那罗身上潜伏了多年的肺病终于爆发了。葛拉齐亚决定带着孩子去阿尔卑斯山中的一所疗养院里治疗。克里斯多夫想陪她一同去,她婉拒了。她走了,把女儿留在了高兰德家里。

没过多久她就感到孤单可怕：周围全是病人，死神的影子在邻居身上渐渐扩大。葛拉齐亚为了躲避他们，自己租了一所木屋和她的孩子单独住下。但雷翁那罗的病势不但没有好转，反而更加重了。热度更高起来。夜里，葛拉齐亚心急如焚。她心里很想有克里斯多夫陪伴，但她信上只字不提，硬着头皮撑着。但克里斯多夫还是感觉到了，他立马赶来帮忙。全心全意地帮她照顾病势日渐加重的孩子。可孩子对他很凶暴，说了许多恶毒的话。克里斯多夫只当成是疾病所致。他那时表现出了前所未有的耐性。他们俩在孩子床头守了好几夜，不眠不休，总算把雷翁那罗从死神那边拉了回来。他们守在熟睡着的孩子旁边，快乐到极点。

长期的休养后，她回到巴黎。在巴西区租了屋子，不再顾虑什么舆论。她不想再因为怕别人的议论而把两人的友谊藏起来。她随时招待克里斯多夫，和他一起出去散步，去戏院，在众人面前和他亲热地谈话。大家都把他们俩认为是一对情侣了。可她并没给克里斯多夫什么新的权利。他们只是朋友而已。可甜蜜的时光没过多久，敏感多疑的雷翁那罗非要他的母亲离开巴黎，到其他地方去旅行。从疗养院回来后，因忧虑和疲劳，葛拉齐亚的健康已受到损害。此时的她已没有力量抵抗，况且医生也说她不适合在北方过冬，劝她去埃及住些日子。

葛拉齐亚走的那天,大雾弥漫。她的车消失在雾中了,克里斯多夫还听到车轮和马蹄的声音。片片白雾在草原上飘浮,织成一个密密麻麻的网,萧瑟的树木仿佛在网底下哀吟。没有一丝风影。生命被大雾窒息住了。克里斯多夫气喘吁吁地停下来——什么都没有了,一切都过去了。

他深深地吸了一口浓雾,又上路了。对于一个不会过去的人,什么都不会过去的。

第三章

　　离别后爱情的魔力变得更强了。克里斯多夫和葛拉齐亚通信的口吻变得更加沉着含蓄,仿佛一对已经受过爱情磨炼的夫妇,因为经过了苦难折磨,他们手挽手走着,每人都相当强,足够支持对方,领导对方;也相当弱,需要受对方的支持与领导。

　　克里斯多夫回到了巴黎。消息灵通的高兰德跟克里斯多夫说,他的小朋友乔治正在任性胡闹。一向对儿子很溺爱的雅葛丽纳也不想管他了。她精神上正在经历一个十分苦闷的时期,自顾不暇,抽不出心思去管儿子。

　　克里斯多夫现在是唯一能够影响乔治的人。尽管克里斯多夫说的话,乔治并没记着多少,克里斯多夫所信仰的东西,他也一点都不相信。但他对克里斯多夫非常尊敬。谁要是敢诋毁他的朋友，他会去拼命的。

在埃及，雷翁那罗恶毒的心理并没有好转，他隔离了母亲和克里斯多夫还不够，还要逼迫母亲和他停止通信。他经常以装病来威胁母亲，在母亲揭穿他的谎言后，他狂怒之下，真的病倒了，因母亲不相信他而病情更加严重，他自暴自弃，只希望自己快点死去。

当医生告诉葛拉齐亚她儿子没救了时，她像被雷劈了一样。但她不得不藏起她那绝望的心情去安抚她的儿子，以便他能不带一丝恐惧平静地离去。

儿子长眠后，葛拉齐亚没有喊叫，也没有怨叹。她的平静让人奇怪，其实她已经连痛苦的力气都没有了，唯一的愿望就是死。

一天下午，高兰德派人给克里斯多夫送去一封信——葛拉齐亚去世了！

她没来得及向任何人告别就去了。几个月来，她已经脆弱到一阵轻风就能把她吹倒。在她所得的流行性感冒发作的前一天，她收到克里斯多夫一封温柔的信，非常感动，想把他叫到身边，觉得把他们分开的一切理由都是虚伪的，罪过的。可因为打不起精神，她就把写信的事情拖到下一天。但第二天她写了几行就头昏脑晕，而且也犹豫着是否要把自己的病状告诉克里斯多夫，怕惊动他。她想晚上再动笔。谁想到晚上已经太迟了。葛拉齐亚只来得及把手指上的戒指交给女儿，让她转交克里斯多夫。她一直和奥洛拉不太亲近，现在要离开世界的时候，才怀着一腔热情注视着这张留在世界上的脸，紧紧地握着女儿的手，这只手将来可以代表她去握她朋友的手的。

克里斯多夫知道这个消息之后，意外地非常平静，只是发呆。他好像不知道痛苦，也不知道思想。直到一天深夜，他看见了她，她，那个心爱的人，把手伸向他，微微笑着说："现在你已经越过了火线。"

他的心溶化了。一片和气充塞着明星密布的空间，各个星球的音乐展开着它静止的，深沉的洪流……

他醒过来的时候，天已经大亮，极乐的境界却依旧存在，听到的话始终在那里，象遥远的微光。

他闭门不出，也没有一个人来敲门。克里斯多夫因此尽可以安安静静地和他心坎里的人悄悄的谈话——从今以后，她像母腹中的婴儿一般不会再跟他分离了。而他们的谈话又是多么动人，非言语所能形容，便是音乐也不大能表达出来。

这个时期产生了他的最沉痛同时也是最快乐的作品。其中有《福音书》里的一幕，那是乔治一听就知道的："女人，你为什么哭？"

"因为有人把我主挪走了，不知道放在了哪里。"

她说完之后转过身来，看见耶稣站在面前：而她不知道那就是耶稣。

——另外有一组悲壮的歌,依着西班牙的通俗歌谣写的,其中特别有一首情歌,凄怆的情调好比一朵黑色的火焰:

我愿成为那座埋葬你的坟墓,

使我的手臂可以永远抱着你。

这种从"生离死别的悲痛中发生的热情",维持了两三个月。然后,克里斯多夫怀着坚强的心,踏着稳重的步子,又回到人生的行列中去了。悲观主义的最后一些雾霭,苦修的心灵的灰暗之气,半明半暗的神秘的幻境,都被死亡的风吹开去。纷纷四散的乌云中显出一条长虹。天色更明净,好像被泪水洗过了似的,堆着微笑。这是山峰上恬静的黄昏。

第四章

　　克里斯多夫的血还没到枯竭的时候,还受着爱的培养——那是他最大的快乐。他的爱是双重的:一方面是对葛拉齐亚的女儿奥洛拉,她十八岁,另一方面是对奥里维的儿子乔治,比奥洛拉大五岁,他们经常在克里斯多夫家碰面。

　　克里斯多夫对奥洛拉的感情近于父亲的慈爱,宽容的,带点儿打趣的意味。没人知道克里斯多夫的情爱深到什么程度,只有奥洛拉能猜到。从小克里斯多夫就一直在她身边,她几乎把他当作家人。以前因母亲不像宠爱兄弟那样宠爱自己而感到痛苦时,自然而然地跟克里斯多夫亲近,只有他能看到她的悲伤。她也知道母亲和克里斯多夫之间的感情,虽然他们什么都没告诉她。葛拉齐亚临死留给克里斯多夫的戒指,他一直戴着,她懂得其中的意义。所以她一直和克里斯多夫联系。她是真心喜欢这位老朋友。而自从知道在他那儿可以碰到乔治·耶南后，她来得更频繁了。

在乔治方面，他从来没想到和克里斯多夫在一起竟会如此有趣。

可是两个年轻人过了很久才认识到自己真正的感情。他们先是用讥讽的眼光相看。互相讥讽，假装不在意。和克里斯多夫单独在一起时，各人都说对另一个讨厌极了。但一旦克里斯多夫给他们碰面的机会，他们绝不会轻易放过。克里斯多夫一直暗中帮助两个孩子接近。

最终，乔治和奥洛拉的婚期定在初春。克里斯多夫的健康却很快地走下坡路了。婚期前两天，他的旧病肺炎复发了，但为了不妨碍两个孩子的婚礼，决意撑到婚礼结束。所以他把自己的病瞒着所有人。看到两个孩子幸福，他欢喜极了，竟然挨过了漫长的教堂仪式。从教堂一回到家，他便晕倒了。克里斯多夫醒来之后，不许别人告诉当晚要出发去旅行的新夫妇。而他们太注意自己了，根本没工夫留神别的事。他们快乐地和他告别，答应经常写信给他……

他们一走，克里斯多夫又立刻躺在床上。高烧又来了，再也没退下去。他孤零零的没人陪伴。克里斯多夫不去看医生，也没有仆人可以帮他去请医生。他静静地躺在床上。

在生命的最后时期，他把自己的一生整个儿看到了……青年时期拼命的努力，为的是要控制自己；顽强的奋斗，为的是要跟别人争取自己生存的权利，是要在种族的妖魔手里救出他的个性。便是胜利以后，还得警惕，守护他的战利品，同时还不能让胜利冲昏了头脑。友谊的快乐与考验，使孤独的心和全人类有了沟通。然后是艺术的成功，生命的高峰。他不胜骄傲地以为把自己的精神征服了，以为能够主宰自己的命运了。不料峰回路转，突然遇到了神秘的骑士。遇到了丧事，情欲，羞耻——上帝的先锋队。他倒下去了，被马蹄践踏着，鲜血淋漓地爬着，爬到了山顶上：锻炼灵魂的野火在云中吐着火焰。他劈面遇到了上帝，他跟他肉搏，像雅各跟天神的战斗一样。战斗完了，筋疲力尽。于是他珍惜他的失败，明白了他的界限，努力在主替我们指定的范围内完成主的意志。为的是等到播种，收获，把那些艰苦而美妙的劳作做完以后，能有权利躺在山脚下休息，对阳光普照的山峰说："祝福你们！我不欣赏你们的光明。但你们的阴影对我是甜美的……"

这时候，爱人出现了，握着他的手。死神摧毁了她肉体的障碍，把她的灵魂灌输到了他的灵魂里面。他们一同走出了时间的洪流，到了极乐的高峰——在那儿，过去，现在，将来，手挽着手围成一个圆周。平静的心同时看到了悲哀与欢乐的生长，发荣，与枯萎——在那儿，一切都是和谐……

他太急了一些，自以为已经到了彼岸。可是胸口的剧痛，脑子里乱哄哄的人影，使他明白还有最后而最不容易走的一程路……好，向前罢……

他长时期地昏迷了一阵，发着高热，做着乱梦。等到他醒过来，奇奇怪怪的梦境还印在心头。他瞧着自己，摸着自己的身子，找自己，可是找不到了。他似乎变成"另外一个人"了。另外一个，比他更可宝贵的一个……谁啊？仿佛梦中另外有个人化身在他身上了。是奥里维吗？葛拉齐亚吗？心脏和头脑都那么衰弱，他在所爱的人中分不出是哪一个了。而且分辨出来有什么用？他对他们都是一样爱的。

"到了生命的终点而能够说，就在最孤独的时候也从来没有孤独，那才让人安慰呢！我一路上遇到的灵魂，在某一个时期帮助过我的弟兄们，在我思想中的神秘的精灵，死的与活的——全是活的——噢！我所爱的一切，我创造的一切，你们都这样热烈地抱着我，守着我，我听到你们美妙的声音。因为我能得到你们，我要祝福我的命运。我是富有的，富有的……我的心都给装满了……"

他望着窗子……没有太阳，但天气极好，像一个美丽的瞎子姑娘……克里斯多夫望着掠在窗上的一根树枝出神。树枝膨胀起来，滋润的嫩芽爆发了，小小的白花开满了。这个花丛，这些叶子，这些复活的生命，显得一切都把自己交给了苏生的力。这境界使克里斯多夫不再觉得呼吸艰难，不再感到垂死的肉体，而在树枝上面再生了。有个柔和的光轮罩着他，好似给他一个亲吻。在他弥留的时间，那株美丽的树对他微微地笑着。而他那颗抱着一腔热爱的心,也灌注在那株树上去了。他想到,就在这一刹那,世界上有无数的生灵在相爱。于他是临终受难的时间,于别人是销魂荡魄的良辰。而且永远是这样的,生命的强烈的欢乐从来不会枯涸。他一边气急,一边大声哼着一阕颂赞生命的歌。

不久又有许多声音响起。有一个热烈的声音。阿娜那双凄惨的眼睛……但一会儿又不是阿娜了。又是一双那么仁慈的眼睛了……

"啊,葛拉齐亚,是你吗?究竟是你们中间的哪一个呢?哪一个呢?我再也看不清你们了……为什么太阳这样的姗姗来迟?"

三座钟恬静地奏鸣着。麻雀在窗前鼓噪,提醒他是给它们吃东西的时候了……克里斯多夫在梦中又见到了童年的卧房……钟声复起,天已黎明!美妙的音浪在轻快的空中回旋。它们是从远方来的,从那边的村子里……江声浩荡,自屋后上升……克里斯多夫看到自己的肘子靠在楼梯旁边的窗槛上。他整个的生涯像莱茵河一般在眼前流着。整个的生涯,所有的生灵,鲁易莎,高脱弗烈特,奥里维,萨皮纳……

"母亲,爱人,朋友……他们叫什么名字呢?爱人,你们在哪儿?我的许多灵魂,你们都在哪儿?我知道你们在这里,可是抓不到你们。"

"我们和你在一起。你安息吧，最亲爱的人！"

"我再也不愿意跟你们分离了。我找你们找得好苦呀！"

"别烦恼了。我们不会再离开你了。"

"唉！我身不由己地给河流卷走……"

"卷走你的河流，把我们跟你一起卷走了。"

"咱们到哪儿去呢？"

"到咱们相聚的地方。"

"快到了吗？"

"你瞧吧！"

克里斯多夫拼命撑着，抬起头来——（天哪，头多重！）看见盈溢的河水淹没了田野，庄严地流着，缓缓地，差不多静止了。而在遥远的天边，像一道钢铁的闪光，有一股银色的巨流在阳光底下粼粼波动，向他直冲过来。他又听到海洋的声音……他的快要停止的心问道："是他吗？"

他那些心爱的人回答说："是他。"

逐渐死去的头脑想着："门开了……难道这还不完吗？怎么又是一个海阔天空的新世界了？……好，咱们明天再往前走吧。"

噢，欢乐，眼看自己将为上帝效劳，竭忠尽力地干了一辈子：这才是真正的欢乐！

"主啊，你对于你的仆人不至于太不满意吧？我只做了一点儿事，没有能做得更多。我曾经奋斗，曾经痛苦，曾经流浪,曾经创造。让我在你为父的臂抱中歇一歇吧。有一天,我将为了新的战斗而再生。"

于是,潺潺的河水,汹涌的海洋,和他一起唱着:

"你将来会再生的。现在暂且休息罢!所有的心只是一颗心。日与夜交融为一,堆着微笑。和谐是爱与恨结合起来的庄严的配偶。我将讴歌那个掌管爱与恨的神明。颂赞生命!颂赞死亡!"

> 当你见到克里斯多夫的面容之日,
> 是你将死而不死于恶死之日。
> (古教堂门前圣者克里斯多夫像下之拉丁文铭文)

圣者克里斯多夫渡过了河。他在逆流中走了整整一夜。现在他结实的身体像一块岩石一般矗立在水面上,左肩上扛着一个娇弱而沉重的孩子。圣者克里斯多夫倚在一株拔起的松树上,松树屈曲了,他的脊骨也屈曲了。那些看着他出发的人都说他渡不过的。他们长时间地嘲弄他,笑他。随后,黑夜来了。他们厌倦了。此刻克里斯多夫已经走得那么远,再也听不见留在岸上的人的叫喊。在激流澎湃中,他只听见孩子的平静的声音——他用小手抓着巨人额上的一绺头发,嘴里老喊着:"走吧!"——他便走着,伛着背,眼睛向着前面,老望着黑洞洞的对岸,峭壁慢慢地显出白色来了。

早祷的钟声突然响了,无数的钟声一下子都惊醒了。天又黎明!黑沉沉的危崖后面,看不见的太阳在金色的天空升起。快要倒下来的克里斯多夫终于到了彼岸。于是他对孩子说:"咱们到了!唉,你多重啊!孩子,你究竟是谁呢?"

孩子回答说:"我是即将来到的日子。"

名师导读

一、名著概览

《约翰·克里斯多夫》是法国作家罗曼·罗兰的代表作，它叙述了一个天才作曲家一生的奋斗历程，是一部恢弘的个人奋斗史，同时也是一部人类精神的历险记。它描述了一颗伟大的灵魂如何战胜内心的怯懦与阴暗，在反对世俗的奋斗中完善自我的故事，通篇流淌着音乐的旋律，是一首表现生命和死亡的赞歌。

小说主人公约翰·克里斯多夫出生于德国的一个音乐家庭，他在年少时就显露出很高的音乐天分，在生活的苦难中成长为一名杰出的音乐家。他正直善良、富有反抗精神，坚决不与世俗的丑恶同流合污，这使得他的音乐之途充满了坎坷和磨难。他曾经一度沦为孤独的反叛者，然而他的真诚还是为他赢得了真正可贵的友谊。经过艰苦卓绝的奋斗，他终于成为伟大的音乐大师。作者通过作品向人们传达出"光明必将战胜黑暗"这样一种信念。

罗曼·罗兰尝试过多种文学体裁的写作，然而他的艺术成就主要在于用细腻的笔触刻画了一批为追求光明和正义而奋勇前进的知识分子形象。他是一个在国际上有广泛影响的作家，也是著名的社会活动家，一生为争取人类自由、民主与光明进行了不懈的斗争。他的小说常常被人们归纳为"音乐小说"，同时他也是传记文学的创始人，代表作有《名人传》、《米开朗琪罗传》和《托尔斯泰传》。1915 年，罗曼·罗兰获得诺贝尔文学奖。

二、知识梳理

1. 对于一个天生的音乐家而言，生活中音乐<u>无处不在</u>。无论是刮风下雨、电闪雷鸣，鸟语、虫声，<u>潺潺</u>的流水、闪<u>烁</u>的星辰，还是或<u>可爱</u>或<u>可厌</u>的人声，<u>吱呀</u>作响的门，<u>奔流</u>的血液……世界上的一切都是音乐，只要用心去听就可以<u>捕捉</u>到。

2. 天渐渐黑了，四周<u>万籁俱寂</u>，星星都亮了。河边微波拍岸，一只蟋蟀在他们身边叫个不停。黑暗里，高脱弗烈特轻声唱起歌来，歌声里有一种<u>动人的真切</u>。克里斯多夫从来没听过这样的歌声，简单、天真，从容不迫，恬静的外表下，仿佛蕴含着无限的哀伤。他屏着呼吸，凝神谛听。

3. 你得警惕，你得祈祷，你得对新来的日子抱着虔诚的心。不要用暴力去挤压人生，对每一天都抱有虔诚的态度。一个人不要有太多的奢望，不要为做不到的事情感到悲伤，应当做他能做的事，并且要竭尽所能。

4. 父亲的生命是就像一条深埋在地下的河，寂静无声地流着，而儿子的生命却像一条任性的小溪，全都展露在外面，在阳光下嬉戏着。但本质上都是一样纯洁的水，就像他们俩的眼睛一样。

5. 悲观主义的最后一些雾霭，苦修的心灵的灰暗之气，半明半暗的神秘的幻境，都被死亡的风吹开去。纷纷四散的乌云中显出一条长虹。天色更明净，好像被泪水洗过了似的，堆着微笑。这是山峰上恬静的黄昏。

三、我问你答

1. 克里斯多夫是文学史上不朽的艺术典型，他的一生充满了传奇色彩。你觉得克里斯多夫是一个什么样的人？他身上最打动你的是什么？（如果不喜欢这个人物，也可以说明理由）

2. 克里斯多夫小时候的理想是长大以后做一个大人物，高脱弗烈特舅舅告诉他"英雄就是做他能做的事"，对这句话你是怎么理解的？你心目中的英雄是什么样子？你渴望成为一个大人物吗？

3.《约翰·克里斯多夫》一书中刻画了若干女性形象，你最喜欢其中的哪一位？为什么？

4."当你见到克里斯多夫的面容之日，是你将死而不死于恶死之日。"请谈谈你对这句话的理解。

图书在版编目（CIP）数据

约翰·克里斯多夫/（法）罗兰著；王颖，张芳改写. — 南京：南京大学出版社，2015.1

（新课标经典名著：学生版）

ISBN 978-7-305-14363-2

Ⅰ. ①约… Ⅱ. ①罗… ②王… ③张… Ⅲ. ①长篇小说-法国-近代 Ⅳ. ①I565.44

中国版本图书馆 CIP 数据核字（2014）第 272508 号

出版发行	南京大学出版社
社　　址	南京市汉口路 22 号　　邮编　210093
出版人	金鑫荣

丛 书 名　新课标经典名著·学生版
书　　名　约翰·克里斯多夫
著　　者　（法）罗曼·罗兰
改　　写　王颖　张芳
责任编辑　蔡冬青

照　　排　江苏南大印刷厂
印　　刷　北京北方印刷厂
开　　本　880×1230　1/32　印张 14　字数 259 千
版　　次　2015 年 1 月第 1 版　　2015 年 1 月第 1 次印刷
ISBN 978-7-305-14363-2
定　　价　28.00 元

网　　址：http://www.njupco.com
官方微博：http://weibo.com/njupco
官方微信号：njupress
销售咨询热线：(025)83594756

* 版权所有，侵权必究
* 凡购买南大版图书，如有印装质量问题，请与所购图书销售部门联系调换